本书受海南师范大学中国语言文学一级学科博士点建设经费资助

文坛边缘

中国现当代作家作品摭论

王 学 振 著

中国社会科学出版社

图书在版编目（CIP）数据

文坛边缘：中国现当代作家作品摭论/王学振著．
—北京：中国社会科学出版社，2019.12
ISBN 978 - 7 - 5203 - 5816 - 3

Ⅰ.①文… Ⅱ.①王… Ⅲ.①中国文学—现代文学—
文学研究②中国文学—当代文学—文学研究 Ⅳ.①I206.6

中国版本图书馆 CIP 数据核字（2019）第 290480 号

出 版 人	赵剑英
责任编辑	郭晓鸿
特约编辑	张金涛
责任校对	王佳玉
责任印制	戴 宽

出 版	中国社会科学出版社
社 址	北京鼓楼西大街甲 158 号
邮 编	100720
网 址	http://www.csspw.cn
发 行 部	010 - 84083685
门 市 部	010 - 84029450
经 销	新华书店及其他书店

印 刷	北京明恒达印务有限公司
装 订	廊坊市广阳区广增装订厂
版 次	2019 年 12 月第 1 版
印 次	2019 年 12 月第 1 次印刷

开 本	710×1000 1/16
印 张	16
插 页	2
字 数	229 千字
定 价	86.00 元

凡购买中国社会科学出版社图书，如有质量问题请与本社营销中心联系调换
电话：010 - 84083683

自　序

　　本书是本人从事中国现当代文学研究近二十年来部分成果的合集，这些成果先后发表于《中国现代文学研究丛刊》《文艺理论研究》《民族文学研究》《鲁迅研究月刊》《小说评论》《西南大学学报》《首都师范大学学报》《海南大学学报》《现代中国文化与文学》《西南民族大学学报》等各种刊物。这些成果之间并没有严密的逻辑联系，但有一个基本的共同点——"边缘"，因而本书以"文坛边缘"为正题。

　　所谓"边缘"，指的是研究对象、研究主体的边缘。

　　就研究对象的"边缘"而言，本书有两种情况：一种是"边缘"作家。比如《大公报》名记者徐盈同时也是一位优秀的小说家，曾任《中国的空军》主编的陶雄在小说、戏剧创作方面颇有建树，是抗战时期"空军文学"的代表性作家之一，但这些作家因其"边缘"一直被忽视。本人试图对他们进行研究，目的是完善文学史版图。另一种是重要作家的"边缘"话题。比如洪深的抗战话剧《包得行》、端木蕻良抗战时期的长篇小说《新都花絮》，似乎都还没有得到多少关注；又如老舍与中国现代文学的少数民族题材，巴金的"轰炸"书写，徐中玉先生中华人民共和国成立前的文论，鲁迅与国产电影以及赵景深与冰心作品的传播、研究等，也似乎是无人问津的话题。本人提出这些话题，意在丰富对这些重要作家的认识。

　　就研究主体的"边缘"而言，也可以附会出两层意思：一是说近二十年来本人生活、工作的地方始则西南边陲，继则南疆海岛，一直远离文坛的中心；二是说本人生性愚钝，始终没有能力捕捉文坛的中心话题，久而久之对所谓"热点"也就比较淡漠了。

至于副题中的"摭",取"摭拾"之意,说的是本书大部分篇目比较注重文献的收集、整理,这似乎也是应该加以说明的。

以上解释了本书的命名和写作的初衷,实际情况如何就只有留待读者诸君评判了。

是为序。

王学振

2019 年 5 月 1 日于海口

目 录
CONTENTS

第一辑

徐盈短篇小说创作述论 ·· 3

陶雄中华人民共和国成立前的文学活动考论 ·············· 22

老舍与"侠"文化 ·· 40

老舍与中国现代文学的少数民族题材 ···················· 51

巴金的"轰炸"书写 ·· 63

李广田与抗战文学的内迁题材 ·························· 76

"南北极":穆时英小说的两种风格 ···················· 90

沈从文文化心态的矛盾

    ——以《萧萧》为例 ································ 99

第二辑

论洪深的抗战话剧《包得行》 ························ 109

论端木蕻良抗战时期的长篇小说《新都花絮》·········· 122

抗战历史的另类书写

    ——论何顿的长篇新作《来生再见》…………………………… 134

自然灾害书写的扛鼎之作

    ——评张浩文的长篇新作《绝秦书》…………………………… 145

第三辑

徐中玉先生中华人民共和国成立前的文论述评 ……………… 159

林同济抗战时期的文艺思想 ……………………………… 187

赵景深与冰心作品的传播、研究 ………………………… 200

第四辑

鲁迅与国产电影 ……………………………………………… 217

陈烟桥的鲁迅纪念、研究 ………………………………… 234

第一辑

徐盈短篇小说创作述论

　　徐盈是《大公报》的著名记者，20世纪30年代中后期至20世纪40年代，他和夫人子冈在新闻界叱咤风云，创造了事业的辉煌。储玉坤1939年出版其后来颇有影响的著作《现代新闻学概论》①，内中推崇徐盈和范长江、陆诒、曹聚仁的战地通讯"最为著名"②。抗战时期西南联大开设大一国文课，曾为学生选定课外读物二十种，其中就有徐盈和范长江的新闻通讯新著各一册，"放在最前面，表示特别重视"③。《大公报》老报人陈纪滢在几十年后仍然难以忘怀徐盈的新闻成就，称其"当时固傲视群伦，今天仍罕见其匹"，"在抗战八年中，我还没遇到像徐盈这样肯钻研、肯下功夫以及有广泛智识的记者，能与他并行当时"④。徐盈同时也是一位作家，他从中学时就开始文艺活动，创作了一大批有特色的小说力作⑤。也许是因为徐盈作为记者的声誉过隆，掩盖了他的文学成就，人们几乎忽略了他作为作家特别是优秀小说家这一事实，迄今似乎仅有陈思广先生论及其长篇小说《苹果山》⑥。鉴于徐盈的

---

　　①　该书几次再版，是当时教育部认定的唯一一部大学新闻专业用书。参见马光仁主编《上海新闻史（1850—1949）》，复旦大学出版社2014年版，第1076页。

　　②　储玉坤：《现代新闻学概论》，世界书局1939年7月版，第152页。

　　③　沈从文：《人间重晚晴——〈子冈作品选〉序》，《沈从文文集》第11卷，中南出版传媒集团、湖南人民出版社2013年版，第91—92页。

　　④　陈纪滢：《三十年代作家直接印象记》，台湾商务印书馆1986年版，第169、172页。

　　⑤　徐盈的不少新闻通讯也具有较强的文学性，此外还写作过电影剧本《青梅竹马》。

　　⑥　参见陈思广《中国现代长篇小说史话》（武汉出版社2014年版）、《四川抗战小说史（1931—1949）》（中国文联出版社2015年版）。李辉英《中国现代文学史》（香港文学研究社1978年版）第十四章"小说创作与抗战"第四节"重要的小说作家和作品（中）"列有"徐盈和子冈"，但对这对夫妇作家的论述不过百余字。

小说创作以短篇为主和长篇已有陈思广先生的研究等情况，本文拟对徐盈的短篇小说创作进行述评。

一

　　徐盈（1912—1996），原名徐绪桓，字奚行，山东德州人。他青年时代先后就读于北平大同中学、保定河北农学院、南京金陵大学农业专修科，1935 年大学毕业后任陇海铁路郑州苗圃、海州枕木防腐场工务员。1936 年底进入《大公报》任练习生、外勤记者，后来升任采访部主任、驻北平办事处主任。北平和平解放后，徐盈在由《大公报》天津版改版而成的《进步日报》担任领导工作，1952 年调往北京，历任政务院宗教管理处副处长、国务院宗教事务局副局长、全国政协文史资料研究委员会副主任等职。

　　徐盈在中学时代就开始了文艺活动，1930 年与左翼文艺青年金丁等组织"啸社"，编辑《社会晚报》副刊①，1931 年参加"《北斗》读书会"，同年由孙席珍介绍加入中国左翼作家联盟北方部②。在中学期间，徐盈还曾捐出《一个穷苦青年的经历》（《青年界》征文应征作品，刊于该刊第二卷第一期）不菲的稿酬作为办刊经费，与金丁、芦焚（师陀）创办文艺刊物《尖锐》。③1932 年徐盈进入保定河北农学院学习，担任该校"左联"小组负责人，发展"左联"盟员十余人。④ 1933 年徐盈离开保定后，继续参加文艺界的活动，比如 1936 年曾在《中国文艺工作者宣言》上签名，呼吁文艺工作者为反对日本

---

　　① 马俊江：《〈尖锐〉杂志上的左翼文艺青年芦焚》，刘增杰、解志熙编校：《师陀全集续编·研究篇》，河南大学出版社 2013 年版，第 781 页。
　　② 姚辛：《左联词典》，光明日报出版社 1994 年版，第 207 页。
　　③ 马俊江：《〈尖锐〉杂志上的左翼文艺青年芦焚》，刘增杰、解志熙编校：《师陀全集续编·研究篇》，河南大学出版社 2013 年版，第 781 页；金丁：《同鲁迅先生来往的几点印象》，《中华文史资料文库·文化教育编》第 15 卷《文学艺术》，中国文史出版社 1996 年版，第 15 页。
　　④ 申春：《"左联"保定小组史实补述》，《新文学史料》1990 年第 4 期。

帝国主义、争取民族自由进行英勇斗争。① 抗战期间，徐盈长时间担任中华全国文艺界抗敌协会（"文协"）候补理事②，参加"文协"组织的各种活动，并担任小说座谈会（后改称"小说晚会"）主持人③。

当然徐盈最主要的文艺活动还是创作，特别是小说创作，他发表、出版了不少的小说作品。20 世纪 30 年代初至全面抗战爆发，可以视为徐盈小说创作的前期（尝试期）。他是通过开明书店的《中学生》杂志登上文坛的，该刊经常刊登他的作品，其《父与子》《一个中学生所讲的》《冬》《一个工人》《萤》《避》《同学录》（系列短篇，包括《第一个恋人》《英雄》《家》《三个"九一八"》《林韵》《霜》）等短篇小说相继发表于此。徐盈是"左联"的成员，他前期的小说也有不少发表在"左联"的刊物上，如《旱》《福地》发表于姚蓬子、周起应（周扬）主编的"左联"机关刊物《文学月报》，《春汛》《两万万》发表于张盘石、陈北鸥等主编的北方"左联"机关刊物《文艺月报》，《粪的价格》《七月流火》发表于北方"左联"成员王余杞主编的《当代文学》。此外，徐盈前期的小说还散见于《文学导报》《东方杂志》《文史》（北平）、《国闻周报》《大公报·文艺》等报刊。全面抗战爆发至中华人民共和国成立，是徐盈小说创作的后期（成熟期）。此时期作为记者的徐盈非常忙碌，但仍然坚持小说创作，《抗战文艺》《文艺阵地》《七月》《时与潮文艺》《文艺月刊·战时特刊》《中原》《文学月报》（重庆）、《战时文艺》《文学创作》《文艺先锋》《中苏文化》《学习生活》《天下文章》《民主世界》等报刊上面都有他的作品面世，如《新的一代》《禹》《汉苗之间》（即《方委员》）、《十年》（即《东北角》）等发表于《抗战文艺》，《征兵委员》《劝善的》等发表于《文艺阵地》，《汉夷之间》（即《汉夷一家》）等发表于《七月》，《新约篇》《汉藏之间》（即《藏家小姐》）、《学兵记》《入伍后》等发

---

① 《中国文艺工作者宣言》，中国社会科学院文学研究所现代文学研究室编：《"两个口号"论争资料选编（上）》，知识产权出版社 2010 年版，第 354—355 页。该宣言由鲁迅、曹禺、唐弢、巴金、茅盾、靳以等四十多位作家共同签署。

② 《中国文学家辞典》（四川人民出版社 1982 年版）等书误作理事，据《新华日报》等报刊当时的报道订正。

③ "文协"研究部：《研究部报告》，1939 年 4 月《抗战文艺》第 4 卷第 1 期。

表于《时与潮文艺》。这一时期徐盈还出版了自己的短篇小说集①和长篇小说，短篇小说集有《前后方》（建国书店1943年版）、《战时边疆的故事》（中华书局1944年版）等，长篇小说即《苹果山》（人间出版社1943年版）。

徐盈的一些短篇小说，在当时产生了较大的反响，被收入不同的新文学选本。如《征兵委员》1938年发表于《文艺阵地》后，被收入新流书店1940年9月出版的《八十家佳作集》。《八十家佳作集》选取1935—1939年的100个短篇结成集子，分为十辑，其中第十辑《火拼》收录了白朗《清偿》、杨朔《火拼》、天虚《火网里》、徐盈《征兵委员》等作品。编选者很看重《征兵委员》，在丛书的总序中还特别提及这篇作品："我们在这《抗战前后八十家佳作集》中可以看到《赈米》至《征兵委员》虽是中国的残留的恶势力在作祟，然而经过了《火拼》以后，不用说《包身工》的契约要废除了。"②涛汇出版社1940年11月出版"涛汇文丛"，第一辑收录彭慧《九秀峰下》、骆宾基《千人塔下的声音》、周冷《胡队长》、丁乙《金行长》、徐盈《征兵委员》、李励文《一个小学校长的奇遇》、端木蕻良《泡沫》、寒波《两县长》、易丹《迁厂》9篇小说，将这一辑直接命名为《征兵委员》，对徐盈《征兵委员》的推崇也可见一斑。再如《向西部》（即《报告》）1940年发表于《中苏文化》杂志第6卷第5期后，得到作家、翻译家徐霞村的青睐，几次将这篇作品收入他主编的小说选集之中。1942—1943年，徐霞村编选了《小说五年》，由建国书店印行。《小说五年》一共三集，收小说三十余篇，多为名家名篇，包括张天翼的《华威先生》《新生》、姚雪垠的《差半车麦秸》《牛全德和红萝卜》、萧乾的《刘粹刚之死》、吴奚如的《萧连长》、端木蕻良的《风陵渡》、沙汀的《在其香居茶馆里》《联保主任的消遣》、艾芜的《纺车复活的时候》《秋收》、茅盾的《某一天》、巴金的《某夫妇》、鲁彦的《陈老奶》、司马文森的《吹号手》、碧野的《乌兰不浪的夜祭》、荒煤的《支那傻子》、沈从文的《王嫂》、郭沫若的《月光下》等。徐盈的《向西部》也被选

---

① 李辉英《中国现代文学史》断言徐盈"不曾出版过集子"（香港文学研究社1978年版，第263页），这种说法是不确切的。

② 施若霖：《八十家佳作集序》，《火拼》，新流书店1940年版，第2页。

中，并作为第3集的第一篇。1946年，徐霞村编选的《名著选集》由建国书店出版，其中第六种以徐盈的《向西部》命名①。此外，尚有《新的一代》被收入《抗战文艺丛选》（李辉英编选，中国文化服务社重庆分社1942年版）、《汉苗之间》被收入《后方集》（茅盾、巴金、沙汀、艾芜等著，天下图书公司1946年版）、《福地》被收入《丰收》（十八集团军总政治部宣传部选编，印工合作社1944年版）等。

徐盈的一些短篇小说，经历了时间的检验，仍显示出其多方面的价值，或被收入权威选本，视为那个时代的代表性作品，或在数十年后仍被当年的读者提及。他的《旱》被收入《中国新文学大系1927—1937》第4集（小说集二·短篇卷，上海文艺出版社1984年版），《汉苗之间》被收入《中国新文学大系1937—1949》第4集（短篇小说卷二，上海文艺出版社1990年版），《征兵委员》《新的一代》被收入《中国抗日战争时期大后方文学书系》第3编小说第3集（重庆出版社1989年版），《黑货》被收入《中国现代短篇小说钩沉》第3卷（中国社会科学院文学研究所现代文学研究室编，北岳文艺出版社1999年版）。老作家孙犁晚年回忆了自己青年时期阅读徐盈《福地》等作品的情况，称其为"叫人记得住的小说"："大概是三十年代中期，我在《文学月报》第五、六期合刊上，读过一篇小说，题名《福地》，作者徐盈。这篇小说，以保定第二师范革命学潮为题材。后不久，我又在《现代》杂志上，读了一篇小说，以国民党特务在上海秘密突击捕捉共产党员为题材，作者金丁。这篇小说的题目，后来忘记了，最近从《现代》编者施蛰存的回忆录中得知，为《两种人》。"②

二

徐盈、子冈夫妇从事新闻工作之前已有几年的文学创作经历，文学功底

---

① 这套丛书与《小说五年》所选作品多有重合，除《向西部》外，其他几种分别为《某夫妇》《风陵渡》《纺车复活的时候》《月光下》《乔英》等。

② 孙犁：《小说杂谈》，《尺泽集》，百花文艺出版社2012年版，第68页。

扎实，因此陈纪滢在谈及他们新闻方面的成就时说："他们夫妻二人，与其说新闻成全了他们，倒不如说文学促成他们在新闻上的成功。"① 陈纪滢的看法是有道理的，我们还可以进一步说，文学促成新闻，新闻也促成文学，对于徐盈而言，新闻与文学如车之双轮、鸟之两翼，相辅相成。新闻行业的从业经历使得徐盈见闻广博，视野开阔，具有敏锐的观察力和穿透力，这一点特别影响到他小说的取材，题材宽泛而具有尖端性和开创性，是徐盈短篇小说的显著特点。

徐盈初登文坛之时，其小说创作的取材主要集中在两个领域：一是青年知识分子的生活。如《同学录》写李荣等一群青年学生的学校生活及毕业后的不同人生道路，《一个中学生所讲的》写严酷的考试淘汰制度对青年学生天性与生命的扼杀，《冬》写青年学生查禁日货的爱国行为，《萤》《一个工人》写青年知识分子离开学校后在职场的打拼，《春汛》写一个从前线回到后方的青年知识分子心灵的迷茫，《福地》写学潮失败后青年学生在监狱遭受的非人待遇，《蚁》写一群乡村知识分子为一个革命青年举行的葬礼。二是农村的状况。如《两万万》《粪的价格》写外国资本输入、产品倾销造成农村的破败与凋敝；《领粥》《水后故事》写水灾之后的惨况，前一篇中粥场突然关闭，衣食无着的灾民哀告无门，后一篇中灾民聚集在地势较高的蜈蚣岭躲避水患，却被保安大队当作土匪剿杀，连窝棚也被焚毁"以绝后患"；《七月流火》《旱》写大旱之年官绅勾结，不顾灾情催缴欠租，抬高粮价，终于激起灾民的反抗怒火。

进入《大公报》工作之后，徐盈走南闯北，足迹遍及大半个中国，其视野更为开阔，小说创作的取材也更为宽泛。他既写现实（以《征兵委员》为代表的大部分作品都是现实题材），也写历史（如《禹》）；既写前线的火热（如《范筑先》《战长沙》），也写后方的庸常（如《历史的命运》《当死亡远离的时候》）；既写国统区（如《黑货》《向西部》），也写沦陷区（如《苹果山》《十年》）；既写边陲之地的少数族群（如《藏家小姐》《四十八家——一

---

① 陈纪滢：《三十年代作家直接印象记》，台湾商务印书馆1986年版，第192页。

个摆夷的故事》），也写远赴异域谋求生路而不忘回报祖国的华侨（如《梁金山》《三六九一公里》）和居住在中国的各色各样外国人（如《新约篇》《闺情》《哑》）；既写乍现的光明（如《新的一代》《民权初步》），也写残留的黑暗（如《日常生活》《新事业》）……社会生活的方方面面，都在他笔下有所反映。

孙犁曾经这样分析徐盈的《福地》和金丁的《两种人》让他难以忘怀的原因："这两篇小说，看过已经快半个世纪了，其内容记得很清楚，而且这两位作者，并不是经常发表小说的。我曾经和一个河南的青年同志谈起过，自己也有些奇怪：那一时期，我看的小说，可以说很不少，为什么大多数都已忘记，唯独记得这两篇呢？……经过分析，我认为：前两篇小说，我所以长期记得，是因为它所写的，是那一个时代，为人所最关注的题材，也可以说是时代尖端的题材。……这不能叫做题材决定论，还是因为两位作家的成功的创作。"[1] 这里实际上道出了徐盈的小说在题材方面的一个特点——写"尖端"题材，即时人最为关注的重要题材。

在徐盈小说创作的尝试期，就已经初步显示出这一特点。比如 1928—1930 年华北、西北、西南 13 省大旱，受灾人口 1.2 亿人，饿死 300 万人以上，1931 年长江、淮河流域 16 省又遭受百年未遇的洪灾，受灾人口 1 亿人，淹死 20 万人以上，死亡 370 万人，自然灾害成为人们关注的焦点之一，徐盈创作了《旱》《七月流火》《领粥》《水后故事》《疫》等一系列作品来表现灾害，这些作品既写天灾，也写人祸以及灾民的觉醒和反抗，和丁玲被人称道的《水》有异曲同工之妙。又如 1930 年前后爆发世界性的经济危机，外国资本、商品大量侵入中国，中国传统的农业、手工业面临破产，农村经济凋敝，成为当时人们关注的又一焦点，徐盈创作了《粪的价格》《两万万》等作品来予以表现。《粪的价格》中农民丰收了，可是用来肥田的粪却卖不出去，农人们皱着眉头感叹："好年头乡下人也是照样过不去，照样不够还账的，丰收又有什么用，田里还上什么粪呢？"这不由得让人联想到茅盾的《春

---

① 孙犁：《小说杂谈》，《尺泽集》，百花文艺出版社 2012 年版，第 69 页。

蚕》、叶圣陶的《多收了三五斗》等表现"丰收成灾"的作品。《两万万》中政府向外国借的价值两万万的麦、棉，《粪的价格》中在穷乡僻壤倾销的肥田粉（化肥），也让人想到《春蚕》中的洋纱洋茧、《多收了三五斗》中的洋米洋面，小说于不经意间揭示了帝国主义的经济侵略。

　　进入小说创作的成熟期后，作为新闻记者的徐盈感觉更为敏锐，更能感应时代的脉动，聚焦于民众最为关注的题材。比如，军队是国家的干城，战争期间军队的来源和素养更是关乎国运民生，徐盈用艺术的形式对民众关心的这一问题进行了思考。他的《征兵委员》既暴露了义务兵役制遭遇地方实力派抵制的问题，也刻画了秉公执法的征兵委员吴克家的刚正形象，表现了底层民众对义务兵役制的支持，是最早问世的兵役题材的佳作之一。《入伍后》《学兵记》《一个兵的成长》《干部手记》《当死亡远离的时候》《烦》等一系列作品则表现了知识青年的从军经历，描述了他们进入军队之后的遭遇以及他们对现实的困惑、对未来的希冀。又如，西南、西北等地是支持抗战的大后方，在战争旷日持久、国家经济极端困难的情况下，大后方的经营、开发就显得非常重要，也是舆论关注的焦点之一，徐盈的一些作品表现了政府经营、开发大后方的情形（包括其中滋生的一些负面问题）。《向西部》中，省农业实验分场两位年轻的技术人员立志振兴西部农业，在得不到高场长支持的情况下，他们自谋出路，果断拜会郑司令、包神父等头面人物，积极谋求支持推广植棉，终于取得初步成效，连"倮倮"①也羡慕得偷窃了"特约农户"的棉种去自己的地里种植。《黑货》中虽然各路势力都在大显神通，抢购地上的"黑货"（烟土），中央某高级学术机关派来的"我"探究的却是地下的"黑货"（矿产）。再如，1943年国民政府废除近代以来与列强签订的所有不平等条约，与美、英等国重订"新约"，受到举世关注，徐盈迅速写出《新约篇》予以表现。

　　作为记者，徐盈的新闻报道是以开创性著称的，他关于红军长征后江西老苏区状况的报道、全面抗战初期八路军战略战术和群众工作的报道、抗战

---

　　① 即彝族，也称"夷"。下文中的"比母"是彝族的神职人员，"黑骨头"是彝族的贵族，"白骨头""娃子"是贵族的奴隶。

时期西北各省政治经济状况和民族宗教问题的报道、解放战争时期马歇尔军事调停的报道等，都以其内容上的新颖而产生重大影响。他还是"中国经济报道的先行者"①，他的系列经济通讯和对工商界人士的报道（后结集为《当代中国实业人物志》出版）突破了新闻报道偏重于时政新闻和社会新闻的窠臼。也许是新闻记者的敏锐使然，在小说创作的取材方面，徐盈同样也表现出很强的开创性。前述写知识分子从军经历的系列作品、写后方资源开发的《向西部》和《黑货》，以及写乡绅怎样一步步走上抗日道路的长篇小说《苹果山》，等等，就题材而言在抗战文学中是很少见的。兵役题材虽然在抗战文学中很流行，但徐盈的《征兵委员》1938 年 7 月发表于《文艺阵地》第 1 卷第 6 期，比洪深的《包得行》（1939 年夏创作，8 月开始公演）、艾芜的《意外》（1940 年 7 月创作，同月发表于《现代文艺》第 1 卷第 4 期）、沙汀的《在其香居茶馆里》（1940 年 11 月创作，12 月发表于《抗战文艺》第 6 卷第 4 期）、吴雪等人的《抓壮丁》（1943 年在延安修改完成）等兵役题材的代表性作品问世都要早，也是有一定开创意义的。题材方面的开拓，是徐盈对抗战文学独特而重要的贡献。除上面简略提及的外，徐盈小说在题材方面的开拓，特别表现在边地与少数民族题材、国际题材两个方面。

在"三十年"现代文学的前两个"十年"里，边地与少数民族题材的作品比较少见，艾芜、周文、马子华是这一领域寥寥可数的开拓者。随着全面抗战的爆发，边疆建设得到前所未有的重视，广大知识分子也因为京沪文化中心的陷落而获得了深入边疆的机会，边地与生活于边地的少数民族开始受到文学较大程度的关注。在边地与少数民族题材的初次勃兴中，徐盈很有代表性。其他作家也创作此类作品，如阳翰笙的《塞上风云》、老舍和宋之的的《国家至上》、郭沫若的《孔雀胆》、臧云远等的《苗家月》、罗永培的《喜马拉雅山上雪》、王亚凡的《塞北黄昏》、风露的《巴尔虎之夜》、马子华的《滇南散记》、邢公畹的《红河之月》、碧野的《乌兰不浪的夜祭》、布德的《赫哲喀拉族》、青苗的《特鲁木旗的夜》等，但大多是偶尔为之，徐盈却在

_____

① 徐东、吉瑾：《徐盈：中国经济报道的先行者》，《纵横》2007 年第 4 期；柳斌杰主编：《中国红色记者》下册，人民出版社 2011 年版，第 35 页。

这一领域执着耕耘，连续推出了一系列作品，还出版了纯粹边地与少数民族题材的小说集《战时边疆的故事》，其中包括《报告》《汉夷一家》《方委员》《我的哥哥在段上——吴监工员的故事》（即《四十八家——一个摆夷的故事》）、《藏家小姐》《东北角》等8篇作品①，从作品数量来讲可以视为边地与少数民族题材的代表作家。上述其他作家的边地与少数民族题材作品，是从比较宽泛的意义而言的，其中一部分作品无涉民族风情（如尽管《孔雀胆》中的段功为白族，阿盖为蒙古族，作品也思考民族关系，提倡民族平等、民族团结，却少有对白族、蒙古族独特风情的表现），而徐盈的《报告》《黑货》《汉夷一家》《方委员》《我的哥哥在段上》《藏家小姐》等作品书写彝、苗、傣、藏各族在时代风云中的巨变，对少数民族社会结构、宗教信仰、风俗习惯等方面的表现真切细腻，对各民族之间关系的思考深邃睿智，具有浓郁的民族风情。就作品的内容而言，徐盈也可被视为边地与少数民族题材的代表作家。最后，上述其他作家的边地与少数民族题材的作品，以戏剧居多，小说比较少，只有《红河之月》《乌兰不浪的夜祭》《赫哲喀拉族》《特鲁木旗的夜》等不多的篇什，徐盈《战时边疆的故事》等作品的出现，弥补了小说创作在边地与少数民族题材方面的不足，实现了小说与戏剧两种文体在这一题材类型上的基本平衡。

自近代以来，中国就不再是自足的中国，而是同世界发生着千丝万缕的联系，但也许是因为作家们对国际事务比较生疏吧，国际题材的作品在中国现代文学中并不多见。作为新闻记者，徐盈有更多的机会了解国际事务，他因此也在短篇小说创作中对国际题材做了很好的尝试，留下了一批弥足珍贵的作品。《梁金山——一个开发者的故事》《三六九一公里》写华侨在国外的创业史和眷念、回报祖国的赤子之心。《梁金山》中的梁金山是云南人，年轻时生活困窘，不得已到缅甸"走夷方"。经过三十多年的创业，梁金山积累了大量财富，但他不愿享受，而是要回报社会、回报祖国。宋哲元的大刀队在喜峰口砍杀东洋兵时，他寄去花银两千两；十九路军在上海抗战时，他又捐

---

① 《黑货》也属于边地与少数民族题材，但没有收入《战时边疆的故事》。

献纹银三千两；当滇缅路开始修筑的消息传来时，他激动不已，联合其他华侨捐献卢比十七万盾（其中他一人捐献十一万三千盾，占其财产的一半），在吞噬了无数生命的怒江上修建一座纯钢的铁桥；仰光即将失守时，他又组织华工前往抢运军火。《三六九一公里》中的王发财是河南人，因战乱而到甘肃、新疆一带跑骆驼，后被重价雇到土耳其斯坦种棉花，出关时带了一包祖国的土，"有个水土不服，冲点土喝了就好了，想家的时候就着鼻子多闻它几口"。三十多年过去了，带去的土"吃完了闻完了"，思念祖国的心情更为急切，下定决心"把这身老骨头带着口气回到中国"，终于得到为友邦车队做翻译和向导的机会，走完 3691 公里的征程，回到了故国。《新约篇》《闺情》《哑》等作品则表现了各色外国人在中国的生活。《新约篇》中的美国老人培义理是个守义又守理的"中国之友"，他在中国服务几十年，最大的愿望就是生前"看到中国复兴"。当他得知一群在中国的美国兵酒后胡闹之后，立即把这事报告给他们的长官严惩，并强忍失去儿子的悲痛，劝告他们"同盟国家是整个的"，"白人不要自己以为自己是高贵的，新约签订以后，尤其要自重自制"。为了"新约"的签订，他还在家里举办了茶会，发表了出自肺腑的感言："我是一个在中国长大的外国人，也是一个对中国就像爱自己祖国一样的人。当我听到外国人对中国的不平等条约废除了的时候，我，又是难过，又是高兴，难过的是，这本是我们外国人加给他们自己的一种羞耻，高兴的是，我这个看着中国生长，高唱过对华亲善的人，我的希望达到了，这以后中国人怕再不会像早年八月十五杀鞑子那样的聚集起来杀洋人了，因为，这次订新约，应当说是洋人认了过去的错误，我盼望这以后能够不犯错误。"《闺情》中的威廉姆和培义理截然相反，他是一位帮着中国打内战的军人，靠着军火半年之内就在中国发了大财，得到奉调回国的命令时很失落。当他得知可以继续待在中国服役后，喜不自禁："这一个金黄色的梦境可以继续了，那些艳丽的苹果并没有从手中脱出，所有的享受不至于转到另外的一个名字底下，五个佣人的笑脸仍然是毫不吝惜地用托盘一个继一个地贡献给主人……"《哑》中的绿娃是个沦落的金发白肤美人，她的丈夫是个怯懦的亡国奴，因为欠了暴发户黄医生的钱而把她抵押给黄医生。绿娃在黄医生身边过着锦衣玉食的生活，内心却痛苦不堪，她在黄医生面前从不开口说话，以致不少人把她当作哑巴。《新的一代》《国际汽车队》表现了苏联对中国的国际援助以及中、苏两国人民之间的友谊。十月革命后成长起来的苏联"新的一代"，驾驶着"肥饱得犹如蛤蟆肚皮"的重载汽车，从中亚细亚出发，穿过茫茫的戈壁荒漠，长途跋涉至中国兰州。"他们带来虽是些有限的弹药，然而更感谢的是无限的兄弟间的崇高热情。"黄皮肤的中国司机接收了车队，"热情的眼睛里发出了感谢的光芒"，他们发动这些汽车，踏上新的征程。"国际汽车队是不停息地，像蚂蚁在大地上爬着似的，从西北向中原挺近，艰苦地运送着抗战的必需食粮。"此外，徐盈国际题材的作品尚有《德意日》，写一位混血女性静子在日本丈夫的挟持下充当日方间谍刺探情报最终败露的故事，在当时也算稀有。

三

在小说创作的前期，徐盈作为新人登上文坛，他接受了左翼文学的观念，创作了一些符合左翼文学规范的作品，但难免有些稚嫩，在艺术上还没有形成自己的特色。这里以徐盈1932年发表的《旱》为例来说明。这篇小说后来被收入《中国新文学大系1927—1937》，是徐盈这一时期的代表性作品之一。如果我们把《旱》和丁玲1931年问世的《水》进行对读，就会发现两者有着惊人的相似：都是速写式地描写自然灾害；都揭示了造成灾害的社会原因，表现了阶级的对立、人民的觉醒和反抗；都着力于群像的塑造，"不是一个或二个的主人公，而是一大群的大众，不是个人的心理的分析，而且是集体的行动的开展"①。联系两篇作品创作的时间以及《水》问世后被左翼批评家树

---

① 丹仁（冯雪峰）：《关于新的小说的诞生——评丁玲的〈水〉》，1932年1月《北斗》第2卷第1期。冯雪峰在文中还指出："《水》里面灾民的斗争，没有充分地反映着土地革命的影响，也没有很好的写出他们的组织者和领导者，这是一个最大的缺点。"《旱》在这方面对《水》有所超越，塑造了一个灾民反抗斗争的"组织者和领导者"刘永智的形象。刘永智是当年办农会差点被当堂打死了的，现在从"那边"回来，作品试图由此把灾民的斗争和土地革命勾连起来。但就整体而言，两篇小说差别不大。

立为"新的小说"的标杆、徐盈早年参加北方"左联"活动等情况来看，《旱》受到《水》的影响是有依据的。也许正是因为受到《水》的影响，《旱》没有克服《水》"结构简单而单调，人物有群像而无个性，叙述平铺直露，人物语言和对话刻意'短语化'和粗陋化"① 等艺术上的缺陷。

进入小说创作的后期后，徐盈的阅历增长，艺术修养更为深厚，其小说在艺术上也更为成熟，形成了自己的个性与特色。这种个性与特色应该说也与他在新闻行业的从业经历相关，新闻记者的敏锐不仅使得他能够在小说的题材方面大胆开拓，而且使得他能够对题材包含的意蕴进行深度挖掘，他的短篇小说不以情节的曲折取胜，而以意蕴的丰富厚重见长。情节相对单纯而意蕴丰富厚重，是徐盈短篇小说的另一显著特点。

徐盈似乎无意于在故事情节的编织方面下功夫，其小说具有一定的纪实性，情节并不曲折复杂，一般都相对而言比较单纯。如《汉夷一家》写汉、彝等族民工修筑飞机场，唯一的波澜是彝工切那的受伤和治愈。《方委员》没有聚焦于苗民因盐荒而围城月余的突发事件，表现汉苗之间的紧张对立，而只是将苗乱作为背景，重点讲述了苗乱平息后县府视察委员方铁生对苗乡的一次视察，一路风平浪静，没有任何凶险的事情发生。《我的哥哥在段上——吴监工员的故事》中公路段上的汉人吴监工员与摆夷（傣族）姑娘小奴结合而又分离，两人之间的爱情悲剧按说大有文章可做，但小说将更多的笔墨用于小奴的妹妹小安的朦胧感情上，并没有演绎吴监工员与小奴的悲欢离合，吴监工员居然自始至终都没有登场。《藏家小姐》中西北科学考察团成员方庆生、当地保安司令洪天金的妹妹洪五小姐、蒙古王子之间产生了感情纠葛，但洪五小姐直到小说结尾才正式露面，作为准情敌的蒙古王子、方庆生也仅仅只发生了一次语言上的交锋。《三六九一公里》记载王发财老人絮絮叨叨讲述自己走过 3691 公里的见闻，可以说"几乎无事"。《向西部》写作为技术人员的"我"到西部推广植棉计划，因得不到高场长支持而失败，但小说并没有着力展示"我"与高场长的矛盾冲突，情节并不复杂。

---

① 逄增玉：《新的小说的诞生？——试论丁玲小说〈水〉与左翼文学规范的关系》，《小说评论》2010 年第 4 期。

然而单纯并不意味着单一、简单，新闻记者的敏锐使得徐盈能够在相对单纯的情节中挖掘出丰富厚重的意蕴。下面以几篇边地和少数民族题材的作品为例进行说明。

《汉夷一家》通过彝工下山修筑飞机场、切那的受伤和治愈等情节，表现了汉彝关系的变化、彝族社会结构的转型和彝人国家意识的萌生。彝人过去是时常劫掠汉人的，这次却响应政府号召，走出大山和汉人一起修起了飞机场。彝族社会等级森严，以血缘确定尊卑，"黑骨头"作为贵族拥有特权，"白骨头"只能是被统治者，但是抗战的爆发却使其发生了变化，血缘不清的炕知进了成都的军校，当上了工地的小队长，那些血统纯正的黑骨头都得接受他的管理，甚至那可以宣布神谕、无人敢于反抗的比母，也对他有了几分忌惮、礼让。切那受伤后，彝工们寄希望于比母，总队长悄悄请来军医治好切那的伤，却又并不说破。比母在总队长的暗示下，为中国占出了"吉祥"之卦，"中国的国运要一天比一天好，现在就是要心齐"。在总队长的耐心引导下，汉彝之间的矛盾化解，彝工的工效和认识都有了提高。当黑夜中被哨兵问起口令时，彝工不再像以前一样吓得四散奔逃，而是能够响亮地发出"中—国—人"的应答。

《方委员》中方铁生进入苗乡不过两三天，参加了一场富有民族特色的苗家婚礼，看到的是一派繁忙的秋收景象，可是小说却通过方铁生有限的见闻传达了对民族关系的深入思考。方铁生与龙保长的闲聊揭开了历史上汉苗关系的帷幕：苗家对汉家平素十分驯服，即便是苗家的地主，也要找个汉人作为主人以寻求庇护，连姓也跟着主人姓，"借"了主人的姓，就得在皇粮之外按年度孝敬主人"私粮"。方铁生听来的苗歌则解释了驯顺的苗民何以暴乱的社会根源："米不难——/苞谷红薯也可餐呀。/菜不难——/莱菔白菜也送饭呀。/酒不难——/谷酒也能解馋涎呀。/柴不难——/草根树皮也能燃呀。/只有官盐实在难呀，/没有白银买不来呀。""我们乡长大发财呀，/我们保长吃饱盐呀，/我们甲长平平过呀，/我们百姓太可怜呀，//你们乡长大发财呀，/你们保长吃饱盐呀，/你们甲长平平过呀，/你们百姓太可怜呀，//家家乡长大发财呀，/家家保长吃饱盐呀，/家家甲长平平过呀，/家家百姓太可怜呀。"

　　《我的哥哥在段上》通过一对摆夷（傣族）姐妹的婚恋，反思了滇缅路的开通给摆夷社会带来的转型阵痛。小说中有这么一段话交代故事发生的背景："这是横断山脉里的一块平坦的坝子，稻子像黄毡子般地盖着，一年四季也不曾脱掉青春的颜色，遥远处的大山却又一年四季披着亮白色的云顶，这两年来，公路像是一把刀，单刀直入地把外界和这块坝子联系起来，使地方上大大骚乱了一阵，有些壮年出去'走夷方'走得更远了，有些老人的老骨头在筑路时死了……外来的人和外来的物品一天天加多，特别是外来人的生活，眩耀着土著少女的春心，而这一带地方少女的美丽，也同样使外来人沉醉了，爱情与金钱，私欲与虚荣，暴力与懦弱，原始型的这块沃土上开始生长着不规则的幼苗，开了畸形的花朵结了畸形的果实。"滇缅路的开通极大地改变了摆夷人的生活，摆夷人与现代社会发生了联系，可是也失去了某些原始、质朴的东西，小奴因此酿成了与吴监工员的婚姻悲剧，小安也因此难以决定是否接受小菩毛（青年男子）老弓的追求。老弓得不到小安的爱，愤激地说："汉人把公路带来了，汉人把罗里（汽车——引注）带来了，汉人把卢比（缅币——引注）带来了，汉人把瘟疫带来了，汉人把小菩萨（青年女子——引注）的心带走了，汉人再不走摆夷就要被他们吃光了。"涉及滇缅路开通的文学作品不少，要么表现筑路的困难，要么歌颂公路筑成后发挥的巨大作用，像徐盈这样反思公路的开通给少数民族地区带来转型阵痛的作品恐怕并不多见。

　　《向西部》中"我"在宁宁河边推广植棉的情节看似简单，却反映了地方军阀、倮倮头人、外来宗教等各种势力在当地的角力。当"我"改进农业的计划被高场长无期限拖延时，曾去拜会郑司令官和包神父。为什么要去拜访他们呢？因为他们在当地有土地、有势力。郑司令官是地方军阀的代表，他的住宅最为庞大，"可以经常地住着百多宾客，特为西藏毛（牦）牛和雪山白熊造了宿舍"；拥有城市附近最为肥沃的水田，防区内大大小小的事情都要他亲自过问。代郑司令官接待"我"的牛参谋是倮倮头人的代表，他是一位汉化了的黑骨头，拥有环山的领地和众多的娃子。牛参谋朴实而开通，他承认植棉织布让老百姓有裤子穿是好事情，但却不敢贸然答应让自己的娃子在领地里种棉花："我可不敢答应你，我得问了郑司令官，他说，行，我也就说，行。你们都知道我有娃子，你们不知道我是郑司令官的娃子，明白了吗？我要问他。"包神父则是外来宗教的代表，主持着当地的天主堂。虽然郑司令官是当地的最高统治者，天主教的势力也不可觑。"宁宁河的两岸，大半的好地又都是教堂的产业，神父们可以自由出入蛮区，不受丝毫的障碍"。"短短二十年，老百姓对于教会的感情整个变换，过去是嫉视是痛恨，如今是羡慕，是阿谀，甚至县政府有些公事，都要事先到教堂里来商量一下"。包神父们给彝区带来了山洋芋、落花生和白粒的大苞谷，还设立学校培养了人才，对彝区的进步确有贡献，可是教堂的出版物"有些是秘本在该国参谋部里保存着"，加之干预"公事"等恶行，其侵略性质也不容抹杀。一次不起眼的拜访，却反映了彝区盘根错节的社会关系，意蕴不可谓不丰富。

当然，徐盈后期的短篇小说在人物塑造、环境描写等方面也很成功。

好的小说，通常能够塑造立得住的人物形象，徐盈后期的小说正是如此。他后期小说中的人物，避免了前期个别作品的脸谱化，性格鲜明而独具价值。比如《德意日》中的女间谍静子，就完全不像一般的间谍形象那样狞狰、狠毒，作品写出了她失去爱子的悲痛、被胁迫的无奈、作恶时内心的犹疑，人性内涵使得这一形象真实可信，也丰富了中国现代文学的人物画廊。甚至徐盈小说中的一些次要人物，往往也性格鲜明，让人"记得住"。比如《向西部》中的省农业实验分场高场长，虽然出场不多，却因其种种可笑的言行而令人难忘。高场长原在下江做官，因"国战越打越利害，飞机一天天的在头上下蛋"而返回西部故乡，谋得场长职位。农场只有五亩地，高场长却将其分为作物、园艺、森林苗圃、蚕桑、畜牧五部。所谓"作物"就是送点种子给特约农户去种，收成以后还种；所谓"园艺"，就是在场地中央的肥地里种些花草、蔬菜；所谓"森林苗圃"，就是场地四周围墙边的杂树；所谓"蚕桑"，就是从山上移栽几棵栎树来养野蚕，是否成活也全然不管；所谓"畜牧"，就是一头拉车的牛（后来瘟死了）、几只羊（托给羊倌在山上放，遇到有人到场里参观，就赶下山来，参观完再赶回山上）。高场长让自家的花匠充当农场的工头，自己几个月都不到场里，躲在城里的豪宅里吹鸦片，或者拿着园艺部种植的花草、蔬菜去交际，俨然地方上的领袖人物。当怀揣振兴西部农业梦想的技术人员"我"来到农场时，高场长一再表示敬佩"我"的"青年精神"，以后要"仰仗大力"。面对"我"提出的改进计划，高场长一边满口"好极好极""对极对极"，一边拖延、破坏，直至动用关系以"人地不宜"为由将"我"调回总场。"我"临走之时，高场长还要惺惺作态："这怎么说的，这怎么说的，你来了这么久我们还没有好好的谈一次，你老对于农场真是太辛苦了，真是太辛苦了。"小说对高场长着墨不多，一个营私舞弊、敷衍塞责、口蜜腹剑的抗战官僚形象却跃然纸上。

对于社会的阴暗面，徐盈是毫不回避的，他塑造了不少同高场长一样的负面形象，如《新事业》中以"新校舍的落成"作为"新事业的开始"而将前任校长辛苦购置的仪器设备或出卖或送人的大学校长任必达，《黑货》中为抢购鸦片而明争暗斗的郑司令官、柳顾问、汪处长、吴经理，《日常生活》中大发国难财的潘行长、司空秘书、刘专员，《征兵委员》中横行霸道、抵制征兵的朱区长，等等。在讽刺、暴露成为大后方文学主潮的当时，塑造高场长这样的负面形象还不足为奇，难能可贵的是徐盈还塑造了一系列正面的官员形象。《汉夷一家》中的总队长，为修筑机场殚精竭虑，白天骑着两轮车在工地巡视，深夜还出来巡查。他随时关注夷工，鼓舞他们的工作热情，帮助他们提高工作效率。总队长也很讲究工作方法，夷工切那被误伤，生命垂危，夷工们寄希望于比母，总队长悄悄请来军医为切那诊治，却并不说破。切那的伤治愈后，总队长又利用夷工对比母的崇拜，请他为中国占卦。比母在总队长的暗示下，宣布结果为"吉祥"，"中国的国运要一天比一天好，现在就是要心齐"。经过总队长耐心细致的工作，汉夷之间的矛盾化解，夷工的国家意识也得到增强。《方委员》中体恤民情、不贪钱财的视察委员方铁生，《征兵委员》中秉公执法、委曲求全的征兵委员吴克家，《新的一代》中忠于职守、老当益壮的刘招待主任，都是官员中的正面形象。现代文学作品中，正面形象多为底层民众，官员、绅士等上层人物多以负面形象出现，徐盈短篇小说中一系列正面官员形象和其长篇小说中正面绅士形象的出现①，是对"一

---

① 长篇小说《苹果山》中的魏福清，是一个坚守民族大义、一步步走上抗日道路的正面绅士形象。参见陈思广《中国现代长篇小说史话》《四川抗战小说史（1931—1949）》。

边是荒淫无耻，一边是庄严的工作"这一现实的真切反映，有其独特的文学史价值。

徐盈后期小说大多以边陲之地为背景，因而其环境描写具有浓郁的区域与民族特色。如《四十八家》首节的一段描写："小安和老弓所在的这个区域，正是大庙背后，一湾浅浅的水流，当姑娘们每天群集在这里洗澡时，菩萨的眼光直勾勾地向前望着，决不会转回头来，不必怕泄露任何春光，到夜晚，一棵棵的大榕树都成了天然的靠背椅，丛丛的修竹落下的叶子又铺成了天然的地毡，宽大的香蕉叶子像巨大的屏风似的，把每个角落罩得严严的，掩盖不住的只有那些愉快的声音。"榕树、修竹、香蕉，是典型的南疆风景，而大庙里供奉的菩萨、群集着沐浴的姑娘、青年男女幽会时愉快的声音，又传达出摆夷族特有的民族风情①。

徐盈后期小说社会环境的描写非常成功，如《方委员》借哀婉的苗歌巧妙解释了苗民暴乱的社会根源，是社会环境的一种表现方式。又如《黑货》中奉官府命令铲掉麦苗后种植的遍地鸦片、因难以生存而抢劫杀人的傈僳，《汉夷一家》中享有无限威望的比母、因血统纯正而敢于顶撞小队长的黑骨头，《藏家小姐》中金碧辉煌的喇嘛寺、青稞面做成的抗击风云雷雨的"赛尔都"、边民们交纳给喇嘛以保证丰收的保险费等，都是富于区域、民族特色的社会环境。这些社会环境描写，如实地表现了边地的社会状况，不仅渲染了氛围，而且推动了故事情节的发展，深化了主题。

文学促成新闻，新闻也促成文学，文学功底的扎实促成了徐盈新闻事业的成功，新闻行业的从业经历又促成了徐盈文学创作的独具个性与特色。题材宽泛而具有尖端性和开创性、情节相对单纯而意蕴丰富厚重，是徐盈后期短篇小说创作的两个显著特点。正是新闻记者的敏锐，使他能够捕捉时人最为关注的话题并实现小说创作题材的新开拓；也正是新闻记者的敏锐，使他能够在相对单纯的情节中挖掘出丰富厚重的意蕴。徐盈的短篇小说具有强烈的现实性和一定的纪实性，也可以理解为文学与新闻的融合使然。或许我们

---

① 摆夷（傣族）人信仰佛教，爱沐浴，婚恋自由。

更应该思考：作为新闻记者的徐盈，其短篇小说创作在何种程度上实现了文学与新闻的融合？这给抗战文学带来了哪些新质？有没有带来小说观念、小说文体等方面的更新？这些或许是比单纯讨论徐盈的短篇小说本身更有意义的话题。

（原刊《现代中国文化与文学》2018 年第 4 辑）

陶雄中华人民共和国成立前的文学活动考论

王学振

中华人民共和国成立之后，陶雄主要从事戏曲方面的工作。他先后担任华东文化部戏改处研究室主任、华东戏曲研究院编审室主任、上海京剧院副院长等职务，出版《三世仇》《伏虎冈》等京剧剧本和《红氍毹上》《黄花集》等戏曲评论集，作为编委参与《辞海》《中国大百科全书·戏曲卷》等大型辞书的编写，主编《中国戏曲曲艺辞典》《中国京剧史》等戏曲理论著作，他还是影响广泛的现代京剧《智取威虎山》的主要编导人员。因此陶雄逝世之后，是被作为"我国当代卓越的素孚众望的戏曲理论家"① 而加以纪念的。其实陶雄首先是一位新文学作家，中华人民共和国成立前他发表过一大批有影响的小说、戏剧、译作，还曾长时间担任"文协"成都分会的常务理事，负责过该分会总务部、研究部的工作。在今天很多现代文学研究者已经不太知晓新文学作家陶雄的情况下，很有必要对他在中华人民共和国成立前的文学活动进行梳理。

一

陶雄（1911—1999），江苏镇江人，作家、戏曲理论家。他生于南京，幼年时随父母来到北平，先后就读于女高师附小、北师附小、师大附中等学校，

---

① 马少波：《卓越的戏曲理论家——纪念陶雄诞辰 90 周年》，《中国戏剧》2011 年第 7 期。

与张岱年、陈伯欧（北鸥）等同学①，1932 年夏毕业于北平师范大学外国文学系。陶雄上大学时即开始在中学教授英文，他先后任教过的学校有师大女附中、志成中学、春明女中及河南省立第四师范学校等。1936 年陶雄被聘为南京国立戏剧学校（即后来的国立戏剧专科学校）讲师。全面抗战爆发后陶雄考入当时空军的领导机关航空委员会任英文编译，翻译过一些技术文件。1938 年随军入川，转任《中国的空军》等报刊的编辑、主编。抗战胜利后陶雄回到南京，任国立戏剧专科学校副教授兼总务主任，后任上海光华大学外国文学系和大夏大学中国文学系教授。

陶雄从小就爱好文艺，当他"还是一个十几岁的小戏迷时，就常去广和楼看富连成小四科杨盛春、高盛麟一辈演出的小武戏"②，在北平上大学时，曾"加入了内务部街'雪社'票房淘点玩艺儿，是个十足的大戏迷"③。据张岱年回忆，陶雄在北师大上大学时，与同学阮庆苏、陈伯欧、谷万川等组织了"人间社"，该社曾邀请鲁迅、张申府等校外名家来校讲演。④ 这种爱好为他以后的文学活动奠定了基础。

考察陶雄的文学活动，首先必须把陶雄与陶熊、龚雄二人区别开来。

有几种著作记载抗战时期在遵义、自贡等地上演过陶雄的剧作《反间谍》⑤，其中一种还说得很具体："《反间谍》作者陶雄，江苏镇江人，作家，抗战期间在贵阳、遵义从事过戏剧活动，在遵义还写有剧本《潘金莲》《不愿做奴隶的人们》。"⑥ 这是将陶雄与《反间谍》等剧的作者陶熊弄混了。三幕剧《反间谍》1946 年 3 月由文江图书公司出版时，封面上印着"国立戏剧专

---

　　①　张岱年：《张岱年自传》，巴蜀书社 1993 年版，第 7 页。

　　②　陶雄：《他为京剧艺术作出无私奉献——论高盛麟同志的艺术素养》，《戏曲艺术》1990 年第 4 期。

　　③　陶雄：《我所知道的余叔岩》，《戏曲艺术》1987 年第 3 期。

　　④　张岱年：《我与北师大》，刘锡庆主编：《我与北师大》，北京师范大学出版社 2002 年版，第 11 页。

　　⑤　中共遵义市委宣传部、遵义市历史文化研究会编：《抗战的遵义》，西南交通大学出版社 2015 年版，第 18 页；黄健、程龙刚、周劲：《抗战时期的中国盐业》，巴蜀书社 2011 年版，第 295 页；自贡市地方志编纂委员会：《自贡市志》（下册），方志出版社 1997 年版，第 1227 页。

　　⑥　中共遵义市委宣传部、遵义市历史文化研究会编：《抗战的遵义》，西南交通大学出版社 2015 年版，第 18 页。

科学校第四届毕业公演""演出修正本"字样,作者陶熊在《序》中说"这个剧本是在三十年春写成的,同年六月中旬在母校首次上演",并称万家宝为"我师"。① 由此看来,陶熊毕业于国立剧专,是曹禺的学生。而陶雄毕业于北师大,他与曹禺均曾任教于国立剧专,二人年齿相仿,陶雄仅比曹禺小一岁,不可能尊曹禺为师。显然陶熊不是陶雄,而是另有其人。

龚雄的中篇小说《银空三骑士》曾连载于《中国的空军》② 并出版单行本,其生平亦不详。陶雄的小说集《麻子》1947 年 12 月在上海由独立出版社出版时,在版权页和目录页之间,单独有一页列有"本书作者其他几种著译",奇怪的是除《0404 号机》《伥》《壮志凌云》《敌后的插曲》《人质》《航空圈内》《总站之夜》外,《银空三骑士》也赫然在列。这就把龚雄与陶雄联系起来了,让人不能不发生联想:"龚雄"就是陶雄吗?作为《中国的空军》的工作人员,在自己编辑的刊物上发表作品时署个笔名,是完全可能的。根据现存的资料,可以发现龚雄除发表《银空三骑士》等不多的文学作品外,还曾发表《漫谈美国陆军航空队的扩充与飞机》《苏联跳伞的十年间》《地面上的飞行试验》《"尾巴查理"——一个空中射手的自白》《空中竞赛》等译文,这似乎也与陶雄翻译家的身份以及曾在航空委员会翻译空军技术文件的经历吻合。问题是陶雄在《抗战四年来的空军文学》一文中,曾经列举空军文学的代表性作品,他将《天王与小鬼》《0404 号机》《夜曲》等作品归并到自己名下,而仍然说《银空三骑士》是"龚雄作"③。这又不能不让人对龚雄就是陶雄产生怀疑。《银空三骑士》是"空军文艺丛书"的第二种,封面上印着"陶雄主编""龚雄作"等字样,"主编"应该指主编"空军文艺丛书","作"应该指创作《银空三骑士》,两人的姓名同时出现,是同一人的可能性不大。该书的后记中写道:"直到二十九年(1940 年——引者)春,因为自己走进一家空军杂志社,这才下了决心把它——这可歌可泣的悲壮故事——

---

① 陶熊:《序》,《反间谍》,文江图书公司 1946 年 3 月版,第 1 页。
② 连载时称为长篇小说,这篇小说篇幅较长,艺术价值较高,在抗战时期的空军文学中占据一定地位。参见拙作《抗战时期的空军文学》,《励耘学刊》2019 年第 1 辑。
③ 陶雄:《抗战四年来的空军文学》,《文艺月刊》1941 年 7 月 7 日第 11 年 7 月号。

用小说形式表现出来。"① 而据陶雄作于 1939 年 9 月 15 日的《〈悼亡集〉题记》，他是 1939 年 4 月开始"担负一个空军刊物的编务"② 的。这两个时间点也不一致。因此我们宁愿相信独立出版社出了一点小小的差错，龚雄恐怕也另有其人。

二

陶雄真正开始文学活动，应该是在 20 世纪 30 年代中期。1935 年 12 月，他的诗作《夜》发表于《质文》第 4 号。该诗写车夫的悲惨生活，充满了对劳动者的同情："黑暗在他心头凝成了浓墨，/车轮戚戚苦苦低吟着夜歌。/银星皎月早到云层里酣卧，/剩下陋巷一声梆子一声锣。//脚边昏黄的光圈步步熄暗，/冥漠中把希望踏成了轻烟。/枯叶在夜风怀里向他唁叹：/凭一身好筋骨买不饱两餐！"1936 年夏，他的小说《心病》《难题》等作品也相继发表。1937 年夏，他参加演出熊佛西的话剧《吴越春秋》。陶雄 20 世纪 30 年代中期到 1949 年的文学活动，大体上可以归纳为四个方面。

一是创作。中华人民共和国成立之前，陶雄创作了大量新文学作品，这些作品刊载于《七月》《抗战文艺》《文艺阵地》《文艺月刊·战时特刊》《笔阵》《中原》《文艺先锋》《战时文艺》《青年文艺》《防空月刊》《中国的空军》《航空建设》等刊物，结集或出版了单行本的有《航空圈内》（报告、小说集，"空军文学丛书"第二种，中国的空军出版社 1940 年 1 月版）、《总站之夜》（戏剧集，"空军戏剧丛书"第五种，中国的空军出版社 1940 年 3 月版）、《0404 号机》（小说、戏剧集，"七月文丛"第 2 种，海燕书店 1940 年 6 月版）、《伥》（短篇小说集，"现代文艺丛刊"第二辑之三，改进出版社 1941 年 8 月版）、《壮志凌云》（四幕剧，"全国知识青年志愿从军戏剧丛刊"之一种，独立出版社 1945 年版）、《麻子》（小说集，独立出版社 1947 年 12 月版）

---

① 龚雄：《后记》，《银空三骑士》，中国的空军出版社 1944 年 3 月版，第 117 页。
② 陶雄：《〈悼亡集〉题记》，《笔阵》1939 年 9 月第 11 期。文末署"二十八年九月十五日"。

等。在陶雄中华人民共和国成立前的创作中，数量最多、影响最大的是小说和戏剧。就小说而言，陶雄的《0404 号机》（《七月》1938 年 5 月第 3 集第 1 期）、《张二姑娘》（《抗战文艺》1938 年 10 月第 2 卷第 7 期）、《守秘密的人》（《抗战文艺》1939 年 1 月第 3 卷第 7 期）、《伥》（《文艺阵地》1939 年 5 月第 3 卷第 3 期）、《麻子》（《笔阵》1942 年 10 月新 5 期）、《拾来的枪》（《青年文艺》1944 年 12 月新 1 卷第 5 期）等作品，在当时引起了广泛的关注。有的小说经受了时间的检验，成为抗战文学的代表性作品，如《0404 号机》《麻子》分别收入 1989 年出版的《中国抗日战争时期大后方文学书系》小说编和通俗文学编，《张二姑娘》收入 1990 年出版的《中国新文学大系 1937—1949》短篇小说卷，《0404 号机》还进入了抗战胜利五十周年之际中国文联、中国作协等单位联合推荐的"中国抗战文学名作百篇"。就戏剧而言，陶雄创作了话剧剧本《军营前》（独幕剧，《防空月刊》1937 年 5 月第 3 卷第 5 期）、《总站之夜》（独幕剧，《七月》1939 年 8 月第 4 集第 2 期）、《阎海文之死》（独幕剧，收入戏剧集《总站之夜》，于 1940 年 3 月出版）、《归队》（街头剧，收入戏剧集《总站之夜》，于 1940 年 3 月出版）、《九年以后》（独幕剧，又名《空军之家》，《笔阵》1942 年 6 月新 3 期）、《男儿经》（四幕剧，又名《壮志千秋》，《文艺先锋》1947 年 2 月第 10 卷第 2 期、1947 年 3 月第 10 卷第 3 期连载）等，其中《九年以后》《男儿经》艺术上比较成熟，后者上演后还曾于 1944 冬"荣膺中央首奖"[①]。除创作小说和戏剧外，陶雄还写有一定数量的散文、报告和少量的诗歌。散文如《乡里》（《笔阵》1939 年 4 月第 3 期）、《〈悼亡集〉题记》（《笔阵》1939 年 9 月第 11 期）、《这不是我们的》（《笔阵》1942 年 5 月新 2 期）等，都写得情真意切。报告有《某城防空纪事》（《七月》1938 年 1 月第 1 集第 6 期）、《两年来活跃祖国银空的"铁雨"战士》（《中国的空军》1939 年 8 月第 24、25 期合刊）、《两年来"东海"大队的空中突击》（收入报告、小说集《航空圈内》，于 1940 年 1 月出版）、《断臂将军石邦藩》（《中国的空军》1940 年 10 月第 37 期）、《第一

---

① 《男儿经》发表时的"编者按"，《文艺先锋》1947 年 2 月第 10 卷第 2 期。

天——英雄的战斗·光辉的纪录》（《中国的空军》1941年8月第44期）、《中国空军抗战五年》（《现代防空》1942年8月第1卷第3期）等，其中《某城防空纪事》广为流传，后来被收入《中国抗日战争时期大后方文学书系》报告文学编。诗歌除前文提到的《夜》之外，还有曾谱曲传唱的《陆空合作》（《中国的空军》1940年11月第38期）等。

二是翻译。陶雄毕业于北师大外文系，教过英文，初到航空委员会任职时担任的也是翻译技术文件的工作，其英文是比较好的。在创作的同时，他也翻译了一些文学性较强的外国作品。他零星发表的译作有《兰登访问记》（[美]W. C. Kelly作，《革命空军》1936年8月第3卷第15期）、《别高尔基》（[法]罗曼·罗兰作，《时代论坛》1936年9月第1卷第11期）、《"生活变得更愉快了"》（[美]Joshua Kunitz作，《时代论坛》1936年9月第1卷第12期）、《哈里肯对杜尼尔空战记》（[英]H. F. King作，《空讯》1940年11月第18期）、《托尔斯泰和他的英美朋友》（[苏]N. 葛塞夫作，《战时文艺》1941年11月第1卷第1期）、《从法西斯后方来的人》（[苏]K. 西蒙诺夫作，《创作月刊》1942年4月第1卷第2期）、《护航队到摩尔曼斯克去》（[美]E. 穆勒作，《文艺先锋》1943年1月第2卷第1期）、《奇遇》（[匈]巴拉兹作，《国讯》1944年9月第375期）等众多篇什。他还将德国作家S. 黑姆（Stefan Heym，通译史悌芬·海姆）1942年出版的长篇小说《人质》（德文版书名《格拉泽纳普少尉事件》）译为中文，于1943年9月由成都复兴书局出版。海姆是西方公认的"继布莱希特之后最主要的反法西斯作家"①，《人质》是他的第一部反法西斯长篇小说，表现布拉格沦陷后捷克斯洛伐克人民反抗德国法西斯暴行的斗争，故事生动，行文流畅，深受读者欢迎，出版不久就被搬上银幕。陶雄是最早将海姆作品译为中文的翻译家之一，他和马耳（叶君健）翻译的《人质》几乎是同时出版。1944年4月，陶雄的另一部译作《敌后的插曲》作为"文协成都分会翻译丛书"的一种，由成都中西书局出版。这是一部翻译作品集，包括苏联、美国、捷克三个国家十位作家的

---

① 陈良廷：《新版后记》，史悌芬·海姆著，徐汝椿、陈良廷译：《人质》，上海译文出版社1985年版，第388页。

十篇报告，苏联的有 E. 维伦斯基的《敌后的插曲》、J. 邬特金的《在布里安斯克森林里》、P. 柯金勤的《新沙赛宁传》，美国的有 Q. 雷诺兹的《喷火机的战士》、R. 拉泰尼尔的《缅甸的敦刻尔克》、W. 克莱门斯的《陈纳德与飞虎》、F. 雷克利的《空中的维金》、E. 席伯的《地下巴黎》等，捷克的有 F. 李贝克的《我们在捣毁德国的"西墙"》。这十篇报告内容广泛，"从北极的洋上，通过远东的碧空，以迄于美洲的地面"，但"有一个基本的共通之点，那便是：不愿意做奴隶的人们即便是在最险恶最艰难的环境当中，也永远不放弃反抗，挣扎，与斗争"①。《人质》《敌后的插曲》等反法西斯的作品甫一问世，陶雄即将其译为中文，其现实意义明显，对于世界反法西斯文学在中国的传播也具有一定的作用。

三是编辑。陶雄编辑过几种报刊和丛书，不少文学作品经他的手面世，编辑活动也是他文学活动的一个重要方面。从目前掌握的情况来看，陶雄至少编辑过以下几种报刊：（一）《飞报》副刊《天风》。《飞报》是航空委员会政治部 1939 年 4 月创办的一份日报，其第四版为副刊《天风》。许伽回忆说："《飞报》，国民党航空委员会主办。副刊《天风》，抗战前期由陶雄主编。其经常撰稿人有：厉歌天（牧野）、碧野、萧蔓若、曹葆华、罗念生、陈敬容、叶菲洛、熊佛西等著名文化人。这些撰稿人的名字一时吸引了众多的文艺青年投寄稿件，如杜谷、岳军（蔡月牧）、文启蛰等均曾发文其上。记得当时许多青年朋友均以投上《天风》为荣，惜乎投中较难，笔者就曾几次投稿未中。"② （二）《中国的空军》。《中国的空军》是航空委员会政治部 1938 年 2 月创办的一份期刊，先后在武汉、重庆、成都、南京等地出版，黄震遐、丁布夫曾任该刊主编，自第 36 期起，由陶雄主编。该刊为空军的综合性期刊，也刊发文艺作品。陶雄接任主编后， "决定多刊载一些纯文艺的作品"③。（三）《大众航空》。《大众航空》创刊于 1939 年 1 月，也是空军系统的刊物。

① 陶雄：《译者赘余》，维伦斯基等著，陶雄译：《敌后的插曲》，中西书局 1944 年 4 月版，第 143 页。

② 许伽：《黑暗中开向黎明的窗口——旧时成都报纸副刊琐记》，《母亲河》，四川文艺出版社 1991 年版，第 167 页。

③ 编者：《从这一期起》，《中国的空军》1940 年 9 月第 36 期。

该刊内容为普及航空知识、推广航空运动、宣传航空建设，辟有文艺栏目。陶雄曾继李束丝、朱惠之后担任该刊一段时间的主编。①（四）《华西晚报》副刊《华灯》。有资料说陶雄曾与陈白尘联合编辑过《华西晚报》副刊《艺坛》，但陈白尘在《记〈华西晚报〉的副刊》②一文中并未提及此事。应该是陶雄于1942年主编《华西晚报》文艺副刊《华灯》，这个副刊1943年秋冬之际由陈白尘主编，改名为《艺坛》。③此外，"文协"成都分会曾于1944年5月出版《笔阵》革新第1号，这一期是翻译专辑，以高尔基的作品《顾平》命名，陶雄也列名编委，但这个编委是否真正参与编务，就不得而知了。陶雄在《中国的空军》主编任内，还曾编辑出版文艺丛书，其中"空军文艺丛书"包括朱民威的《人像》、刘益之的《银色的迷彩》、龚雄的《银空三骑士》等。

四是参与"文协"成都分会的领导工作。"文协"成都分会（以下简称"分会"）成立于1939年1月14日，陶雄参加了成立大会，是分会的第一批会员。7月15日，分会在清华同学会举行晚会，公推陶雄代替离开成都的叶麐，成为分会的候补理事。1940年2月6日，分会举行年会，选举第二届理事会，陶雄与萧军、李劼人、沙汀、刘开渠、赵其文、肖蔓若七人当选。第一次理事会决定陶雄与赵其文负责总务部（7月改为与毛一波负责研究部），这样陶雄成为分会的常务理事。1941年1月，分会选举第三届理事会，此次选举由接近官方的叶菲洛④主持，陶雄没有当选。1942年3月，分会选举产生第四届理事会，陶雄再次当选，成为与李劼人一道负责总务部的常务理事。1943年2月，分会选举第五届理事会，陶雄与叶圣陶、碧野、陈翔鹤、李劼人、王余杞等人当选理事。⑤此后陶雄可能继任理事，但因分会的活动趋于沉

---

①　王绿萍编著：《四川报刊五十年集成1897—1949》，四川大学出版社2011年版，第485页。

②　陈白尘：《记〈华西晚报〉的副刊》，《陈白尘选集》第5卷，四川文艺出版社1988年版，第296—305页。

③　参见洪钟《陈翔鹤与文协成都分会》，《抗战文艺研究》1982年第2期；王开明《"文协"成都分会和它的会刊》，《抗战文艺研究》1983年第1期；黄群英《现代四川期刊文学研究》，四川大学出版社2010年版，第32页。

④　洪钟：《陈翔鹤与文协成都分会》，《抗战文艺研究》1982年第2期。

⑤　刘增人：《叶圣陶传》，东方出版社2009年版，第214页。

寂，加之分会会刊《笔阵》不能正常出版，相关的文字记载很难见到。从1944 年 5 月《笔阵》革新第 1 号出版时陶雄与李劼人、陈翔鹤、叶圣陶、碧野、谢文炳、罗念生列名编委的情况来看，他应该继续担负着分会的领导工作。作为曾经负责总务部、研究部的常务理事，陶雄肯定做了很多会务工作，从一些零星的文字记载中可见一斑。如 1942 年 9 月冯玉祥、老舍等人路过成都，就是陶雄主持的欢迎事宜："九月九日午后三时，本会（文协成都分会）假座青年会举行茶会，欢迎由灌县峨眉返蓉之冯焕章、老舍、王冶秋、叶麐四先生。到会员暨会外人士计四十余人。准时开会。首由主席陶雄报告，并致欢迎词，略谓：二三年半以前，二十八年一月十四日，本分会举行成立大会时，冯先生老舍先生曾代表总会亲临监督致训，现时隔数载，两先生复联袂来蓉，分会同人弥感兴奋。词毕，邀请冯先生致词（全文附后）。随即全体出室摄影留念。摄影毕，冯先生因事忙。先行告退。茶会继续举行，复邀请老舍先生致词（全文附后）。词毕，陶雄代表总务部作工作报告，约分经费收支，征收会员，人事异动（干事改聘洪钟担任）及工作计划工作检讨数项。继由牧野陈翔鹤分别代表出版部研究部报告。五时散会。会后，偕赴虎崿酒家，与老舍王冶秋二先生举行聚餐。"① 1943 年 11 月成都文艺界庆祝叶圣陶五十寿辰，也主要是由陶雄和陈白尘等人筹办的。庆贺仪式上，"陶雄任主席，洪钟唱贺诗，陈白尘宣读贺电，王冰洋报告叶圣陶致力于文艺的生平史实，张逸生朗诵《倪焕之》中的一节"② 1943 年 5 月，成都文艺界发起为贫病作家张天翼募集医药费、为已故作家万迪鹤遗属募集赡养费，他也是发起人之一。③ 1940 年夏，分会为会外的文艺青年、大中学生举办"暑期文艺讲习班"，他也是授课教师之一。④

---

① 文协成都分会总务部：《九九茶会小记》，《笔阵》1942 年 10 月新 5 期。
② 刘增人：《叶圣陶传》，东方出版社 2009 年版，第 215 页。
③ 《成都文艺界为张天翼氏募集医药费为万迪鹤氏遗属募集赡养费启事》，载 1943 年 5 月 5 日成都《华西晚报·文艺》第 151 期，署王冰洋、王余杞、李劼人、牧野、陶雄、陈翔鹤、叶圣陶、碧野、谢文炳、罗念生、苏子涵同启。
④ 《会务报告》，《笔阵》1940 年 8 月新 1 卷第 5 期。

三

如上文所述，陶雄中华人民共和国成立前的文学活动是多方面的，但他多方面的文学活动围绕着一个中心——空军文学的建设，这是其文学活动的一个显著特点。

"空军文学"这个概念在我国最早可能是由著名军事学家蒋百里提出的，他1938年秋在《大公报》发表文章讨论抗战大局，其中提及文学："我觉得在这一年来的新文学中，最出色的是空军文学。当然从前在亭子间里，现在在天空中，居处气养移体，吐属自是不同，而空军的环境，可以说事事都是新奇，都是可以惊异的，所以激荡出来的文字，比人家的不一样。不过在我的直觉上，似乎灵敏方面多，空阔方面少，我还希望将八千高尺空上的灵性再用加速度的发展。"① 这一概念提出后，隶属于航空委员会政治部的《中国的空军》明确提出了"创造'空军文学'"② 的口号。作为航空委员会政治部的工作人员和《中国的空军》的第三任主编，陶雄在空军文学的建设方面可谓不遗余力。

其一，他对空军文学的发展进行了富有理论深度的总结和反思。《抗战四年来的空军文学》是一篇很有内涵和深度的文章，其理论意义至少包括以下几点：（一）廓清了对于"空军文学"的一些模糊认识，对其作了一个切合实际的界定："所谓'空军文学'，是泛指以空军为写作对象——也就是'空军题材'的文学作品。"并且指出提倡空军文学的目的"不是为了自立宗派，别树一帜"，而是为了"呼召更广大的作者和读者"，为空军建设服务。（二）对全面抗战四年以来空军文学在小说、戏剧、诗歌、散文、报告等各个

---

① 蒋百里：《抗战一年之前因与后果》，谭徐锋主编：《蒋百里全集》第1卷，北京工业大学出版社2015年版，第432页。原文连载于1938年8月28日、9月4日、9月25日（汉口）《大公报》"星期论文"。

② 丁布夫：《本刊一周年》，《中国的空军》1939年2月1日第20期。

门类的发展演变轨迹，作了清晰的勾勒、翔实的论述。（三）反思了空军文学四年来的不足，为其未来发展建言。"艺术水准不够高，一般都犯着公式化、概念化的毛病，这原因很简单，便是体验不够，生活经验太贫乏。以后发展选取的路径应该是：大量培养'空军作家'，使'隔靴搔痒'的作品逐渐淘汰，以至于无。或许这企图并不像培养'农民作家''丘八诗人'那样困难的。""其次，表现的面——范围过于狭窄。这是受着作者的修养和人生观宇宙观的影响决定的。扩展作者的视野，这企图比培养人才更其繁难。"①

其二，他的著译均以空军题材为主，创作了一些文质兼美的优秀作品。陶雄的创作取材范围广泛，有书写人民觉醒、反抗的《张二姑娘》《麻子》《昙》《拾来的枪》《三个和一个》，有暴露汉奸恶行的《伥》，有表现贫富差距、同情弱者的《夜》《这不是我们的》，有讽刺小资产阶级知识分子的《心病》《难题》《玫瑰书签》，有思念沦陷国土、亡故爱人的《乡土》《〈悼亡集〉题记》，有鼓励当兵报国的《男儿经》……但陶雄写得最多、影响也最大的，还是空军文学。小说之中，《0404号机》书写空军空勤人员的辉煌战绩和昂扬斗志，《夜曲》反映空军地勤人员的尽忠职守，《当热烈氛围抱住中国飞机场的时候》叙述中国空军远征日本带来的反响，《一封悲壮的信》讴歌空军将士的牺牲精神，《天王与小鬼》记载空军英雄击毙日军王牌飞行员三轮宽的经过，《生日》记述航校学生因报国不得而自杀的惨剧，《守秘密的人》暴露空军器材运输中存在的问题，《囚房之音》表现对日本空军俘虏的优待，《"天皇"小史》讽刺日本空军的蠢笨，涉及空军生活的方方面面。戏剧之中，《总站之夜》写一位空军烈士的葬礼，表现烈士遗属和战友复仇的决心；《阎海文之死》演绎空军少尉阎海文殉国的经过；《归队》写空军战士秦德效受伤住院，妻子带着幼儿赶来相会，他却不愿逗留，归队杀敌去了；《九年以后》编织了一个满门飞将的故事，均属于空军题材。报告之中，《两年来活跃祖国银空的"铁雨"战士》《两年来"东海"大队的空中突击》《断臂将军石邦藩》《第一天——英雄的战斗·光辉的纪录》《中国空军抗战五年》等文都

---

① 陶雄：《抗战四年来的空军文学》，《文艺月刊》1941年7月号。

是记述空军战绩的。在陶雄的译作中，与空军有关的有《哈里肯对杜尼尔空战记》《看他们爬高》《护航队到摩尔曼斯克去》《喷火机的战士》《缅甸的敦刻尔克》《陈纳德与飞虎》《空中的维金》《我们在捣毁德国的"西墙"》等，占有的比例较大。尤其可贵的是，《0404 号机》《守秘密的人》《夜曲》《九年以后》等作品质量较高，陶雄也正是以这些作品奠定了自己的文学地位，成为抗战时期空军文学的代表作家之一。

其三，他通过自己的编辑活动刊发、出版大量空军题材的作品，为空军文学的发展助力。陶雄主编过的《飞报》副刊《天风》、《中国的空军》、《大众航空》等报刊是隶属于航空委员会政治部的综合性报刊，陶雄借助这些报刊与空军的特殊关系，凭着自己对文学的热爱，使得这些报刊成为刊发空军题材作品的重要阵地。我们以他主编《中国的空军》的情况为例说明。《中国的空军》是以"创造'空军文学'"为己任的，但在黄震遐、丁布夫主编时，刊发的文学作品不多，而且有限的文学作品也以记载空军战斗经历的报告为主，形式比较单一，因此就"创造'空军文学'"而言，效果不是特别明显。陶雄敏感地发现了这一问题，并于接任主编后进行了卓有成效的改革。他上任伊始，就在他编辑的第一期（第 36 期）发表了《从这一期起》，宣布调整编辑方针："过去本刊是太注重战斗生活，而忽略了一般生活。从这一期起，一个新的认识使我们把选稿的标准改变了。""当我们决定用我们这园地反映空军生活时，我们需要以更深邃的笔触探摸到这生活的底里，通过它，把全军全面的动态深刻而生动的表现出来，才能使万千读者对空军发生敬仰，企慕，和热爱。这里我们想到我们最坚利的工具——文学。从这一期起，我们决定多刊载一些纯文艺的作品。宣传必须通过'艺术'，这已是一句老话了，于此我们无须多所解释。"[1] 在陶雄这一编辑方针的指导下，《中国的空军》刊载的纯文艺作品明显增多，对空军生活的反映也更加全面、深入。如第 36 期刊有诗歌《空中英雄颂》《打一个滚》《迎击》和小说《银空三骑士》（连载）、散文《白雪天》等纯文艺作品，其他纪实性的各篇或记重庆空战经过

---

[1]　编者：《从这一期起》，《中国的空军》1940 年 9 月第 36 期。

（《六月出征重庆天空的记事》），或叙李昌雍等飞往敌后向日军散发反战传单（《二千六百公里的长征》），或写地面机械士的生活（《我们是拆运敌机的一群》），或以航校学生为主角（《笕桥日记》《白雪天》），也具有程度不同的文学性。又如第37期，纯文艺的作品除了连载的小说《银空三骑士》外，还有诗歌《鹰之歌》《当人们歌颂这胜利的鹰群的时候》、小说《信》。《断臂将军石邦藩》《书王天祥君事》《笕桥日记》（连载）、《陪都制空权是我们的》《苏刚之死》等几篇，则是纪实性与文学性的结合。从内容来看，这一期依然丰富。有表现空中战斗经过的（《陪都制空权是我们的》），也有反映空军日常生活的（《笕桥日记》）；有记述空军英烈事迹的（《断臂将军石邦藩》《书王天祥君事》《苏刚之死》），也有赞美修筑机场的农夫的（《当人们歌颂这胜利的鹰群的时候》）；有热情讴歌空军的（《鹰之歌》），也有善意嘲讽军中问题的（《信》）……陶雄编辑空军文艺丛书的情况如前文所述，此不赘言。不少的空军文学作品经陶雄之手获得读者，陶雄也通过自己的编辑活动引导空军文学走向进一步的深化。

在抗战时期，空军文学是产生了一定的影响的。蒋百里认为空军文学"最出色"已如前文所言。文艺界人士也对空军文学给予了关注，如田汉就曾说过："三年来我们的文艺作家一面扩大了写作的范围，如老舍先生就是一个，一面更加专门化，如写游击战的故事，最初士兵同志看了觉得好笑，后来回头向士兵学习，就慢慢写得逼真了。又如近来有人提倡空军文学，专门描写空军，海军方面前几天也有人提议，是抗战三年来在文艺上的好现象。"①在空军文学的建设中，陶雄的贡献不可低估。

附录　陶雄著译年表简编（1949 年以前）

1935 年

12 月 15 日，《夜》（诗）发表于《质文》第 4 号。

---

① 《从三年来的文艺作品看抗战胜利的前途——〈新蜀报〉副刊"蜀道"座谈会》，《新蜀报》副刊《蜀道》1940 年 10 月 10 日第 252 期。

1936 年

5 月 1 日，《心病》（小说）发表于《文艺月刊》第 8 卷第 5 号。

7 月 15 日，《难题》（小说）发表于《青年月刊》（南京）第 2 卷第 4 期。

8 月 1 日，《兰登访问记》（译作，［美］W. C. Kelly 原著）发表于《革命空军》第 3 卷第 15 期。

8 月 1 日，《摩利斯·道亥及其政党：法国的最前进党》（译作，Raoul Damiens 原著）发表于《时代论坛》第 1 卷第 9 期。

9 月 1 日，《别高尔基》（译作，［法］罗曼·罗兰原著）发表于《时代论坛》第 1 卷第 11 期。

9 月 16 日，《"生活变得更愉快了"》（译作，［美］Joshua Kunitz 原著）发表于《时代论坛》第 1 卷第 12 期。

1937 年

4 月 5 日，《国际文化保护协会》（文艺新闻）发表于《国闻周报》第 14 卷第 13 期。

5 月 1 日，《纳粹德国的戏剧》（论文）发表于《文艺月刊》第 10 卷第 4、5 号合刊。

5 月 10 日，《军营前》（独幕剧）发表于《防空月刊》第 3 卷第 5 期。

1938 年

1 月 1 日，《某城防空纪事》（地方特写）发表于《七月》第 1 集第 6 期。

2 月 1 日，《天王与小鬼》（小说）发表于《七月》第 2 集第 2 期。

4 月 1 日，《囚虏之音》（小说）发表于《中国的空军》第 7 期。

5 月 1 日，《0404 号机》（小说）发表于《七月》第 3 集第 1 期。

5 月 21 日，《夜曲》（小说）发表于《中国的空军》第 11 期。

9 月 1 日，《当热烈氛围抱住中国飞机场的时候》（小说，收入《航空圈内》时提名为《当热烈氛围拥抱住中国飞机场的时候》）发表于《中国的空军》第 15 期。

10 月 22 日，《张二姑娘》（小说）发表于《抗战文艺》第 2 卷第 7 期。

12月1日，《一封悲壮的信》（小说，未完）发表于《中国的空军》第17期。

1939年

1月10日，《一封悲壮的信》（小说，续）发表于《中国的空军》第18、19期合刊。

1月28日，《守秘密的人》（小说）发表于《抗战文艺》第3卷第7期。

2月1日，《"好男要当兵，好铁才打钉"》（歌词）、《"父老！"》（歌词）发表于《文艺月刊·战时特刊》第2卷第11、12期"军歌特辑"。

2月16日，《玫瑰书签》（小说）发表于《笔阵》第1期。

4月1日，《乡里》（散文）发表于《笔阵》第3期。

5月16日，《伥》（小说）发表于《文艺阵地》第3卷第3期。

8月，《总站之夜》（剧本）发表于《七月》第4集第2期。

8月14日，《两年来活跃祖国银空的"铁雨"战士》（报告）发表于《中国的空军》第24、25期合刊。

9月25日，《〈悼亡集〉题记》（散文）发表于《笔阵》第11期。

1940年

10月20日，《断臂将军石邦藩》（报告）发表于《中国的空军》第37期。

11月20日，《陆空合作》（歌曲，熊美生谱曲）发表于《中国的空军》第38期。

11月25日，《哈里肯对杜尼尔空战记》（译作，［英］H. F. King原著）发表于《空讯》第18期。

本年1月，《航空圈内》（空军文学丛书第二种），由中国的空军出版社出版，收《当热烈氛围拥抱住中国飞机场的时候》《"天皇"小史》《生日》《囚房之音》4篇小说和《两年来活跃祖国银空的"铁雨战士"》《两年来"东海大队"的空中突击》2篇报告。

本年3月，《总站之夜》（空军戏剧丛书第五种），由中国的空军出版社出版，收独幕剧《总站之夜》《阎海文之死》和街头剧《归队》3个剧本。

本年6月,《0404号机》(七月文丛2),由海燕书店出版,收《天王与小鬼》《0404号机》《未亡人语》《夜曲》《某城防空纪事》5篇小说和一个独幕剧《总站之夜》。

1941年

7月7日,《抗战四年来的空军文学》(论文)发表于《文艺月刊·战时特刊》1941年7月号"抗战四年来的文艺特辑"。

8月14日,《第一天——英雄的战斗·光辉的纪录》(报告)发表于《中国的空军》第44期。

11月20日,《托尔斯泰和他的英美朋友》(译作,〔苏〕N. 葛塞夫原著)发表于《战时文艺》第1卷第1期。

本年8月,小说集《伥》(现代文艺丛刊第二辑之三),由改进出版社出版,收《伥》《张二姑娘》《大华魂》《守秘密的人》《玫瑰书签》5篇小说。

1942年

3月20日,《看他们爬高》(译作,原刊伦敦《每日邮报》)发表于《大众航空》第4卷第2期。

4月25日,《从法西斯后方来的人》(译作,〔苏〕K. 西蒙诺夫原著)发表于《创作月刊》第1卷第2期。

5月1日,《这不是我们的》(散文)发表于《笔阵》新2期。

6月1日,《九年以后》(独幕长剧)发表于《笔阵》新3期。

8月1日,《疯子》(小说)发表于《航空建设》创刊号。

8月14日,《中国空军抗战五年》发表于《现代防空》第1卷第3期。

10月1日,《陈纳德与飞虎》(译作,〔美〕W. 克莱门斯原著)发表于《新新新闻每旬增刊》第5卷第7、8期合刊。

10月10日,《血战五年的中国空军》发表于《闽声通讯社》周年纪念特刊。

10月15日,《麻子》(小说)发表于《笔阵》新5期。

1943年

1月20日,《护航队到摩尔曼斯克去》(译作,〔美〕E. 穆勒原著)发表于《文艺先锋》第2卷第1期。

8月14日，《四届空军节有感》（杂感）发表于《机声》第3卷第4、5期合刊。

本年9月，译作《人质》由成都复兴书局出版。《人质》是德国作家S.黑姆（Stefan Heym，通译史悌芬·海姆）1942年出版的长篇小说《人质》（德文版书名《格拉泽纳普少尉事件》）。海姆是西方公认的"继布莱希特之后最主要的反法西斯作家"，《人质》是他的第一部反法西斯长篇小说，表现布拉格沦陷后捷克斯洛伐克人民反抗德国法西斯暴行的斗争。陶雄是最早将海姆作品译为中文的翻译家之一，他和马耳（叶君健）翻译的《人质》几乎是同时出版。

1944年

3月，《昙》（小说）发表于《中原》第1卷第3期。

11月20日，《托尔斯泰的英美朋友》（译作，［苏］N.葛塞夫原著）发表于《战时文艺》创刊号。

9月1日，《奇遇》（译作，［匈］巴拉兹原著）发表于《国讯》第375期。

9月，《陧上曲》（小说）发表于《文境丛刊》第1期。

12月20日，《拾来的枪》（小说）发表于《青年文艺》（桂林）新1卷第5期。

本年4月，译作《敌后的插曲》由中西书局出版，收《敌后的插曲》（［苏］E.维伦斯基原著）、《在布里安斯克森林里》（［苏］J.邬特金原著）、《新沙赛宁传》（［苏］P.柯金勒原著）、《护航队到摩尔曼斯克去》（［美］E.穆勒原著）、《喷火机的战士》（［美］Q.雷诺兹原著）、《缅甸的敦刻尔克》（［美］R.拉泰尼尔原著）、《陈纳德与飞虎》（［美］W.克莱门斯原著）、《空中的维金》（［美］F.雷克利原著）、《我们在捣毁德国的"西墙"》（［捷克］F.李贝克原著）、《地下巴黎》（［美］E.席伯原著）10篇报告。这些作品"有一个基本的共通之点，那便是不愿意做奴隶的人们即便是在最险恶最艰难的环境当中，也永远不放弃反抗，挣扎，与斗争"（《译者赘余》）。

1945 年

2 月，《坎坷》（小说）发表于《微波》第 1 卷第 2 期。

3 月，《三个和一个》（小说）发表于《文艺先锋》第 6 卷第 2、3 期合刊。

本年，多幕剧《壮志凌云》作为"全国知识青年志愿从军戏剧丛刊"之一种，由独立出版社出版。

1946 年

11 月 7 日，《百贯老人压倒马拉松竞走》（散文）发表于《海燕》新 2 期。

1947 年

2 月 28 日，《男儿经》（四幕剧，未完）发表于《文艺先锋》第 10 卷第 2 期"戏剧专号"。

3 月 30 日，《男儿经》（四幕剧，续）发表于《文艺先锋》第 10 卷第 3 期。

5 月 30 日，《孩子不懂的事情》（散文）发表于《文艺先锋》第 10 卷第 5 期。

本年 12 月，小说集《麻子》由独立出版社（上海）出版，收《麻子》《三个和一个》《昙》《隄上曲》《拾来的枪》5 篇小说。

老舍与"侠"文化

　　作为一位大师级作家，老舍构筑的文学世界内涵无比丰富，这就给研究者留下了从不同视角加以言说的巨大空间。老舍好"武"崇"侠"，其作品也颇有几分侠气，"侠"文化无疑可以成为解读老舍及其文学世界的视角之一。

一

　　"历史上的游侠行为与文艺中的武侠文学所形成的中国侠文化，是中国传统文化的一种独特文化形态，对中国文化尤其是下层民间文化有深刻的影响。"[①] 老舍出身于下层旗人家庭，在民间文化的滋养中成长，因而与活跃于民间的"侠"文化产生了天然的联系。

　　首先是亲友的侠义性格对他的濡染。老舍曾说："从私塾到小学，到中学，我经历过起码有二十位教师吧，其中有给我很大影响的，也有毫无影响的，但是我的真正的教师，把性格传给我的，是我的母亲。""我的性格，习惯，是母亲传给我的。"[②] 而老舍的母亲恰恰具有好客、自尊、刚强、讲义气、乐于助人等侠义性格。街坊宗月大师更是一位仗义疏财的长者，他"是个在金子里长起来的阔大爷"，心中却无贫富之别，为举办慈善事业而散尽了偌大

---

　　① 韩云波：《侠与侠文化的自由理想》，《天府新论》1996 年第 1 期。
　　② 老舍：《我的母亲》，《老舍全集》第 14 卷，人民文学出版社 2008 年版，第 328—329、330 页。

的家财，出家为僧后衣食无着，却仍不改济世救人的初衷。正是在大师的赞助下，贫穷的老舍才得以踏进学堂之门。大师的义举既改变了老舍的命运，也对老舍的精神产生了很大影响。大师坐化之后，老舍深情地写道："没有他，我也许一辈子也不会入学读书。没有他，我也许永远想不起帮助别人有什么乐趣与意义。"①

其次是民间文艺的侠义精神对他的熏陶。从母亲和街坊那里濡染了侠义性格的老舍，对那些宣扬侠义精神的民间文艺怀有特别浓厚的兴趣。后来他曾多次回忆与罗常培等同学去听侠义故事的情形："莘田是我自幼的同学，我俩曾对揪小辫打架，也一同逃学去听《施公案》。"②"下午放学后，我们每每一同到小茶馆去听评讲《小五义》或《施公案》。"③除《小五义》《施公案》外，年幼的老舍还读过《三侠剑》与《绿牡丹》，听过《五女七贞》等评书。

作为民间文化形态之一的"侠"文化，于不经意间对老舍发生着潜移默化的影响，造就了他好"武"崇"侠"的个性特点。

黄天霸们能够锄强扶弱，仗义行侠，前提之一是其武艺高强。也许是出于对这些侠客的崇拜之情，老舍很早就对武术产生浓厚的兴趣，后来在山东时还特地购置了刀枪剑戟等十八般兵器拜师学艺。老舍习武达数十年之久，先后练习过剑、拳、棍、气功等多种武术。老舍习武十分勤苦，无论寒暑雨雪从不间断，因而对武术颇有心得，他的第一本书就是关于剑术的《舞剑图》，其精妙的拳术曾引得《学生画报》的记者陈逸飞要拜他为师，还曾在他晚年访日时赢得日本友人的由衷敬佩。④

好"武"的老舍更为崇"侠"。早在孩提时代，侠客们的传奇故事就激发了老舍对"侠"的向往："记得小的时候，有一阵子很想当'黄天霸'，每逢四顾无人，便掏出瓦块或碎砖，回头轻喊：看镖！有一天，把醋瓶也这样出了手，几乎挨了顿打。这是听《五女七贞》的结果。"⑤成年之后的老舍，

---

① 老舍：《宗月大师》，《老舍全集》第14卷，人民文学出版社2008年版，第241页。
② 老舍：《怀友》，《老舍全集》第14卷，人民文学出版社1989年版，第215页。
③ 老舍：《悼念罗常培先生》，《老舍全集》第15卷，人民文学出版社2008年版，第10页。
④ 舒乙：《老舍的关坎和爱好》，中国建设出版社1985年版，第31—33页。
⑤ 老舍：《习惯》，《老舍全集》第15卷，人民文学出版社2008年版，第246页。

当然不会继续其当"黄天霸"的幻想,但他却将侠义精神内化到他的血肉之中,形成了待人处世的侠骨、侠气。他急公好义,疾恶如仇,体现了一种"侠"的气度:"朋友有难,不问情由,四处奔走,鼎力相助,这,就是老舍!"① "如果是出于一种卑鄙的私图或不光明的动机,纵然善于花言巧语,他也必正言厉色,给对方一个'下不去'。"② 抗战爆发后,他抛妻别雏,毁家纾难,只身投入抗战的洪流中,奏响了一曲为国为民的"侠"的乐章。"文革"开始后,他义不受辱,宁为玉碎,不为瓦全,自沉湖底,更是以生命践行了自尊自爱的"侠"的精神!

好"武"崇"侠"的个性特点,对老舍的文学创作产生了不小的影响。其一,在新文学阵营普遍轻视武侠小说的时代氛围中,老舍却试图创作"通俗"的武侠小说。他先是构思了一部长篇武侠小说《二拳师》,后又答应上海大众出版社的《小说半月刊》写一个武侠长篇《洋泾浜奇侠传》。虽然由于各种原因,老舍未能完成这两部长篇武侠小说,却将前者提炼为优秀的短篇小说《断魂枪》,使我们由此可以窥见其可能达到的深度和厚度。其二,侠义思想贯穿渗透于老舍的作品之中,他的文学世界里闪烁着侠义的光辉。老舍的第一篇小说《小铃儿》叙写四个小学生为了雪国耻而苦练武功,即透露出崇尚侠义思想的端倪。他此后的作品更是讲述了一个又一个侠义故事:老张胡作非为,欺男霸女,洋车夫赵四等路见不平拔刀相助,使他的阴谋泡了汤(《老张的哲学》);文弱书生李景纯为解救弱女子而刺杀军阀贺占元,唤醒了浑浑噩噩的赵子曰的良知(《赵子曰》);为了维护自己的尊严,弱国子民小马勇敢地打了英国人保罗(《二马》);"猫国"一片黑暗,"猫民"麻木不仁,大鹰不惜以死来唤醒其觉醒(《猫城记》);面对张大哥一家的灾难,毫不起眼的丁二爷挺身而出,扼死作恶多端的小赵,解了主人的燃眉之急(《离婚》);阔少爷牛天赐公子落难,无以为生,四虎子、王宝斋的知恩图报使他重见希望(《牛天赐传》);为了保住洋车夫们的饭碗,知识分子白李冒着危

---

① 刘红梅:《老舍待人有侠气》,《可乐》2007 年第 8 期。
② 以群:《我所知道的老舍先生》,曾广灿、吴怀斌编:《老舍研究资料(上)》,北京十月文艺出版社 1985 年版,第 255 页。

险率人捣毁车站，黑李则牺牲了自己的生命保全了白李（《黑白李》）；一个不幸沦落的胖妇人与鬼子同归于尽，报了国仇家恨（《浴奴》）……

二

在很大程度上，"侠"的光辉是依靠"武"来打造的。"行侠必须'仗剑'，没'剑'（武功）寸步难行；倘若自身生命尚且难保，任何济世雄心都只是一句空话。"① 侠文化的独特魅力，既在于感天动地的"侠"的精神，也在于作为一种"灿烂的审美方式"② 的"武"的技能。

老舍好"武"，以他对武术的爱好和了解，在文学世界里尽情展现变幻莫测的武功，也不是太难的事，《断魂枪》对王三胜刀法和孙老者拳技的描写就是明证：

> 王三胜——沙子龙的大伙计——在土地庙拉开了场子，摆好了家伙。抹了一鼻子茶叶末色的鼻烟，他抡了几下竹节钢鞭，把场子打大一些。放下鞭，没向四围作揖，叉着腰念了两句："脚踢天下好汉，拳打五路英雄！"向四围扫了一眼："乡亲们，王三胜不是卖艺的；玩艺儿会几套，西北路上走过镖，会过绿林中的朋友。现在闲着没事，拉个场子陪诸位玩玩。有爱练的尽管下来，王三胜以武会友，有赏脸的，我陪着。神枪沙子龙是我的师傅；玩艺地道！诸位，有愿下来的没有？"他看着，准知道没人敢下来，他的话硬，可是那条钢鞭更硬，十八斤重。
>
> 王三胜，大个子，一脸横肉，努着对大黑眼珠，看着四围。大家不出声。他脱了小褂，紧了紧深月白色的"腰里硬"，把肚子杀进去。给手心一口唾沫，抄起大刀来：
>
> "诸位，王三胜先练趟瞧瞧。不白练，练完了，带着的扔几个；没

---

① 陈平原：《陈平原小说史论集（中）》，河北人民出版社1997年版，第1018—1019页。
② 韩云波：《中国侠文化：积淀与承传》，重庆出版社2005年版，第220页。

钱，给喊个好，助助威。这儿没生意口。好，上眼！"

大刀靠了身，眼珠努出多高，脸上绷紧，胸脯子鼓出像两块老桦木根子。一跺脚，刀横起，大红缨子在肩前摆动。削砍劈拔，蹲越闪转，手起风生，忽忽直响。忽然刀在右手心上旋转，身弯下去，四围鸦雀无声，只有缨铃轻叫。刀顺过来，猛的一个"跺泥"，身子直挺，比众人高着一头，黑塔似的。收了势："诸位！"一手持刀，一手叉腰，看着四围。稀稀的扔下几个铜钱，他点点头。"诸位！"

……

"我不逛，也用不着钱，我来学艺！"孙老者立起来，"我练趟给你看看，看够得上学艺不够！"一屈腰已到了院中，把楼鸽都吓飞起去。拉开架子，他打了趟查拳：腿快，手飘洒，一个飞脚起去，小辫儿飘在空中，象从天上落下来一个风筝；快之中，每个架子都摆得稳、准、利落；来回六趟，把院子满都打到，走得圆，接得紧，身子在一处，而精神贯串到四面八方。抱拳收势，身儿缩紧，好似满院乱飞的燕子忽然归了巢。

但老舍毕竟又是一位接受过"五四"精神洗礼的现代知识分子，感时忧国的他没有沉湎于武功昔日的荣光之中，而是对武功进行理性的审视，表现了武功无可奈何的退隐和终结，为现代化进程中的这种前现代技能唱了一曲深情的挽歌。

《断魂枪》中的沙子龙，凭着他的一套"五虎断魂枪"，在西北一带走镖二十年，"没遇见过敌手"。然而曾几何时，"神枪沙子龙"却将镖局改成了客栈，自己做起了老板。对昔日镖局的伙计王三胜等人，沙子龙大方豪爽，可无论他们怎样软磨硬缠，沙子龙就是不传给他们招数。面对慕名前来比武的孙老者，沙子龙宁愿请喝茶、请吃饭、送盘缠，甚至丢尽颜面，也不愿显露他的枪法，他执意"不传"："那条枪和那套枪都跟我入棺材，一齐入棺材！"

沙子龙何以"不传"？并非因为沙子龙已经失去了对"武"的兴趣，"不大谈武艺与往事"的沙子龙，却在《封神榜》的英雄业绩里寄托他精神的追求，到了"夜静人稀"之时，更会关起门来温习枪法，遥想"当年在野店荒林的威风"。沙子龙"不传"，是因为历史已经进入了一个"东方的大梦没法子不醒了"的时代。在这个时代里,"炮声压下去马来与印度野林中的虎啸","龙旗的中国也不再神秘"。在这个时代里,当红的是"火车、快枪,通商与恐怖","走镖已没有饭吃",武功已不能给人"增光显胜"。即便传了绝技,又哪有施展之地?至多只能像王三胜一样在庙会上卖艺:"踢两趟腿,练套家伙,翻几个跟头,附带着卖点大力丸,混个三吊两吊的。"这无疑是"武"的堕落,为了维护"武"的尊严,沙子龙宁愿忍受难言的惆怅失落,也不愿将枪法传于后世。

《断魂枪》为我们传递了这样的信息:随着现代工业文明的突飞猛进,封建农业文明时代的文化生活方式惨遭淘汰,"武"这一存续了几千年、制造过无数惊天动地的英雄传奇故事的前现代技能也不可避免地落伍、过时了。

如果说《断魂枪》因为篇幅的短小,题旨还比较隐晦,那么老舍对未竟之作《二拳师》的解说,则使这一意思表露无遗:"内中的主角是两位镖客,行侠作义,替天行道,十八般武艺件件精通,可是到末了都死在手枪之下。我的意思是说,时代变了,单刀赴会,杀人放火,手持板斧把梁山上,都已不时兴;大刀必须让给手枪,而飞机轰炸城市,炮舰封锁海口,才够得上摩登味儿。这篇小说假如能写成了的话,一方面是说武侠与大刀早该一齐埋没在坟里,另一方面是说代替武侠与大刀的诸般玩艺不过是加大的杀人放火,所谓鸟枪换炮者是也,只是显出人类的愚蠢。"①

《八太爷》同样表达了老舍对新的历史环境下"武"的命运的反思,只不过"武"已产生了变异,其形式由刀枪剑戟变成了一枝"小黑东西"——手枪。大柳庄的庄稼汉王二铁衷心佩服《东皇庄》中的好汉康小八,一心一意要做替天行道、救弱扶贫的"康八太爷",他卖了家里的地,买了一支手枪后上了北平,结果还没来得及行侠就受到侦缉队的抓捕,又因日本人压了他的威风而杀了几个日本兵,最后稀里糊涂地死在日本兵的刺刀之下,连杀头前赢得观众喝彩的机会都没有得到。小说中村长的话指出了"以武行侠"的个人英雄主义的末路:"告诉你,二铁,而今不是那年头了。想当初,康小八

---

① 赵家璧:《老舍和我(上)》,《新文学史料》1986 年第 2 期。

有枪，别人没有，所以能横行霸道，大闹北京城。而今，枪不算什么稀罕物儿了，恐怕你施展不开。"

老舍毕竟不是一个武侠小说作家，他对新的历史环境下"武"的命运的反思，具有更为深刻的意蕴。詹明信在论及跨国资本主义时代的第三世界文学时认为："第三世界的文本，甚至那些看起来好像是关于个人和利比多趋力的文本，总是以民族寓言的形式来投射一种政治：关于个人命运的故事包含着第三世界的大众文化和社会受到冲击的寓言。"[①] 19 世纪中期，西方列强以坚船利炮打开了中国的门户，中国被强制性地纳入世界殖民体系之中。中国向何处去？是继续在"天朝上国"的梦呓中抱残守缺，还是在自我反省中激流勇进？作为牺牲在八国联军炮火下的旗兵的儿子，老舍在情感上痛恨给民族带来了深重灾难的侵略者，看到了侵略者带来的工业文明的负面效应，在理智上却明白现代化是民族新生的唯一通道，因此他是以一种复杂的心情来面对现代化进程的。《断魂枪》等文本以民族寓言的形式承载了深厚的人生底蕴与文化内涵，其表层文本叙述的是挑战—受辱—拒绝应战之类的武林故事，潜在文本则是对东方古老而神秘的生存方式消逝的哀悼。沙子龙们江湖生涯的中断，不仅是老舍对新的历史环境下"武"的命运的清醒认识，而且也隐喻了古老民族文化精神的式微和现代化的阵痛，寄寓了对现代工业文明负面效应的批判。

三

梁羽生说："'侠'是灵魂，'武'是躯壳。'侠'是目的，'武'是达成'侠'的手段。"[②] 老舍将作为"躯壳"和"手段"的"武"埋葬进历史的废墟中，可是并没有舍弃作为"灵魂"和"目的"的"侠"，他试图激活、改造

---

① 詹明信：《晚期资本主义的文化逻辑》，生活·读书·新知三联书店、牛津大学出版社 1997 年版，第 523 页。

② 转引自陈平原《陈平原小说史论集（中）》，河北人民出版社 1997 年版，第 1039 页。

传统文化内部的侠文化潜质，使其成为国民性的重要质素，以求得民族的新生。

在南开中学任教时，尚未开始文学创作的老舍曾在双十节纪念会上作过这样的讲演："为了民主政治，为了国民的共同福利，我们每个人须负起两个十字架——耶稣只负起一个：为破坏、铲除旧的恶习，积弊，与像大烟瘾那样有毒的文化，我们须预备牺牲，负起一架十字架。同时，因为创造新的社会与文化，我们也须准备牺牲，再负起一架十字架。"① 这段话表明了老舍对民族文化心态和精神面貌的关注，国民性的批判和改造后来成为老舍文学世界的基本主题。他早期的作品，无论是《二马》的民族性对比，《猫城记》的隐喻象征，还是《老张的哲学》《赵子曰》《离婚》《牛天赐传》的现实讽喻，笔锋所指的都是民族的劣根性。后来的《骆驼祥子》《四世同堂》等作品反映的社会生活画面更为广阔，但也没有放松对民族劣根性的针砭。保守自私、谨小慎微、欺软怕硬、不思进取、逆来顺受、折中妥协、敷衍苟且、贪婪世故、怯懦糊涂、自私分裂……种种劣根性造就了国人的"好歹活着"，造就了民族的"出窝儿老"："民族要是老了，人人生下来就是'出窝儿老'。出窝老是生下来便眼花耳聋痰喘咳嗽的！一国里要有这么四万万出窝老，这个老国便越来越老，直到老得爬也爬不动，便一声不出的呜呼哀哉了。"②

老舍在批判民族劣根性的同时，也在探索国民性的改造途径，侠义精神是老舍改造国民性的重要资源之一，他试图将"侠"的气度风范转化为民族生命机体内战胜病灶、重获生机的基因，给衰老的民族打一针"强心剂"。因此，在老舍的文学世界里，正面人物身上均体现出侠者的古道热肠，透着骨子里的侠气。他们或饮水思源，知恩图报（如《牛天赐传》中的四虎子、王宝斋）；或路见不平，拔刀相助（如《老张的哲学》中的李应、王德、赵四）；或扶危济困，救人水火（如《骆驼祥子》中的曹先生，《正红旗下》中的福海二哥）；或舍己为人，义薄云天（如《黑白李》中的白李、黑李）；或手刃凶顽，除暴安良（如《离婚》中的丁二爷，《赵子曰》中的李景纯）；或血气方刚，宁折不弯（如《杀狗》中的杜老拳师，《二马》中的小马）；或为

---

① 老舍：《双十》，《老舍全集》第 14 卷，人民文学出版社 2008 年版，第 366 页。
② 老舍：《二马》，《老舍全集》第 1 卷，人民文学出版社 2008 年版，第 419—420 页。

国为民，舍生忘死（如《四世同堂》中的钱默吟、钱仲石、尤桐芳，《正红旗下》中的王十成）……通过这些正面人物侠义精神的展示，老舍具体而生动地指明了国民性改造的方向：激活传统文化中"侠"的因子，从中汲取符合时代要求的要素，改变民族精神的劣根性。

"历史地评价侠义文化，有两点值得注意：一是不同的时期他们具有不同的社会功能，产生了不同的社会效果，不同时期之间差别甚大；二是实践层次的游侠行为与精神层次的义侠文化，从一开始就有二者分离的趋势，而随着历史的发展，这种分离越来越明显，最后二者甚至背道而驰。"① 行侠的性质不同，意义也就大不一样。对于《史记·刺客列传》所载的诸侠，梁启超在《中国之武士道》中"备载诸子，而独遗专诸"，就是因为这个原因。在梁启超看来，侠有"为国事""报恩仇""助篡逆"之别，前两类值得推崇，后一类则应加以否定："若专诸则为公子光、伍子胥之傀儡，无意识之义侠，徒助篡逆，风斯下矣！"②

对侠的不同性质、功能，老舍有着清醒的认识，因此他在挖掘、激活民族文化中早已存在的侠性的同时，还试图对其进行现代性的改造，将其引导到为国为民的轨道上来。

"侠之大者，为国为民。"在民族生死存亡的关键时刻，最为需要的是为国为民的大侠、真侠，而不是沉溺于一己恩仇的小侠、伪侠。老舍描写了人物的各种侠行，可他最为推崇的还是为国为民的侠义精神，因此他将民族气节与爱国热情作为侠文化的重要内涵加以大力突出。李景纯说："引起中国人的爱国心，提起中国人的自尊心，是今日最要紧的事！没有国家观念的人民和一片野草似的，看着绿汪汪的一片，可是打不出粮食来。"在这种思想认识的支配下，他不惜以流血来保存国家的文物（《赵子曰》）。北平沦陷，一向闭门诵诗的钱默吟不但自己由一介儒生变成侠客式人物，上演了一系列萍踪侠影式的壮举，而且连儿子的性命都舍得牺牲："我只会在文字中寻诗，我的儿子——一个开汽车的——可是会在国破家亡的时候用鲜血去作诗！我丢了

---

① 韩云波：《从侠义精神到江湖义气》，《新东方》1998 年第 5 期。
② 梁启超：《中国之武士道》，《梁启超全集》第 5 卷，北京出版社 1999 年版，第 1402 页。

一个儿子,而国家会得到一个英雄!"(《四世同堂》)其他如《猫城记》中的大鹰、《黑白李》中的白李、《鼓书艺人》中的孟良、《火葬》中的石队长、《茶馆》中的常二爷、《正红旗下》中的王十成等,均以"侠"行为国尽忠,为民造福,让人难以忘怀。"侠"在老舍笔下由此与国家民族的盛衰成败发生了内在联系,具有了现代内涵。

<h1 style="text-align:center">四</h1>

"武"应退隐,"侠"须张扬,这是老舍对"侠"文化的基本结论;喜爱而不痴迷,既正视其历史命运的巨大转折,又将其合理内核化为新民强国的精神资源,这是老舍对"侠"文化的基本态度,也是老舍超越一般武侠作家的地方。

老舍代表了对待"侠"文化的一种比较成熟的理性反思态度,这在中国近现代文化的发展轨迹中,也具有相当的典型意义。由于"东亚病夫"亡国灭种的严重危机,自19世纪末开始,中国兴起了大规模的尚武尚侠思潮。在这一思潮几近半个世纪的发展过程中,出现了对待"侠"文化的三种基本态度:旗帜鲜明的肯定、态度决绝的否定以及辩证的理性反思,老舍无疑是代表了后者。

清末"新民"思潮兴起时,先觉者们是自觉地将积淀了几千年的"侠"文化视为改变"怯懦""文弱"的国民性的精神资源的,谭嗣同、梁启超、章太炎、蒋观云、杨度、汤增璧等人纷纷著文呼吁侠性的复归。由于特定的历史环境,这些先觉者对"侠"文化多肯定而少批评,表现出一种旗帜鲜明的肯定。

经过先觉者的大力倡导和秋瑾、霍元甲等大批侠士的身体力行,社会上逐步形成了"耻文弱,多想慕侠风"的尚武尚侠风气。这种风气是民国旧派武侠小说崛起的社会基础,后者的走红又反过来对前者起到了推波助澜的作用。当时武风极盛,此处略举数例:20世纪20年代末,各省都成立了官办的国术馆，从 1928 年开始还连年举行"国术"的"省考""国考"，参与者甚众；20 世纪 30 年代初世界书局出版的新主义教科书国语读本第 2 册三十八课课文中，竟有七课是宣讲飞剑之术的；青少年结伴上山学道、访仙、拜师求艺的报道，也屡屡见诸报端。面对这种武侠狂潮，瞿秋白、郑振铎、茅盾等新文学作家展开了猛烈的批判。瞿秋白认为武侠小说是"运用下等人容易懂得的话……来勾引下等人"①；郑振铎认为武侠小说代表着民族的劣根性，清末的武侠热产生的结果之一便是义和团运动的迷信与破坏性；茅盾认为武侠小说与武侠电影是"封建的小市民文艺"，是"精神鸦片"。显然，瞿秋白等人所持的是一种态度决绝的全面否定。

在今天看来，全盘肯定和全面否定无疑都是不可取的。但是当时也有一部分新文学作家对"侠"文化采取了一种辩证的理性反思态度，其中尤以鲁迅、老舍为突出代表。鲁迅"对侠文化进行了批判性改造，继承和发扬了侠文化精神，致力于文化与人格的双重建构"②，体现出一种"批判中建构"的雍容大度。老舍对待"侠"文化的基本立场是和鲁迅相似的，但是他的着眼点和具体结论无疑又与鲁迅有着明显的差异，因此具有鲁迅不可替代的意义。

（原刊《西南大学学报》2009 年第 6 期）

---

① 瞿秋白：《吉诃德的时代》，《瞿秋白文集》（文学编第一卷），人民文学出版社 1985 年版，第 416 页。

② 陈夫龙：《批判中建构：论鲁迅与侠文化精神》，《西南师范大学学报》2006 年第 4 期。

老舍与中国现代文学的少数民族题材

作为一位有着少数民族身份的作家，老舍对中国现代文学①的少数民族题材有着独特而重要的贡献，他不仅倾注大量心血，奉献了一批少数民族题材的作品，而且成功地参与了少数民族题材写作新范式的开启，具有较为重要的文学史意义。

一

在中国当代文学中，少数民族题材一直是受到关注的热点之一，可谓佳作如林，而中国现代文学中少数民族题材的作品却不是那么丰富。在这种背景下，老舍少数民族题材的作品就显得弥足珍贵。

中国现代文学史上成名的少数民族作家并不太多，而且就是这一部分为数不多的少数民族作家，也不全是以少数民族的生活作为自己的表现对象，甚至可以说少数民族题材在他们的作品中占有的份额不大。吴重阳的《中国现代少数民族文学概论》是以文体和题材来划分章节的，从其章节安排中我们可以大致了解少数民族题材在少数民族作家创作中所占的比例。该书除第一章"绪论"外，共十五章，其中直接冠以"民族地区"字样、主要属于少

① 本文中的"现代文学"，系与"当代文学"相对而言，即通常所说的"三十年"的"现代文学"。

数民族题材的仅有三章，分别为第二章"民族地区的独特生活和人物命运的写照——现代少数民族小说（一）"、第三章"民族地区的独特生活和人物命运的写照——现代少数民族小说（二）"、第十四章"民族地区风土人情的真实写照——现代少数民族散文"，而其他章节则以"农民的苦难与反抗""社会底层小人物的苦难与挣扎""城市市民生活的生动画卷"等命名，在题材方面的民族特征并不明显。从该书的章节安排看来，现代文学史上在少数民族题材方面着力较多的少数民族作家主要有苗族的沈从文①，白族的马子华，维吾尔族的祖农·哈迪尔，朝鲜族的金昌杰和纳西族的李寒谷、赵银棠，而端木蕻良、萧乾、关沫南、李辉英、马加、舒群、陆地、苗延秀、李纳等众多少数民族作家并不以此见长。

汉族作家当然也不是绝对没有写作少数民族题材的，但总体而言比较少见。论者多方搜集，也只发现阳翰笙《塞上风云》（四幕话剧）、郭沫若《孔雀胆》（四幕话剧）、臧云远等《苗家月》（三幕大歌剧）、罗永培《喜马拉雅山上雪》（四幕话剧）、风露《巴尔虎之夜》（四幕话剧）、王亚凡《塞北黄昏》（独幕歌剧）、布德《赫哲喀拉族》（中篇小说）、碧野《乌兰不浪的夜祭》（中篇小说）、徐盈《战时边疆的故事》（短篇小说集）、施蛰存《阿褴公主》（短篇小说）以及植物学家蔡希陶的《普姬——一个花苗姑娘》（短篇小说）、《爬梯——一个赶马人的日记》（短篇小说）、《四十头牛的惨剧》（短篇小说）、《四川的巴布凉山人》（散文）等不多的篇什。有的汉族作家，如艾芜、周文等，在表现边地生活方面很有成就（如艾芜笔下的云南、周文笔下的西康），其作品也许与少数民族的生活有关，但作品中的人物究竟属于汉族还是其他民族，却不得而知，因而我们也不能贸然将这些作品确定为少数民族题材。

作为中国现当代文学史上首屈一指的少数民族作家，老舍在少数民族题材方面倾注了很多的心血，奉献了不少的作品。舒乙曾提出"隐式满族文学"

---

① 吴重阳先生认为沈从文写湘西的作品表现的是苗族、土家族的生活，但湘西是汉族与苗族、土家族杂居的地区，生活在湘西的并不一定就是苗族人、土家族人，沈从文一般情况下也没有在作品中特意表明人物的民族身份，因此其关于湘西的作品不能全部归属于少数民族题材。

的概念，认为按照籍贯、职业、生活变迁、气质、外在线索等标准，可以剥离出老舍作品中许多人物形象的满族身份①；关纪新从《骆驼祥子》主人公祥子的姓名、语言和"喜洁、好义、讲礼貌"的性格等方面分析出祥子的旗人特征②；马丽蓉认为老舍"牵涉回族生活"的就有《断魂枪》《国家至上》《大地龙蛇》《五虎断魂枪》《正红旗下》等作品③（但没有拿出《断魂枪》《五虎断魂枪》与回族题材相关的证据）。撇开中华人民共和国成立之后的创作（如《正红旗下》）不谈，也不计入那些"隐式"或者存疑的作品（前者如《骆驼祥子》，后者如《断魂枪》），老舍在中国现代文学史上至少贡献了下列少数民族题材的作品：四幕话剧《国家至上》（与宋之的合作，1940）、三幕话剧歌舞混合剧《大地龙蛇》（1941）、歌词《蒙古青年进行曲》（1940）、散文《归自西北》（1939）。在少数民族题材比较少见的中国现代文学史上，这批作品就数量而言是可观的，这是老舍对少数民族题材的贡献之一。

二

虽然老舍的这几篇作品在艺术方面说不上十分的精湛，在他本人的创作历程上也并没有占据怎样显赫的地位，但却成功地参与了民族国家叙事这一少数民族题材写作新范式的开启，具有较为重要的文学史意义。

抗战之前，少数民族题材的作品不多，大体上可以归结为两种范式：一种是呈现异质性的"他者"审视范式；另一种是强调对立冲突的阶级叙事范式。

相对于主体民族汉族而言，少数民族具有一定的异质性，有着自己特殊的血统、历史、环境、语言、心理、性格、风俗等。这种异质性正是"看"点所在，很容易成为少数民族题材作品表现的重点，作者和读者往往有意无

① 舒乙：《再谈老舍先生和满族文学》，《满族研究》1985 年第 1 期。
② 关纪新：《老舍评传》，重庆出版社 2003 年版，第 275—277 页。
③ 马丽蓉：《论老舍的回族题材创作》，《民族文学研究》2003 年第 4 期。

意地从"他者"的视角来审视，来"看"，而作品中少数民族的人物及其生活，则成为"被看"的对象。如蔡希陶的短篇小说《普姬》（1933）主要就是通过一个叫作普姬的花苗姑娘在"花山"择偶的过程来表现苗民的体格面貌、饮食起居、心理性格、风俗习惯，除此之外别无深意。小说开头即写道："这故事发生在中国的西南边隅，在那里没有男人是穿长衫的，也没有女人是习惯在下体套着叫作'裤'的这种物件的，她们只穿像古代欧洲人常服的那种长大而多折叠纵纹的裙子。""他们不过是一些比游牧民族稍为文明高一点的人种。他们喜牧牛羊，但他们日常吃的荤腥大半都是从山上或水中去渔猎来的；他们晓得耕耘，但他们把一片森林烧毁，种了一二年的乔麦或玉蜀黍以后，就又吆喝着牲畜，抱着幼儿，迁移到旁的山谷茂林中去居住了。"这种对苗民不同于汉人的异质性的介绍在作品中比比皆是。

任何一个民族，内部都存在统治集团与被统治集团的分野。也许是受第二个"十年"红色主潮的影响，中国现代文学早期的少数民族题材作品较多地采用阶级叙事的范式，强调民族内部不同阶级、阶层的对立冲突。如曾被茅盾誉为"描写边远地方人生的一部佳作"①的马子华的中篇小说《他的子民们》（1935），表现的就是土司对"子民"的剥削和压迫。土地属于土司，山林属于土司，金沙江属于土司，连人也属于土司。"子民"无论是在原野里种田、在山林里狩猎，还是在金沙江中淘金，都逃不脱土司的手掌心，都吃不饱肚子。土司就是皇帝，他手中那条金柄的牛筋鞭子就是法律，"子民"必须绝对服从。土司看上了"子民"的女眷可以随意带走，厌倦了又可以随意处死。这一切在年老的"子民"看来天经地义，然而年轻的"子民"却再也不能忍受下去了，于是爆发了大规模的流血冲突。

全面抗战爆发以后，中华民族的国家意识得到前所未有的增强。在这种情况下，少数民族题材写作出现了民族国家叙事的新范式。老舍就是自觉尝试这种新范式的先行者之一。在他的《国家至上》等作品中，我们再也看不到对少数民族奇风异俗的夸张式展示，也看不到对不同阶级、阶层之间对立

---

① 茅盾：《关于乡土文学》，《文学》1936年第6卷第2期。

冲突的有意强调，他牵肠挂肚的是中华各民族之间的和谐与团结，表达的是各民族人民对国家的认同和忠诚。

老舍曾对《国家至上》的构思和题旨作过详细说明："我们都晓得回教人的一般的美德。他们勇敢，洁净，有信仰，有组织。其所以往往与教外人发生冲突者，实在不是因为谁好谁坏，而是因为彼此的生活习惯有好些不同的地方；不一致会产生误会，久而久之，这误会渐变成了必然之理，彼此理当互相轻视隔离。于是，在我们北方的城市和村落中，就时常看到回汉冲突的事实。更不幸，地方官吏没有高于平民的理解与识见，也以为回是回，汉是汉，天然的不能合作；从而遇事行断，率遵成见，而往往把小小的龃龉演成流血的风潮事变。""根据上述的一点理解，我们合编了一个故事。我起草，他修改，而后共同把他写成剧本。在这个故事中，我就按着我们的理解，要表现出回胞美德，同时也想表现出由习俗的不同而久已在回汉之间建起了一堵不相往来的无形墙壁。在抗战期间，我们必须拆倒这堵不幸的无形墙壁。怎样拆倒？第一，须双方彼此尊敬，彼此认识；除去了那点不同的生活习惯，我们都是中国人，都是兄弟。第二，地方官须清楚的认识问题，同情的一视同仁，公平的判断，热诚的去团结。"① 《国家至上》的剧情设计很好地体现了创作意图，属于典型的民族国家叙事。

其一，剧作从民族国家的立场出发，对敌我关系做了准确的把握。剧作形象地说明了回汉是兄弟，其内部矛盾多是生活习惯不同导致的误会，只要处置得当，都可以化解。回民不吃猪肉，剧中与日本人暗通款曲的金四把诬陷"汉奸"马宗雄往回民小孩的嘴上抹大油（猪油），以此挑起回汉两族之间的矛盾，破坏抗战局面。经赵县长查明，马宗雄根本不是汉人，他本是"在教"的难民，因家乡沧县沦陷、祖父马振雄战死而前来投奔祖父的结义兄弟张老师，"抹大油"事件纯属子虚乌有，回汉之间的争端无形平息。剧作同时揭露日本侵略者对中华民族犯下的滔天罪行，指出日本侵略者才是各民族人民的真正敌人。死里逃生的马宗雄介绍了日本侵略者在沧县的暴行，他们

---

① 老舍：《〈国家至上〉说明之一》，《老舍全集》第 17 卷，人民文学出版社 2008 年版，第 256—257 页。

不仅对反抗者大开杀戒，还侮辱回民的宗教情感，把捉住的回民绑起来，胁迫他们去找猪、杀猪来犒劳日本兵。赵县长号召将清水镇的人口疏散到乡下以防日军空袭，"回教三杰"之一的张老师却听信金四把的谗言，因镇上有清真寺而不以为意："我们的礼拜寺在这里，日本鬼子决不敢炸！不信去问金四把，日本也有清真寺，也知道信主。我们的寺里宽绰，满可以容下不少人，愿躲的到寺里躲躲，胆大的呢，随便。我看不出什么危险来，也就大可不必多此一举！"谁知日本侵略者丧尽天良，竟然派飞机来轰炸回民视为圣地的清真寺，造成清水镇包括小孩在内的众多回汉民众伤亡，张老师自己也被炸伤，因此消除幻想，认清了侵略者的真面目。

其二，剧作表现了回汉民众的救国热情，渲染了他们强烈的民族国家意识。除了卖国贼金四把外，剧中人物都具有救国的热情，都表现出强烈的民族国家意识。张孝英是个恪守回教教规的姑娘，对自己的父亲张老师非常孝顺，一般都不会违拗父亲的意思，可是在回汉合作抗击侵略的大是大非面前，她却敢于以一个国民的身份顶撞自己的父亲："家里的事，你说怎办，我无不服从！国家的事是大家的，谁都可以说话！有什么理由不和黄三叔说话？有什么理由不跟汉人来往？大家不都是中国人吗？"赵县长东奔西走，为国事操劳，出于共同抗日的目的，他尽力调解张老师和盟弟黄子清之间的矛盾，当他劝诫张老师时，也是以"国家"相激励："我请你先和黄老先生和好起来，把教门的朋友团结成一家；然后，回汉还必须合作！不管你怎么看，看在国家的面子上，你愿意也得这样，不愿意也得这样。大难临头，我们必须扔掉了自己的成见，齐心努力的去打敌人！"当张老师有意和解而又担心别人笑话时，赵县长仍是以"国事"相慰勉："为国事而忘了私怨，只有英雄豪杰才能办得到！谁敢笑话呢？"张老师虽然过于自信、固执，认为回汉"到一块儿一定出乱子，还不如各凭良心"，不愿意与汉人合作，却表示"愿为国家出力"，"日本鬼子来了，我破着这条老命干，决不含糊"，"我们回教人都不怕去当兵，我们都热心救国"，当日军临近清水镇时，他带着100多人冲上前去，义无反顾地参加了保卫家园的战斗，最终因伤重而牺牲。李汉杰年轻幼稚，不谙人情世故，缺乏实践经验，是作者略加嘲弄的对象，但他也有一颗爱国的热心，主张"团结才有力量"，希望"叫黄老师和张老师先和好起来，而后再叫回汉联合起来"，他甚至愿意"和回教的姑娘结婚"，实现回汉联姻以解决回汉矛盾。回族青年冯铁柱、汉族青年胡大勇是两个糊涂蛋，一见面就吵嘴、干架，可在与日本侵略者的战斗中却一马当先，一点也不含糊。

其三，剧作突出了回汉团结抗日的主题，指出了正确的救国路径。回汉两族的人民都有尽忠国家、抗击侵略的决心，但回汉之间存在的隔阂、矛盾却会消弱自身抗敌的力量，大敌当前，中华各民族只有团结起来，才能取得最后的胜利。张老师过于相信自己的力量，不听赵县长联合汉人共同对敌的劝告，率领回民单打独斗，差点栽在日本侵略军手里，幸而赵县长率汉族的援军赶到，回汉两军联手，才将来犯的日军击溃。负了重伤的张老师被抬回清水镇，他感慨地对黄子清说："老三，我都看见了。他（指赵县长——引者注）打的好，你打的也好，你们大家都好！你们大家都联合的不错，张二和鬼子都败在你们手里了！"赵县长拿出金四把写给鬼子的密信，揭穿其本来面目，张老师怒斥金四把"骗我，还在其次，你敢卖国"，用最后的力量亲手击毙了金四把。在"回汉得合作"的肺腑之声中，张老师与世长辞。有的观众对"张二和鬼子都败在你们手里了"这句话产生误解，以为张老师"临死还自以为了不得"，"觉得回汉还没有合作似的"，欧阳予倩对这句话作出了很好的解释，他认为这正是"作者写得好的地方"，"这就是说：个人英雄主义在大家联合下面失败了。至于这戏的结尾是否回汉已经合作，很明显，清水镇之所以可以保住，就是回汉合作的结果"。[1] 也就是说，这句话是"回汉得合作"的另一种表达，突出了回汉团结抗日的主题。

《蒙古青年进行曲》《大地龙蛇》等作品传达的也是中华各民族对国家的认同和忠诚，如《蒙古青年进行曲》中写道："蒙古青年是中华民族的青年！/国仇必报，不准敌人侵入汉北，也不准他犯到海南！/五族一家，同苦同甘。/蒙古青年，是中华民族的青年，/快如风，人壮马欢！/把中华民族的仇敌，东海的日寇，赶到东海边！/蒙古青年，向前！/守住壮美的家园，成

---

① 戏剧春秋社主催、姚平记录：《〈国家至上〉〈包得行〉演出座谈会》，《戏剧春秋》1940 年第 1 卷第 1 期。

吉思汗的家园！/展开我们的旗帜，蒙古青年！/叫长城南北，都巩似阴山，中华民国万年万万年！"

中国现当代文学史上关注中华各民族之间的关系、表达民族团结主题的作品非常多，但大都问世于《国家至上》之后。也许可以说正是老舍参与开启的民族国家叙事这一新的范式催生了这些作品。

三

客观地说，老舍不是最早思考中华各民族之间关系的作家，也不是最早将民族国家叙事这一范式引入少数民族题材写作的作家，但他对这一范式的尝试却是最早获得成功的，也就是说他最早提供了民族国家叙事范式下少数民族题材写作的范本。

学界曾经流行这样一个说法："《国家至上》在中国现代文学史上的独特地位在于它最早以戏剧的形式成功地表现民族间的关系，表达民族团结共同抗日的主题，并刻划了具有独特性格和心理特点的少数民族人物。"① 如果对文学史作认真的梳理，就会发现这种说法是不够确切的。在《国家至上》问世之前，已经出现了同类题材的作品——阳翰笙的《塞上风云》。《国家至上》写的是"回汉携手抗日"②，《塞上风云》则表现蒙汉联合抗日，题材很接近。《国家至上》写作于老舍西北劳军归来之后，1940 年 3 月 30 日开始在《抗战文艺》连载，4 月 5 日于重庆国泰大戏院首次公演，其完成当在 1940 年初，而电影剧本《塞上风云》创作于 1936 年底，以此为基础的话剧剧本《塞上风云》脱稿于 1938 年 8 月，1939 年 5 月又改编为新的同名电影剧本，1940 年 1 月组建西北摄影队赴内蒙古开始其拍摄工作。

《塞上风云》问世比《国家至上》早，它表现蒙汉联合抗日，最早开启少数民族题材的民族国家叙事这一新的范式，但它带有明显的过渡性质，对

---

① 吴重阳：《中国现代少数民族文学概论》，中央民族学院出版社 1992 年版，第 235—236 页。
② 老舍：《〈国家至上〉序》，《老舍全集》第 9 卷，人民文学出版社 2008 年版，第 101 页。

这一范式的运用还不是那么成熟，特别是在话剧剧本中还残留着"他者"审视、阶级叙事两种范式的诸多印记。

《塞上风云》的话剧剧本一方面强调蒙汉之间的联合，另一方面却又不合时宜地大肆渲染蒙汉之间的差别。在写蒙古族姑娘金花儿向汉族青年丁世雄表达爱情，却遭到拒绝时，反复强调两者民族身份、民族习惯的不同。剧作甚至对蒙古族的婚俗也有一些不当的描写。蒙古族青年迪鲁瓦、金花儿已经订婚，可金花儿又纠缠着汉族青年丁世雄，迪鲁瓦妒火中烧，两人发生激烈的争吵。金花儿似乎理直气壮："咱们这个地方的人，谁不知道，都是自由自在的生活惯了的。我在你之外，再去找个把爱人来玩玩，这也是很普通的事儿，我真是从来都没有瞧见过有谁会象你这样的捻酸吃醋！"迪鲁瓦的回答则显得软弱无力："你什么人都可以爱，只有我们的仇人你却不能爱！"丁世雄也对金花儿的作为不以为然，觉得她这样做对不起纯朴勇敢的迪鲁瓦，奉劝她不要丢掉迪鲁瓦，金花儿却说出这样一番让他啼笑皆非的话："哼，这有什么对不起他呢！你以为咱们这个地方也象你们东北那些地方一样么？请你放心，这些事儿本来是很平常的，你用不着大惊小怪！""谁说我丢掉他啦！瞧你这股傻劲儿，真会把人气坏了！象你这样的态度，简直是对一个蒙古女孩子的侮辱！"从这些话语看来，似乎蒙古族姑娘可以拥有未婚夫之外的其他情人，而她的未婚夫对此也是默许的，非但不能干预，甚至不能"捻酸吃醋"。安德森认为，民族国家是想象的共同体，"透过共同的想象，尤其是经由某种叙述、表演与再现方式，将日常事件通过报纸和小说传播，强化大家在每日共同生活的意象，将彼此共通的经验凝聚在一起，形成同质化的社群"[①]。鲍曼也指出，民族国家"赞美并力促道德的、宗教的、语言的、文化的同质性。它们对共同的态度不断地宣传。它们建构着共享的历史记忆"[②]。从这种理论看来，过于强调各民族文化的异质性，并不利于现代民族国家的建构，因此，"就中国而言，建立现代国家的过程，并不仅仅是一个民族自决的过程，而且

---

① ［美］本尼迪克特·安德森：《想象的共同体：民族主义的起源与散布》，吴叡人译，上海人民出版社2003年版，第5页。

② ［英］齐格蒙特·鲍曼：《现代性与矛盾性》，邵迎生译，商务印书馆2003年版，第97页。

也是创造文化同一性的过程，即创造超越并包容地方性和汉族之外的其他民族的文化同一性"①。《塞上风云》对蒙汉文化异质性的强调，一定程度上消解了其民族团结的主旨，对蒙古族婚俗的不当描写更有惹起祸端的风险。

阳翰笙曾说影片《塞上风云》"把民族解放与阶级解放联系起来"②，其实电影《塞上风云》在"阶级解放"方面基本上没有着力，倒是作为其前身的话剧剧本遗留着《他的子民们》等初期少数民族题材作品的阶级叙事范式。剧作不但表现了日本侵略者对蒙古草原的染指，而且表现了蒙古王公对牧民的压迫、剥削。第二幕开头，作者通过郎桑与妹妹金花儿的长篇对话，交代了故事发生的背景：王爷不但提高了畜租，而且雪上加霜，在牲畜遭遇瘟疫时狠命催讨年年积欠下来的租税，迪鲁瓦因交不出租税而被带到王府"问话"，一些被逼得无路可走的牧民甚至铤而走险，"拖着一条枪，跑到灰腾梁投土匪去了"。兄妹俩不禁发出浩叹："我们真不知要什么时候才有翻身的日子啊！"在这里，阶级对立的味道非常浓厚。在当时的蒙古草原，王公贵族剥削、压迫牧民的情形是客观存在的。但面对日寇入侵、强敌压境的危局，中华民族迫切需要破除各种界限，团结起来共御外侮，蒙古族王公贵族也是统战的对象，在这种情况下文艺作品再来强调阶级对立就有些不合时宜了。也许正是出于这种考虑，后来拍摄的影片《塞上风云》就把话剧剧本中这方面的内容淡化了。

老舍对民族问题有着高度的敏感，在创作少数民族题材作品时总是保持着警觉的心态。在回顾《国家至上》的写作时，老舍说过这样的话："题旨是回汉合作，可是剧中回汉的正面冲突，反被回胞自家的纷争所掩，这并非无因：一来是回汉之争写得过于明显，也许引起双方的反感，而把旧账全都搬出来；二来是北方回教中亦有派别，不尽融洽——作者不敢提出教义上的分歧，而只能从感情失和上落墨。这些费斟酌的地方，自然也不是没有准备的批评者所能了解的。至于回汉通婚，教中自有办法，不可随便发言。""这本

---

①　汪晖：《地方形式、方言土语与抗日战争时期"民族形式"的论争》，《汪晖自选集》，广西师范大学出版社 1997 年版，第 345 页。

②　阳翰笙：《后记》，《阳翰笙电影剧本选集》，中国电影出版社 1981 年版，第 327 页。

剧虽没有别的好处，却很调匀整洁——稍微一不检点便足惹起误会，甚至引起纠纷！在写的时候，我们是小心上又加小心；写完了，我们是一点不敢偷懒的勤加修正。"① 老舍表示，他"要紧紧的勒住了笔，象勒住一匹烈马似的那么用力"②。

　　一方面是因为对民族国家有着强烈的认同，另一方面是因为创作时保持着警觉的心态，老舍的少数民族题材写作成为民族国家叙事的成功典范。《国家至上》涉笔北方的回族，但避免了"他者"审视范式的弊端，作者没有以一种居高临下的眼光来俯视回民，满足于展示其奇风异俗，而是以一种平等的心态来对待回胞，尽量表现他们的美德。老舍说过，"我们晓得回教人的一般的美德。他们勇敢，洁净，有信仰，有组织。……在这故事中，我就按着我们的理解，要表现出回胞的美德"③。剧中的回民，大都给人以比较美好的印象。黄子清乐善好施，重情重义，致力于回汉合作，他创办清真小学数所，收容失学儿童，不分教内教外，尽管因此受到盟兄张老师误解，也无怨无悔。张孝英美丽健康，知事明理，待人处世落落大方。张老师虽然固执、褊狭，但也干净、利落、强健、勇敢，他重然诺，轻生死，义字当头。马宗雄虽然"年少老实，不足继承祖业"，但也有一颗拳拳爱国之心，"流亡中，到处宣传敌人暴行"，来到清水镇后，在张孝英的调教下，又长进不小，正是他套出了金四把的阴谋。即便是喜欢胡搅蛮缠的冯铁柱，也有其优点，在保卫清水镇的战斗中，他扛着一面国旗，和张老师冲在最前面。老舍后来曾经指出写作少数民族题材要避免"猎奇"心理："在兄弟民族作家队伍还未壮大的今天，汉族作家去描写兄弟民族的新生活是有很大作用的。写兄弟民族的生活，首先应当克服猎奇心理。有这样心理的作家是要以最少的劳力，从事物表面上找到异族情调，去满足读者的好奇心。动机在猎奇，就不会热诚地去深入生活，而只凭东看一眼，西问一声，便要进行'创作'了。这一定抓不住今天

---

① 老舍：《三年写作自述》，《老舍全集》第 17 卷，人民文学出版社 2008 年版，第 277—278 页。
② 同上书，第 278 页。
③ 老舍：《〈国家至上〉说明之一》，《老舍全集》第 17 卷，人民文学出版社 2008 年版，第256 页。

民族生活的重大变化和问题。也会使作者只找特殊的情况，而忽视了这特殊情况与一般的建设祖国的大业有什么关系。这样，就把民族生活孤立起来，而忘记了整体。不看整体，一定体会不到民族间兄弟般的友谊与热爱，也就不会写出有热情的作品来。在兄弟民族作家心中也难免猎奇心理的作祟，假若他的目的是在写给汉族的读者，满足汉族读者的好奇心。这个苗头已被我们看见了。"① 这是老舍写作少数民族题材的经验总结，正因为他不愿意"猎奇"，所以在正视中华各民族之间的异质性的同时，更强调其同一性。在他的《大地龙蛇》中，来自天南海北、分属不同民族的战士们也通过歌声传达了对这种同一性的认识："何处是我家？／我家在中华！扬子江边，／大青山下，／都是我的家，／我家在中华。为中华打仗，／不分汉满蒙回藏！为中华复兴，／大家永远携手行。／噢，大哥；／啊！二弟；／在一处抗敌，／都是英雄；／凯旋回家，／都是弟兄。何处是中华，／何处是我家；／生在中华，／死为中华！／胜利，／光荣，／属于你，／属于我，／属于中华！"至于少数民族内部的阶级矛盾，也是相当敏感的问题，《国家至上》等作品也明智地回避了。

老舍的少数民族题材作品受到了读者和观众的喜爱，特别是《国家至上》的上演，在回民中产生了很大的反响。女演员张瑞芳曾扮演《国家至上》的女主角张孝英，回族观众看过戏之后，甚至把她唤作"我们的张瑞芳"了。1941年秋老舍到云南参观、讲学时，大理一位八十多岁的回族老人，一定要见见《国家至上》的作者，并且请求老舍为他题字留念。② 这些或许也可以算作民族国家叙事在少数民族题材创作中取得成功的旁证吧。现如今少数民族题材的创作在我国十分繁荣，但偶然也会出现"探索"失度的情况。就此而言，研究老舍的少数民族题材创作，也是一件不无意义的事情。

（原刊《海南大学学报》2017年第5期）

---

① 老舍：《关于兄弟民族文学工作的报告——在中国作家协会第二次理事会会议（扩大）上的报告摘要》，《老舍全集》第18卷，人民文学出版社2008年版，第440页。
② 老舍：《闲话我的七个话剧》，《老舍全集》第17卷，人民文学出版社2008年版，第375页。

巴金的"轰炸"书写

日本法西斯发动对中国的侵略战争之后，为了打击中国的抗日力量，摧毁中国人民的抗战意志，公然违反国际公约，派遣航空部队对中国广大地区的和平居民进行了旷日持久的无差别轰炸。轰炸给中国人民带来了深重灾难，也由此成为抗战文学的重要题材之一，但是抗战文学研究界却未能对这类题材给予起码的关注，这不能不说是一个比较大的遗憾。作为一位"身经百炸"的作家，巴金留下了关于轰炸的大量作品，他关于轰炸的文学书写恐怕是所有现代作家之中最为全面、最为丰富的，有其文学史上的特别意义。

一

轰炸，是巴金终生难忘的一种创伤性记忆，这种创伤性记忆驱使着巴金写下了关于轰炸的大量作品。

抗战期间，巴金辗转于上海、广州、武汉、桂林、昆明、重庆、成都、贵阳等地，而这些城市恰恰是日军轰炸的重要目标，巴金身逢其时，与这些城市以及这些城市的人民一起在轰炸中受苦受难。晚年的巴金回忆自己在昆明写作《龙·虎·狗》的情景时，曾经写下这样的话："我离开昆明的时候，日本侵略军对这个城市正在进行狂轰滥炸。日本帝国主义终于挤进了越南（河口铁桥早已炸断），他们的飞机就是从越南飞来的。对于和平城市的受难，我已经有了丰富的经验，一九三七年下半年在上海，一九三八年上半年在广州，下半年在桂林，生命的毁灭、房屋的焚烧、人民的受苦，我看得太多了！"① 不仅仅只是在上海、广州和桂林，在昆明，在重庆，在成都，在其他一些地方，巴金也耳闻目睹了轰炸制造的一幕幕惨景。在关于《火》的创作回忆录中，巴金就曾提及日军对重庆和成都的轰炸："我能够一口气写完《火》第二部，也应当感谢重庆的雾季。雾季一过，敌机就来骚扰。我离开重庆不久，便开始了所谓'疲劳轰炸'。我虽然夸口说'身经百炸'，却没有尝过这种滋味。后来听人谈起，才知道在那一段时期，敌机全天往来不停，每次来的飞机少，偶尔投两颗炸弹，晚上也来，总之，不让人休息。重庆的居民的确因此十分狼狈，……然而轰炸仍在进行，我在昆明过雨季的时期，我的故乡成都在七月下旬发生了一次血淋淋的大轰炸，有一个我认识的人惨死在公园里。第二年我二次回成都，知道了一些详情。我的印象太深了。"②

被轰炸的惨痛经历在巴金心中形成了一种难以愈合的"创伤性记忆"，以至于几十年之后他仍然对当年躲警报的情景记忆犹新："今天我在上海住处的书房里写这篇回忆，我写得很慢，首先我的手不灵活了（不是由于天冷），已经过了四十年，我几次觉得我又回到了四十年前的一个场面：我和萧珊，还有两三个朋友，我们躲在树林里仰望天空。可怕的机声越来越近，蓝色天幕上出现了银白色的敌机，真像银燕一样，三架一组，三组一队，九架过去了，又是九架，再是九架，它们去轰炸昆明。尽管我们当时是在呈贡县，树林里又比较安全，但是轰炸机前进的声音像锤头一样敲打我的脑子。"③

这种难以愈合的"创伤性记忆"驱使着巴金用他的笔蘸着血泪写下了关于轰炸的大量作品。在创作回忆录中，巴金多次谈到轰炸对他创作这类作品的驱动作用："这次在昆明我写的散文不过寥寥几篇，但全都和敌机轰炸有

① 巴金：《关于〈龙·虎·狗〉——〈创作回忆录〉之六》，见《巴金论创作》，上海文艺出版社 1983 年版，第 380 页。
② 巴金：《关于〈火〉——〈创作回忆录〉之七》，见《巴金论创作》，上海文艺出版社 1983 年版，第 390 页。
③ 同上。

关，都是有感而发的。"① "这声音，这景象（指敌机轰炸的声音、景象——引者按）那些年常常折磨我，我好几次写下我'在轰炸中过的日子'，后来又写了小说《还魂草》，仍然无法去掉我心上的重压，最后我写了冯文淑的噩梦。我写了中学生田世清的死亡，冯文淑看见'光秃的短枝上挂了一小片带皮的干肉'。写出了我的积愤，我的控诉，我感觉到心上的石头变轻了。"② "那几年中间我看见炸死的人太多、太惨，血常常刺痛我的眼睛。不写，我无法使自己沸腾的血平静下来；写，我又不愿意用鲜血淋淋的景象折磨读者。我想起了几个月前在昆明看见的'废园'内的那只泥腿，就把它写进中篇，拿两张席子盖住了两个冤死的人。我对几年来敌机的狂轰滥炸发出了强烈的控诉，用两个女孩的友谊来揭露侵略战争的罪行。"③

就数量及形式而言，巴金有关轰炸的作品是丰富的，可能居现代作家之冠：既有收在《控诉》《旅途通讯》《感想》《黑土》《无题》《废园外》《旅途杂记》等集子中的大量散文，也有《还魂草》《某夫妇》等直接以"反轰炸"④ 为主题的中短篇小说，《火》《憩园》《寒夜》等中长篇小说虽然不以轰炸为主要内容，也对其多有反映。

就日军实施轰炸的地域而言，巴金作品的表现是广阔的：《一点感想》《给日本友人》《火》第一部写上海；《给山川均先生》写松江；《在广州》⑤《广州在轰炸中》《在轰炸中过的日子》《广州在包围中》《从广州出来》《给一个敬爱的友人》写广州；《汉口短简》写武汉；《桂林的受难》《桂林的微雨》写桂林；《无题》《先死者》《大黄狗》《轰炸中》《十月十七日》《废园外》《火》第三部写昆明；《还魂草》《寒夜》写重庆；《憩园》写成都；《从广州到乐昌》写银盏坳、乐昌；《广武道上》写乐昌、长沙；《梧州五日》写

---

① 巴金：《关于〈龙·虎·狗〉——〈创作回忆录〉之六》，见《巴金论创作》，上海文艺出版社1983年版，第380页。

② 巴金：《关于〈火〉——〈创作回忆录〉之七》，见《巴金论创作》，上海文艺出版社1983年版，第390—391页。

③ 巴金：《关于〈还魂草〉——〈创作回忆录〉之八》，见《巴金论创作》，上海文艺出版社1983年版，第404页。

④ 同上书，第406页。

⑤ 巴金有两篇以"在广州"为题的散文，均与轰炸有关，分别收入散文集《旅途通讯》《黑土》。

梧州;《在泸县》写泸县（今泸州）;《某夫妇》写广元……

二

在《控诉》的《前记》中，巴金写道："我写这些文章的时候，心情虽略有不同，用意则是一样。这里面自然有呐喊，但主要的却是控诉。对于危害正义、危害人道的暴力，我发出了我的呼声：'我控诉!'"[1] 对于轰炸这种"危害正义、危害人道"的罪恶暴力，巴金进行了愤怒的控诉。

巴金控诉了轰炸对城市的毁灭性破坏。在巴金笔下，经过轰炸后，上海的闹市风光不再："大世界"失去了昔日辉煌的装饰，只剩下一副骷髅似的空架子，其"前额"上还保留着"八一四"大轰炸留下的伤痕；店铺的招牌倾斜了，墙壁陷入或者破裂了；在一两家商店的屋檐下和马路中间的电杆上，挂着类似人皮的东西；被炸毁的老虎车和黄包车"躺"在路边；从法租界通往英租界的马路中间，遗留着炸弹炸出的一个大坑，坑里满是泥和水，"这泥和水就吞食了无数悲痛的故事。"（《火》第一部）广州的街道在轰炸之后好像经过了激烈的巷战似的凌乱不堪：马路上盖着一层白灰；电线落在街心；房屋坍塌了好多间，一道写着"××里"金字的门墙还立在瓦砾堆中，一座四层楼的大洋房被炸去了一半，屋顶完全坍下来，四层压在三层上，三层压在二层上，只剩了一个七歪八倒的空架子，此外就是砖块（《在广州》）。银盏坳车站在轰炸之中只剩下断瓦颓垣：红砖砌的车站房屋全炸毁了，到处是碎砖断瓦；石阶倾斜陷塌，往南往北都有几个大坑；路牌寂寞地立在瓦砾堆中，"银盏坳"的"银"字被机关枪弹削去了一个角；售票处、办公室、候车室都是临时搭起的草棚，有的屋顶还不曾盖上，只有一个架子；昔日热闹的市场不存在了，售票处后边的一片空地权且充作了临时的市场（《从广州到乐昌》）。长沙在轰炸之后也是满目疮痍：六国饭店最近被炸毁，只剩下一个

---

① 巴金：《控诉·前记》，见《巴金全集》第12卷，人民文学出版社1989年版，第519页。

空架子；交通旅馆在从前就中了炸弹，当它被炸的时候，有两对夫妇正在那里举行结婚典礼，不少人遇难（《广武道上》）。泸县的大片房屋在轰炸中成了废墟：到处都是碎砖破瓦，只有倾斜欲坠的断墙颓壁留下来，表明过去人家之间的界限；焦炙的黑印涂污了粉白墙，孤寂的梁柱仿佛带着伤痕在向人诉说昔时的繁荣和今日的不幸（《在泸县》）。桂林在轰炸中遭受的灾难更具有代表性，巴金在几篇散文中进行了详细描绘："我带着一颗憎恨的心目击了桂林的每一次受难。我看见炸弹怎样毁坏房屋，我看见烧夷弹怎样发火，我看见风怎样助长火势使两三股浓烟合在一起。在月牙山上我看见半个天空的黑烟，火光笼罩了整个桂林城。黑烟中闪动着红光，红的风，红的巨舌。十二月二十九日的大火从下午一直燃烧到深夜。连城门都落下来木柴似地在燃烧。城墙边不可计数的布匹烧透了，红亮亮地映在我的眼里像一束一束的草纸。那里也许是什么布厂的货栈吧。"（《桂林的受难》）"夜色突然覆盖了全个城市。但是蓝空却有一段红的天。红色的火光舐着天幕。火光升起来，落下去，又升起来。这时风势已经减弱了。但是凉风吹过，门楼、屋梁、墙头忽然发出巨响，山崩似地向着新的废墟倒下来。火仍在燃烧，火星差不多要飞到我的棉袍上面。我们穿过一条尚在焚烧的巷子，发出热气的墙壁和还在燃烧的瓦砾使我的额上冒汗了。瓦砾堵塞了平时的道路，我们是踏着火焰走过去的。一个朋友要去探望他那个淹没在火海中的故居，可是那里连作为界限的墙壁也不存在了。""马路上积着水，堆着碎砖，躺着断木，横着电线。整条整条街都只剩下摇晃的墙壁和燃烧的门楼。没有人家，没有从窗户映出的灯光，没有和平的市声，桂林成了一个大的火葬场。耸立的颓垣便是无数的火柱，已经燃烧了五六个钟点了。一家旅馆，我到那里去过两次，那是许多朋友的临时的住家，我看见火在巍峨的门楼上舐着舐着，终于烧断了它，让砖石和焦木带着千万点火星向着我们这面坍下来。是发雷的响声，接着又是许多石块落地的声音。火星向四处放射，像花炮一样。"（《桂林的微雨》）

　　巴金控诉了轰炸对人们日常生活的严重影响。《从广州到乐昌》中，因为日军的轰炸，列车难以正常运行，全然没有了预定的时刻，旅客们千辛万苦地赶到车站，能否乘上车完全要靠运气。《广武道上》中，正在行驶的列车不时停下来往后退，原来是开到山洞里去躲避轰炸。《桂林的受难》中，躲警报成了有些人家的日常功课，他们每天在天刚刚发白时就起身洗脸做饭，吃过饭大家收拾衣物，挑着被褥箱笼，躲到山洞里去，他们要在洞里坐到下午一点钟才敢回家。如果这天没有警报，他们挑着担子、抱着包袱、负着小孩回家后，便会发出怨言，责怪自己胆小，但是第二天他们依然如故。问他们为什么不等发警报时再去躲，回答是听见警报，腿就软了，跑都跑不动。这些人的举动固然可笑，轰炸的为害之烈也可见一斑。《梧州五日》中，躲警报的人们惊慌失措："满街都是人，有的提箱子，有的背包袱，有的牵小孩，带嚷带跳狼狈地向右奔去。人群像决了堤后的水，带着不可抵拒的力量冲过低湿的地方，淹没了一切。我的眼前全是人头，它们像汹涌的波涛滚滚地顺着飓风奔腾过去。人挤着，人跑着，做出种种惊惶的样子，没有谁回过头望，也没有谁停留片刻来缓一口气。仿佛有一股力量推动着众人，使他们盲目地奔向一个地方。从各个小巷里人不断地流出来，又消失在大群中。好像许多支流汇集在一起向大海流去。这个海便是中山公园，那里有防空的山洞。"《在广州》中，有人在轰炸中失去了房屋，只能居住在瓦砾堆里。《寒夜》中，曾树生因与婆婆斗气而离家出走，经过汪文宣的种种努力，生活重归宁静，夫妻俩到国泰戏院去看电影，扫兴的是刚看到三分之二，电影就因警报台上挂出一个红球而停止了放映。

巴金更控诉了轰炸对生命的残酷戕害。中篇小说《还魂草》中，两个小女孩利莎、秦家凤天真无邪，她们纯真的友情让作家"黎伯伯"在灰暗的生活中也感受到了"阳光和温暖"，然而秦家凤和她的母亲却一起葬身于日军的轰炸了，"挖出来还是两母女紧紧抱在一起，鼻子嘴巴都是血"。当幸免于难的利莎在黎伯伯的陪同下来到她们殉难的现场时，再也见不到她相亲相爱的"秦姐姐"，她看到的只是草席下面露出的"一只小小的带泥的腿"。短篇小说《某夫妇》中，明方的丈夫温意气风发，离别娇妻稚子，准备在西北好好干一番事业。后来明方收到温在广元病重的电报，匆匆赶过去护理，得到的却是丈夫的死讯，然而她却连丈夫的遗体和坟墓都不曾见到，原来"病重"

只是朋友们善意的谎言,丈夫并没有生病,而是在轰炸中丧身,一颗炸弹把他打得粉碎,"什么也没有留下来"。长篇小说《火》第三部中,田惠世的小儿子田世清又懂事又能干,是父亲心中的希望,然而这个生龙活虎的中学生却在日军的轰炸中和另一位同学一起遇难了,炸弹把他的脸都削平了。在田世清的葬礼上,冯文淑无意中还发现了树枝上挂着的已经风干了的一小片带皮的人肉。在一些纪实性的散文中,巴金描绘了无辜民众在轰炸中惨遭屠戮的一个个血腥场面:"一个人从地上爬起来拾起自己的断臂接在伤口上托着跑;一个坐在地上的母亲只剩下了半边脸,手里还抱着她的无头的婴儿。"(《在广州》)"前几天还和我谈过几句话的某人在一个清早竟然倒插在地上,头埋入土中地完结了他的生命。有一次警报来时我看见十几个壮丁立在树下,十分钟以后在那里只剩下几堆血肉。有一个早晨我在巷口的草地上徘徊,过了一刻钟那里就躺着一个肚肠流出的垂死的平民。晚上在那个地方放了三口棺材,棺前三支蜡烛的微光凄惨地摇晃。一个中年妇人在棺前哀哭。"(《在轰炸中过的日子》)"在那块长满青草的空地上,我看见一个人躺在那里,他那穿香云纱短衫的身上满是血迹,肚子炸破了,肠子露在外面。他的身子微微地颤动。脸白得像一张纸,眼睛睁开,痛苦地望着我们的脸,那双眼睛似乎看不清楚什么,眼珠转动得极慢。忽然脸上起了一阵拘挛,眼皮动了一下,眼珠也略略转动,嘴微微张开。他已经不能说话了。失神的眼光似乎在痛苦地哀求:请帮点忙,终止我的痛苦罢。"(《在广州》)"忽然在一辆汽车的旁边,我远远地看见一个人躺在地上。我走近那个地方,才看清楚那不是人,也不是影子。那是衣服,是皮,是血肉,还有头发粘在地上和衣服上。我听见了那个可怜的人的故事。他是一个修理汽车的工人,警报来了,他没有走开,仍旧做他的工作。炸弹落下来,房屋焚毁,他也给烧死在地上。后来救护队搬开他的尸体,但是衣服和血肉粘在地上,一层皮和尸体分离,揭不走了。"(《桂林的受难》)

三

日军的轰炸给中国人民带来了巨大的灾难，却并不能够使勇敢的中国人民走向屈服。面对惨无人道的轰炸，中国人民进一步认清了日本帝国主义的罪恶本性，其抗战到底的决心因此更加坚定，并将这种决心付诸各种行动。巴金在对日军暴行进行愤怒控诉的同时，也对中国人民在轰炸面前的非凡表现进行了热情讴歌。

巴金讴歌了中国人民面对轰炸表现出的更加坚定的抗敌意志。《桂林的微雨》中，一个年轻人对同伴说："凭它飞机怎么狠，它能够把我们四万万五千万人炸光吗？"《十月十七日》中，一个人力车夫模样的中年男子在警报解除后，坐在路旁自言自语："×你妈，你把昆明就炸光了，老子也还是要抗战！"《在泸县》记录了公园里六七个青年关于在废墟上建造宝塔的慷慨议论，描绘了轰炸之后城市的新生："这里两旁都是完好的商店，还有许多白木新屋。另外在较冷静的街上我看见新的巨厦的骨架和'上梁大吉'的红纸条。"《火》第三部中，虽然吴其华、温健这样的人面临轰炸时惊恐莫名，田惠世等人却是镇定如常：

> "我们的城市很大，日本人的炸弹有限，所以我说中炸弹就跟中头奖一样不容易，我没有中过头奖，我一定也不会中炸弹，"田惠世挺起胸膛笑道。

由于法军的妥协，日军侵占了安南（越南），昆明受日军轰炸的危险大大增加，对此田惠世等人毫不畏惧，戏称要以"肉弹"应对"炸弹"：

> "这样一来日本轰炸机的航程缩短不少了，以后这里空袭的次数会多起来，"朱素贞接口说，她也十分愤慨。
>
> "管它的！就是他们把这里炸光了，我们还是要抗战，"文淑撅起嘴

赌气地说。

这不是她一个人的意思，许多、许多人都是这样想的。田惠世甚至哈哈地笑着对人说："他们有炸弹，我们有肉弹。"

洪大文在旁边听见了，便插嘴说："老先生，你有的是纸弹。你的纸弹比炸弹还厉害。"

田惠世不明白洪大文的意思，用了疑惑的眼光去看他。他好象知道田惠世的心思，便带笑说："你的纸弹鼓励人去求生，炸弹却只能够杀人。"

巴金讴歌了中国人民面对轰炸时的镇定生活。广州地势平坦、开阔，日机来袭时基本上是无处可躲，因此是异常凶险的，但广州人民却不为所动，他们"学会了镇静，学会了不怕死"，把被轰炸的经历当作一场怪梦，照常"愉快地谈笑"，有人即便是居住在被炸掉了一面墙壁的"住房"里，也安之若素。(《在广州》) 对于死亡，人们似乎已经习以为常："一幢屋毁了，别的房屋里还是有人居住。骑楼下的赤血刚刚洗净，那个地方立刻又印上熙攘的行人的脚迹。一个人倒下，一个人流血，在这里成了自然的事。甚至断头折臂也不是悲惨的命运。"(《广州在轰炸中》) 轰炸给城市留下的创伤，也得到尽可能快的医治："六月十三日我走过几条街就没有看见一个人影，几乎连一个小饭店也找不到。我现在看见的依然是热闹的街市和扰攘的人群。有几处炸毁的房屋已经被朴素的新屋代替了。炸断的老树上生出了新芽。这个城市的确是炸不死的。它给了我不少的勇气。这个城市便是对我们保证我们抗战的最后胜利的一个信物。"(《在轰炸中过的日子》) 银盏坳车站在轰炸中沦为废墟，可是就在轰炸的间隙里，列车还是艰难地运营着，空地上的临时市场异常热闹，"谁也不会想到这个地方几点钟以前连一个人也看不见，而且十几个小时以后又会是一片荒墟。但是明天晚上它又会活起来，而且像今晚一样地热闹。"(《从广州到乐昌》)

巴金讴歌了中国人民面对轰炸时的努力工作。在广州，很少有人因为害怕轰炸而停止工作："一个人死了，别的人仍旧照常工作。……倒下去的被人埋葬，活着的更加努力从事工作。事情是做不完的，没有人愿意放弃自己的责任；但是倘使轮到自己闭上眼睛，他也不会觉得有什么遗憾。"（《广州在轰炸中》）在银盏坳，工人们明知铁轨、房屋随时可能被日机炸毁，也无怨无悔地做着修复工作："铁路上的工作开始了。好几处都有人拿了汽灯照着工人调换枕木。铁锤敲着钉子发出铛铛的声音。另一些小工挑着土走来走去。未完成的候车室里点着煤油灯，好几个工人用葵叶在盖屋顶。地上放下一大堆葵叶，有人爬上梯子把它们陆续递上去。'今晚上盖得好吗？'一个北方客人自语似地在问。'一定盖得好，'上海的客人这样回答。工人们并没有注意这些话。他们仍旧严肃地、毫无疑惑地努力工作，和修轨道的工人一样。"（《从广州到乐昌》）在乐昌，人们在简陋的条件下坚守岗位："轰炸后车站的废墟从稀疏的树木中露了出来。在废墟上新的葵叶作屋顶的竹篱茅舍傲然耸立着，似乎在向敌机挑战。""售票处已经跟着全部车站的建筑物化为灰烬了。现在的临时售票处只是一个简单的茅棚，但是人们在那里面仍旧照常尽职地办事。"（《广武道上》）

巴金讴歌了中国人民面对轰炸时的无私互助。《广州在轰炸中》有一概述："在这些居民中间，人我的界线怎样迅速地消失；许多人自动地将自己的家屋用具献出作为一些老弱同胞的避难处，壮丁们也甘冒危险去挖掘炸毁的房屋，救出受伤的同胞；……"《桂林的微雨》则记载了一个具体的事例：一个房子快烧光的女人，面对着伸手的乞丐，虽然焦急，还是把手伸进怀里去掏钱。目睹这一幕，巴金不由得感慨万千："我在这个女人的脸上见到熟人的面容了。我一定在什么地方见过她。不，我应该说是见过这张面孔，这样的表情我在我走过的每一个中国的地方都目击过。这里有悲愤，有痛苦，有焦虑，但是还有一种坚忍的力量……"

巴金讴歌了中国人民面对轰炸时的慷慨捐献。募捐的女学生甘冒被炸死的风险，也不离开岗位："在'八·一三'那天上午，日机已经飞到汉民分局门前献金台的上空了，那时台上还有一批工作的女学生。本来已经预备好汽车，要载她们到别处去躲避，可是她们不肯离开献金台，而且表示宁愿在台上工作而被炸死，不愿放弃职责。"（《在广州》）民众则不论老幼、贫富，均有感人的行动："我看见一个小孩自动地打碎了扑满把几年来的储蓄全交给父亲送到收捐款处去。我看见一个娘姨把她的有限的工钱含笑地亲手送给进来捐款的女学生。"[《感想（二）》]一个以青草为食的乞丐，也倾其所有，把讨来的钱全部贡献出来，"他相信只有在大家一颗心、共同对付敌人、把敌人赶走以后，大家才可以保全性命，过安宁日子。他还说到残酷的轰炸，说到那许多惨死的同胞。他希望那些有钱的人也照他这样做。"（《在广州》）

四

抗战时期，巴金的创作风格发生了巨大的转型，由早期的热情转向了后期的冷静。巴金关于轰炸的一系列作品创作于这个转型期内，因此就艺术风格而言也是多样的，但无论是何种风格，皆有艺术上成熟的上乘之作，值得我们珍视。

有的作品保留了巴金早期的热情，滚烫的情愫一泻无余，显得比较疏放外露。比如冀东保安队反正的"通州事件"发生后，日本所谓"社会主义者"山川均对中国军民的反抗怒不可遏，写了《华北事变的感想》一文，恶毒咒骂中国军民的"鬼畜性""残虐性"，巴金读了此文后义愤填膺，立即写下《给山川均先生》予以驳斥。在《给山川均先生》这篇文章中，巴金首先详细描写了日军在松江等地轰炸难民的"伟绩""壮举"，然后义正词严地质问山川均："对于这样冷静的谋杀，你有什么话说呢？你不能在这里看见更大的鬼畜性和残虐性么？自然，你没有看见一个断臂的人把自己的一只鲜血淋漓的胳臂挟着走路；你没有看见一个炸毁了脸孔的人拊着心疯狂地在街上奔跑；你没有看见一个无知的孩子守着他的父母的尸体哭号；你没有看见许多只人手凌乱地横在完好的路上；你没有看见烧焦了的母亲的手腕还紧紧地抱着她的爱儿。哪一个人不曾受过母亲的哺养？哪一个母亲不爱护她的儿女？中国的无数母亲甘冒万死带她们的年幼的儿女离开战区，这完全是和平的企图，这是值得每一个母亲和每一个有母亲的人同情的。难道日本的母亲就只有铁石的心肠？难道日本的母亲就不许别人的母亲维护她们的儿女？"又如

《从广州到乐昌》在记叙轰炸间隙工人们的紧急抢修后，紧接着写下了这样一段激情澎湃的文字："也许铁轨明天又会炸断，房屋明天又会成为灰烬，但是这样的工作精神是不会消灭的。水永远向前流，山永远青绿，这些人的工作，也永远存在。他们没有悲观，也没有乐观。他们只知道沉默地、不屈不挠地埋头工作。几十架飞机一年来接连不断的轰炸，甚至不能够阻挠这一个小站的工作。在这里我看出了未来中国的希望。在这里我们对于最后胜利的信念得到了更有力的保证。"再如《桂林的受难》，巴金竟然从桂林在轰炸中的"受难"预见到了胜利后的"欢笑"："从以上简单的报告里，你们也可以了解这个城市的受难的情形，从这个城市你们会想到其他许多中国的城市。它们全在受难。不过它们咬紧牙关在受难，它们是不会屈服的。在那些城市的面貌上我看不见一点阴影。在那些地方我过的并不是悲观绝望的日子。甚至在它们的受难中我还看见中国城市的欢笑。中国的城市是炸不怕的。我将来再告诉你们桂林的欢笑。的确，我想写一本书来记录中国的城市的欢笑。"另如《在泸县》叙述了几个青年关于中国未来的谈话后，巴金抒写了自己的感受："我感到极大的喜悦。我的确瞥见光明了。这是年轻的中国的呼声。这是在轰炸的威胁下长成的中国的呼声。它是何等响亮，何等有力！我相信它，我等着看那废墟上建造起来的九层宝塔。"描写了泸县炸后的重建后，巴金再一次表达了自己坚定的信念："一个中国的城市在废墟上活起来了，它不断地生长、发达。任何野蛮的力量都不能毁灭它。我怀着这个信念回到了船上。"这样直抒胸臆的抒情、议论文字在其他一些篇目中也时有所见。激情的喷发使得巴金内心深处抗战必胜的坚定信念得到很好的表现，也能够对读者的感情产生强烈的冲击，从风格来讲，是比较接近于巴金早期的《家》等作品的。

有的作品趋向于巴金后期的冷静，炽热的情感经过了理性的过滤，显得含蓄内敛。比如《废园外》《大黄狗》等篇也是控诉日军轰炸暴行的，却没有将重心放在轰炸的血腥上，对炸后悲惨景象的描绘较为节制，也没有对日军的罪行进行直接的谴责。《废园外》叙写了三个生命的毁灭，但几乎是一笔带过：三具尸首都是草席遮盖着的，只有陈家三小姐一只带泥的腿从草席下面露出来。作品用较多的笔墨描绘了园子里的植物：园子里盖满绿色，花开得正好，大的花瓣，长的绿叶。这看似闲笔，却是有意为之，从红花绿叶与带泥的腿的对比中，作者的悲愤之情得到了含蓄的抒发：红花绿叶生机勃勃，年轻的生命却陨落了，有谁再来欣赏这美丽的鲜花呢？园子从敌人的炸弹下复活了，带泥的腿却永远无法动弹了！敌人无情，花草却有情："花随着风摇头，好像在叹息。它们看不见那个熟习的窗前的面庞，一定感到寂寞而悲戚吧。"文中花草的哀怨叹息似乎比愤激的呐喊更令人难以忘怀。《大黄狗》花了很大的篇幅写房东家里一只大黄狗的爱自由与和善：每当被关到园子里时，它的第一工作便是"用嘴和脚去推动园门，想把门拔开"，"它好像抱了不把门推倒不停止的决心似的"；"它从没有用过凶恶的眼光看我"，"在它和善地望着我的时候，它就像一位长发、长眉、长须的老人"。大轰炸来临了，园子里几天都没有大黄狗的足迹。一个朋友告诉作者：他在一间倒下的房屋前面看见一条狗的尸首，连肚肠都露在外面。作者不由得对大黄狗的命运产生了担心："晚间我回到园子里，迎着我的只有冷冷的月光和蟋蟀的悲鸣。我站在松树下水池边，想起了那条爱自由的大黄狗。我不知道它是否也会得到这样的结果。"作者是在为大黄狗的生死未卜而担心，又何尝不是在为千千万万遭受日军飞机涂炭的生灵而担心？这种看似不经意的担心实际上能够产生一种让读者感到揪心的力量。类似的篇章还有一些。这些作品在轻描淡写中蕴含着深沉的情感，冷中含热，从风格来讲，是比较接近于巴金抗战后期的《寒夜》等作品的。

或者疏放外露，或者含蓄内敛，巴金关于轰炸的作品的艺术风格是多样的。两种风格的作品中，都有不少艺术上成熟的上乘之作，前者如《在广州》《桂林的受难》《桂林的微雨》等篇，后者如《还魂草》《废园外》《大黄狗》等篇。不以轰炸为主要内容但也对其多有反映的《憩园》《寒夜》等篇更是公认的巅峰之作。所以说无论是就对轰炸表现的全面，还是就艺术上所达到的高度而言，巴金的这类作品都有其文学史上的特别意义，值得我们认真对待。

（原题《巴金笔下的日军轰炸》，刊《南阳师范学院学报》2012 年第 11 期）

李广田与抗战文学的内迁题材

日本帝国主义发动侵华战争后，中国大片国土遭受战火的威胁，为了躲避战乱，同时也为了集聚并发展抗日的力量，大量的人员、机关、学校、厂矿、物资纷纷向内地迁移。这次内迁①是人类历史上少见的大迁徙，引起了全世界的关注，史特朗、赛珍珠、卡曼、端纳等外籍人士均著文加以表现，称其为"伟大的中国内迁运动"②，中国作家也对其进行了比较充分的书写，使其成为抗战文学的重要题材之一。李广田是一位在内迁题材方面用力甚勤、贡献至大的作家，也具有相当的典型性，对他的相关作品进行论析，可以从一个侧面认识抗战文学的内迁题材。

一

抗战时期写作内迁题材作品的作家，一般都亲身经历过内迁，李广田也不例外，但他内迁的行程或许更艰辛，对内迁题材倾注的心血或许更多。

全面抗战爆发后李广田走上了艰难的内迁之路。时任山东省立第一中学③

---

① 中国历史上还曾有边疆居民向内地的迁徙，本文中的"内迁"特指抗战时期人员、机关、学校、厂矿、物资向西南、西北等内地的大迁徙。

② 史特朗等著，米夫译：《伟大的中国内迁运动》，《现代中国》1939 年第 1 卷第 11 期。

③ 即济南一中，内迁途中先后编入山东联合中学、国立湖北中学、国立六中。

国文教员的李广田于 1937 年 8 月随学校迁往山东泰安，又迁河南许昌、南阳，再迁湖北郧阳，最后于 1939 年 1 月底抵达四川罗江，历时一年半，跨越山东、河南、湖北、陕西、四川五省，行程七千里。对于内迁的经历，李广田在散文集《圈外》的序中有过简要的说明："抗战开始的时候我在济南，济南危急的时候我随学校迁到泰山下边。十二月二十四日，正是冰天雪地的时候，我们在敌机狂炸中又离开了泰安。以后辗转南下，由河南而入湖北。我们在汉水左岸的郧阳城住过半年，又徒步两月而入川。离郧阳时是十二月一日，又正值严寒的日子，到达目的地后，却正是遍地菜花。"①

李广田的夫人王兰馨女士也有内迁的经历。当李广田从泰安内迁时，王兰馨正怀有身孕，无法同行，李广田只得将她和岳母一道送回济南。王兰馨生下女儿，在敌人的铁蹄下艰难度日，后来忍痛辞别老母，携带幼女，"化装成商人眷属，关山万里，从沦陷区济南，通过日军封锁线，或徒步、或坐车，辗转到达罗江"②，与李广田团聚。王兰馨此行通过了日伪军警的重重检查，一路上是险象环生。

本人和妻子的经历使得李广田对内迁有了丰富的体验和深刻的认识，提笔为文，自然要对内迁进行书写。李广田的散文集《圈外》（1949 年再版时更名《西行记》）是一本"纪行"的书，所收十九篇散文记述了李广田所在学校"由郧阳到四川的沿途情形"③，显然是属于内迁题材。《流亡日记》"这丰富的文字记录不但是李广田流亡时期生活的直接反映，也是他一生创作的一个组成部分"④。只有将《流亡日记》特别是其中的《出鲁记》《杖履所及》与《圈外》连接起来，李广田与济南一中的内迁历程才得以完整呈现，因而《流亡日记》也是可以当作内迁题材的文学作品来读的。李广田完成于庆祝抗战胜利的鞭炮声中的《引力》取材于王兰馨内迁的经历，实际上也是一部内迁题材的长篇小说。对于《引力》，人们有着多样的解读，也都不无一

---

① 李广田：《圈外·序》，《李广田全集》第一卷，云南人民出版社 2010 年版，第 262 页。
② 李岫：《李广田年谱》，《李广田全集》第六卷，云南人民出版社 2010 年版，第 413 页。
③ 李广田：《圈外·序》，《李广田全集》第一卷，云南人民出版社 2010 年版，第 262 页。
④ 陈德锦：《李广田散文论》，香港新穗出版社 1996 年版，第 56 页。

定的道理，但将其解释为表现内迁恐怕更接近作品的实际：小说后半部分写黄梦华潜离沦陷区济南，奔赴大后方成都，是直接描写内迁的过程，前半部分写沦陷区的黑暗生活，又何尝不是在写黄梦华内迁的原因？只不过是因为黄梦华心中存在迁与不迁的激烈冲突，作品才不得不用比较长的篇幅来写她下定内迁决心的艰难。除了上述几部大部头以外，李广田还有一些内迁题材的短篇作品，如诗歌《奠祭二十二个少女》《我们在黑暗中前进》和散文《力量》等。其中《奠祭二十二个少女》写由河南迁往郧阳的路途中舟覆汉水，二十多个女生失去年轻的生命："只愿世界完全干枯，／也不要一滴清露，／免得它照见花影，／惊破了多泪的魂灵！／／但完全干枯又有何用？／最难晴朗的是我的眼睛，／是谁把二十二个美丽的生命，／送到寂寞的蛟人之深宫！／／'俺们还不如杀敌而死！'／我仿佛听到她们在哭诉，／当绿满断岸的暮春时节，／激怒的江涛化作一江寒雾！"

李广田的学生张西丁说："我认为《圈外》及《流亡日记》是两本珍贵的著作。它们之所以珍贵，是由于它们所描绘的是其他著作所从未着力描绘的领域。它们记述了抗战爆发后工厂、学校、医院、企业等的战略大转移，向西北、西南的撤退，形成划时代的历史大移动。那记载与描绘的是抗战中的一个侧面，是汉水沿岸的抗战缩影，是'苦涩的记载'，不只是黑暗，而是蕴蓄着光明的到来。"① 其他著作"从未着力描绘"倒未必，但李广田的作品在抗战文学的内迁题材中占有重要地位却是不容置疑的。

根据表现对象的不同，抗战文学内迁题材的作品主要有四类：第一类是写人员内迁的，如丰子恺的《避难五记》；第二类是写学校内迁的，如吴徵镒的《"长征"日记——从长沙到昆明》；第三类是写厂矿内迁的，如茅盾的《走上岗位》；第四类是写物资内迁的，如张亮的《抢运》。按照这种划分，李广田的作品涉及了内迁题材的两个大类，《出鲁记》《杖履所及》《圈外》等作品写的是学校的内迁，而《引力》则反映了人员的内迁。就学校内迁而言，高校内迁是抗战文学内迁题材表现的重点，如钱能欣的《西南三千五百

---

① 张西丁：《怀念吾师李广田》，《李广田全集》第六卷，云南人民出版社 2010 年版，第 620 页。

里》、向长青的《横过湘黔滇的旅行》、林浦的《湘黔滇三千里徒步旅行日记二则》、吴徵镒的《"长征"日记——从长沙到昆明》、丁则良的《湘黔滇徒步旅行的回忆》、郑天挺的《滇行记》等写西南联大（及其前身）西迁，李洁非所编《浙江大学西迁纪实》写浙江大学四迁校址，心木的《随校迁黔记》写国立交通大学唐山土木工程学院从湖南湘潭向贵州平越的再次迁移，《农院内迁行程小记》写岭南大学农学院向粤北坪石的内迁，仲彝的《大学西迁记》写复旦、大夏两所大学的几次迁移，张俊祥的《万世师表》第三幕写北平某高校从长沙向云南的二度迁移等，而李广田的《出鲁记》《杖履所及》《圈外》等作品写的却是中学的内迁，在抗战文学中可能是绝无仅有的。就人员内迁而言，绝大多数作品写的是战火临近时的撤离，是从"自由区"向"自由区"的迁移，而李广田的《引力》表现的是"自由中国"对沦陷区人民的"引力"，黄梦华出于对"自由区"的向往而由沦陷区向"自由区"进发，这也是其他作品很少写到的。

抗战文学内迁题材的作品很多，但篇幅大多短小，真正完全写内迁而又在艺术上比较成功的长篇作品很少。钱锺书的《围城》第五章记录赵辛楣、方鸿渐等人由沪赴湘的旅程，其他章节还提及苏文纨的父亲苏鸿业"随政府入蜀"、唐晓芙失恋后经香港转重庆继续学业，林语堂的《京华烟云》以"国力西迁""木兰入蜀"为结局，陈白尘的《大地回春》第四幕表现新中国纱厂由汉迁渝，张俊祥的《万世师表》第三幕写林桐带领师生由长沙向云南的迁移，均对内迁有所涉及，但毕竟不是以内迁为主体，薛建吾的《湘川道上》、钱能欣的《西南三千五百里》等作品主要是写内迁，篇幅也比较长，但从艺术上讲似乎还有所欠缺，因此抗战文学中全力表现内迁的成功长篇作品是不多的，仅有茅盾的《走上岗位》和李广田的《引力》《圈外》等寥寥几部。茅盾的未竟之作《走上岗位》表现的是工厂的内迁，与表现人员、学校内迁的《引力》《圈外》不可互相替代，因此《引力》《圈外》是抗战文学史上弥足珍贵的文本。

除了身体力行，写作内迁题材的作品外，李广田还有意识地组织学生对内迁的经历进行书写。指导学生作文时，李广田出过"流亡生活中最艰苦的一段"这样的题目。① 到达罗江后，李广田还曾与同校任教的作家陈翔鹤一道，在校内公开张贴征文启事，发动学生集体创作关于内迁的报告文学集，为此耗费了很多的心血并取得可观的成绩。李广田在日记中多次提及此事："学生尹纯德写集体创作，——写流亡中情形，最近即将开始，拟以六万字为限。"（一九三九年五月二十五日）② "下午班后参加集体创作讨论会。"（六月十三日）"与翔鹤共定集体创作的目录。书名尚未开会决定，我拟名为《扑向祖国的怀抱》，这是靳以的一篇小说名字，借用一下也未尝不可吧！"（九月二十八日）"下午开集体创作讨论会，作者××人，一人缺席，讨论的问题甚多，大致良好，惟书名至今未定。"（十月二日）"下午开集体创作讨论会，决定书名为《在风沙中挺进》，相当满意。"（十月十二日）"整理集体创作，字数十万余。""整理集体写作。"（十二月十九日）"费了大半天工夫，总算把集体写作弄完了，分订九册，交给了东生。"（十二月二十日）③ 这部报告文学集由十七名中学生集体写作，包含三十篇作品，据十七名作者之一的刘方回忆，其中的几篇作品曾由李广田推荐，在诗人吕剑主编的报纸副刊上发表④，但整部作品却没有机会出版，这是一个无法弥补的损失。正如李广田的女儿李岫所说："可以想象，倘若这本集子能够出版的话，将会给我们伟大的民族解放战争留下一本真实生动的流亡史记录，将是我们的一代知识青年艰苦奋战争取胜利的真实写照。遗憾的是，父亲把这些稿子带到昆明后，终因生活的动乱而丢失了。"⑤

二

内迁题材的作品，一般都会写到两个方面的内容：一是行程的艰难，二

---

① 李岫：《岁月、命运、人——李广田传》，人民文学出版社 2006 年版，第 76 页。

② 李广田：《山踯躅》，《李广田全集》第六卷，云南人民出版社 2010 年版，第 182 页。

③ 李广田：《罗江日记》，《李广田全集》第六卷，云南人民出版社 2010 年版，第 191 页，第 235 页，第 237 页，第 243 页，第 255 页，第 267 页，第 267 页。

④ 刘方：《悼念李广田老师》，见李岫编《李广田研究资料》，宁夏人民出版社 1985 年版，第 508 页。

⑤ 李岫：《岁月、命运、人——李广田传》，人民文学出版社 2006 年版，第 82 页。

是沿途的见闻。就此而言，李广田的作品具有相当的典型性。

李广田内迁题材的作品从多个方面表现了内迁行程的艰难。

首先是自然环境的恶劣。如《出鲁记》《西行草》写山高路狭："道路多在山谷中，有极险峻处，左仰千仞立壁，右为无底深渊，而行道极仄，且甚光滑，倘一不幸，即可跌落……又有左右均为水沟，而中间只有一尺八之空壁，人行壁上，须极小心，又有最凶恶处，左右均为高数百丈之削壁，人行谷底，旁有深水，到此只感到一种压迫，有不敢喘息之势。""这里本来没有道路，下面是奔流湍急的嘉陵江，江上是万仞石壁，这两段路就是在悬崖上硬凿成的。向左看，是石壁，向上看，是石头，向右看，是悬崖下边的江水。"《出鲁记》写毒蛇猛兽出没给内迁师生带来的心理阴影："闻南阳来电话，每生须购竹竿……以为竹竿乃所以备狼蛇者，更有人谓必备裹腿，以免蛇入裤中。"《先驱及其他》写滩险水急："行李船逆滩而来，纤绳挂在山角上，断了，小船便像一块瓢片似的被浪头打了下去。等我们请停在高北店的一只小船去搭救时，行李船已经被打下了三四里远而停在了浅滩上，天幸未出大险，而船上一个发疟子的队员已经吓得面如白纸，全船的行李也十之八九打得透湿。"

其次是物资保障的匮乏。李广田与师生们由鲁入川，行进在穷乡僻壤之间，不用说没有舟车的便利，连基本的食、宿都很难得到保障。《罗江日记》记述了校长孙东生讲述的饥饿故事：一个叫丁炳义的小同学，"负了很重的行李，踉跄地走着，显出很苦痛的样子"，校长以为他是背不动行李，让大同学帮助他，然而他还是很困难。直到"在暮色中走出了六十里路，歇着，并进餐"时，丁炳义才笑着说"他当时实在饿坏了，饿得一步也走不动"。"问他为什么不说明呢？他说：说明也是无用，在旷野里没有东西可吃，告诉了老师，不是徒然地叫老师作难吗？"《养鸡的县官》写到了采购食物的困难："跑遍全城，才得又订购了一千八百个馍。"《先驱及其他》中，带队的张先生向先期到达的第一队队员解释不能在洵阳（今旬阳）休息的原因："这地方太小啦，我们吃饭是困难的，我们不走，第二队来了吃什么呢？而且，咱们不走，他们来了也没有地方住啊！"后来第一队未能如期出发，夜晚到达的第二队果然就"没有适当的地方可住"。《引力》中，黄梦华母子在内迁途中也碰到过饮食的困难，小昂昂半夜发烧，口渴得厉害，又找不到水，黄梦华"便就船边舀了一碗河水，那黄泥汤浓浓的就像一碗粥，昂昂竟一气把它喝完了，他一连喝了三大碗，连一点泥渣也不剩"，第二天孩子退烧后要吃东西，好容易才借到一个酸馒头。

最后是社会环境的凶险。《警备》中，时时显露出江湖气派的保长制造所谓"匪警"，赚取高额的"打更"费用。《阴森森的》中，"主人"将第一队用过的铺草抵作了"店钱"，第二队只能设法另买，烧香拜神的小学校长又抬高工价，吃了每个挑伕五角钱回扣。《西行草》中，声称"凭良心，靠天意，不作愧心事，炸弹也有眼睛"的庙宇住持兼小学工友，在帮着买米时每斗赚下四五毛；军队更是强占了内迁师生住宿用的房子和铺草。《乌江渡》中，师生们更是受到了土匪的惊吓：当第一队经过时，"看见两面诸山中不断有奇怪人物出现，有的叫嚣着，呼喊着，有的又跳窜着，仿佛在试探这小小队伍的胆量并窥察这队伍的性质似的"；当第二队经过时，两个女人在高高山头的荒僻山径上烤火，师生们"以为她们是在那里放烽火，她们大概就是'带子会'的岗哨，她们在放火号召他们"。《引力》中的黄梦华是从沦陷区逃离的，经历的凶险更多。鬼子的防范很严，光是买票，就要先取得霍乱预防针注射证、种痘证、检验大便证、乘车证等各种证件，黄梦华是依靠学生的家庭关系才办妥这些证件，买到车票。鬼子规定从济南出境的人，每人只准带五百元的伪币，带多了要治罪，黄梦华用作路费的汇票作为面包馅藏在面包里，才躲过了鬼子的重重检查。尽管黄梦华伪装成商人眷属，在火车上还是引起了鬼子的注意，对她加以特别的检查，情形的危险使黄梦华做了最坏的准备："她心里已拿定主意，万一被解回济南时，无论受什么刑罚，一人做事一人当，决定一字不吐，宁愿受尽种种惨刑，只要不连累别人。"幸亏同行的伍其伟老先生善于应对，黄梦华才幸免于难。

在表现内迁行程艰难的同时，李广田还记录了内迁途中的所见所闻，其内迁题材的作品具有广阔的社会生活内容，"画了一段历史的侧面"①。

---

① 李广田：《引力·后记》，《李广田全集》第三卷，云南人民出版社 2010 年版，第 312 页。

　　李广田曾说:"我所认为难行的是从湖北郧阳沿汉水而至汉中一段。这一段完全是走在穷山荒水之中,贫穷,贫穷,也许贫穷二字可以代表一切,而毒害,匪患,以及政治、教育、一般文化之不合理现象,每走一步,都有令人踏入'圈外'之感。"① 他的作品描绘了"圈外"世界的种种乱象。

　　李广田没有刻意表现内迁途中所见的贫穷,但其作品处处可以让人感受到贫穷。黄龙滩那个挑水的老人,以及他的老妻、弱女,都是"一样褴褛,一样憔悴",他们的房屋是黑暗的,只有从破毁的房顶才能漏下一些阳光(《古庙一夜》)。高北阳的人家"都是低低的茅屋,没有所谓庭院,更没有所谓大门",开店的吴姓老人见到海盐十分兴奋,因为他们"已经很久没有盐了"(《江边夜话》)。连洵阳县(今旬阳)的县长也这样描绘治下人民的生活状况:"唉,他们太苦了,这你是看见的,他们都衣服褴褛,面黄肌瘦,你看他们的房子,茅草房,茅草房,到处都是断墙颓垣……"(《养鸡的县官》)《引力》中,黄梦华内迁途中也见到不少贫穷的景象:在亳州,一户人家过着"瓮牖绳枢"的生活,"那是用破砖烂瓦盖成的两间小屋,那墙头上都是破盆片破瓦片,土墙上挖了一个洞,那洞里嵌入了一个小小的破水缸,一块破门板用树皮拧成的绳子拴在一根木柱上";在五丁关朝天观,那些开山辟路的男女老幼"是乞丐,是野兽,衣不蔽体,食不果腹,遍身泥垢,面目无光"……

　　毒害在李广田内迁题材的作品中多有反映。《冷水河》中,挑夫们来得迟,歇得早,因为他们都是鸦片烟鬼,要烤烟。学生们劝他们戒烟,得到的是这样的回答:"这我们何尝不明白,但是现在明白已经晚了,烟瘾已成了,家业也穷光了!"《西行草》描绘了烟鬼吸食鸦片的场面:"我看见了地狱的火光,但那并非熊熊的烈火,而只是无数盏暗淡的灯光。而每一盏灯下,都侧卧着一个预备由地狱立刻超生到天堂去的人……他们一共有几十个,拥挤在几个相连的大床上,鬅鬙的头发下面是干黄的面孔,光着的脊背,遮不严的屁股……还有那些不幸者,只好忍着毒瘾,手里紧捏着用劳力或其他怪方法弄来的几毛纸币,抖抖擞擞地,打着呵欠,站在门外,在等待屋里有空缺

――――――――――

　　① 李广田:《圈外·序》,《李广田全集》第一卷,云南人民出版社2010年版,第263页。

时好立刻补进。"还写到"把鸦片烟膏涂到神像的嘴上"还愿的奇特习俗，烟毒为害之烈可见一斑。

匪患的严重在《圈外》的《警备》《威尼斯》《乌江渡》等散文和长篇小说《引力》中都有表现。如《引力》中写船只不敢半路搭客，因为"半路搭客时常遇到劫匪"，黄梦华等人乘坐的船只行李很多，晚上就停泊在一个荒村边，因为"码头上歹人太多，看见这一船行李，说不定会发生意外"。李广田还形象地解析了匪患产生的社会原因：羊尾镇的那条血裤是一个在前线退下来的士兵抢劫路人的结果，然而这个士兵之所以抢劫路人，却只是因为饥饿；在白河一带，数万人结成的"带子会"纵横山林，他们"有组织，有武器，出没山中，打劫行人，尤其对于过路的军队，时常予以截击"，然而"带子会"的成员其实不过是些饥民，他们组织起来的目的是抗丁抗捐。

对于"政治、教育、一般文化之不合理现象"，李广田内迁题材的作品也多有揭露：军人如乞丐一样，"穿得既极其褴褛，形容又十分憔悴"，壮丁们像罪人一样被成串地捆缚着，口里却唱着"争自由，争自由"，听起来如同哀哭（《引力》）；高大肥胖的官吏在宣传大会上大讲"唤醒民众"，许多穿着破烂衣裤打着赤脚的"民众"却被警察用指挥棒驱逐在会场之外（《圈外》）；兵役法规定独子免征，白河县的一个独子却靠着漂亮的老婆与保长姘居才得以免除兵役（《母与子》）；保长得了水钱却并不分给送水的人（《忧愁妇人》）；县长能养鸡而不问政（《养鸡的县官》）；区立小学的校长热衷于念经、念阴骘文、烧香叩头，对于战事却一点也不关心（《阴森森的》）；服务团并不服务，"却只把年轻女人娇艳地打扮起来给这些未见过世面的人开开眼"（《威尼斯》）……

在《圈外·序》中，李广田表示他没有"立志专写黑暗"，反而"努力从黑暗中寻取那一线光明，并时常想怎样才可以把光明来代替黑暗"[①]。的确，他在无情地暴露"黑暗"的同时，也热烈地歌颂"光明"。《路》由万山丛中畅行的汽车想到"抗战必胜，建国必成"，对炸山开路的筑路工人加以热情的

---

① 李广田：《圈外·序》，《李广田全集》第一卷，云南人民出版社2010年版，第264页。

礼赞；《冷水河》描写了破屋断垣上的红红绿绿的抗战标语和打柴、牧牛孩子"打倒日本，打倒日本"的简单歌声，从中感到"刺激"和"振奋"，"脚步更觉得矫健了"；《来呀，大家一齐拉!》刻画了纤夫们拉着两只沉重的大船艰难前行的宏壮场景，"来呀，我们大家一齐拉……"的喊声使行路的师生也受到强烈的感染，自觉地进入了拉纤的行列，当山势变平、水流变阔时，大船终于顺利前进了，作家由大船的逆水进而想到了中华民族的负重前行……

　　行程的艰难、沿途的见闻是内迁题材的作品一般都会涉及的，如果仅仅只是将这两方面的内容表现得更充实，还不足以显示李广田的深刻，李广田的深刻在于他还表现了人物面对内迁时的矛盾心态以及内迁之后的困难处境，这是其他作品较少着墨的。

　　不做日本侵略者的顺民、奔赴大后方参加抗战工作，当然是一种比较明智的选择，但由于故土难离、谋生困难、对时局的发展缺乏清醒的认识间或还有私心杂念作祟等诸多原因，并不是每个人都能够真心实意地赞同内迁，迁与不迁之间往往存在比较尖锐的矛盾斗争。李广田的作品成功地刻画人物面对内迁时的矛盾心态。《引力》中，庄荷卿和米绍棠本来已经随着他们任教的学校离开了家乡，走上了内迁之路，结果却中途折返了。庄荷卿是因为他的未婚妻施小姐留在沦陷区，他要回去寻找他的爱情，然而施小姐已经同一个日本军官要好，庄荷卿被借故杀害。米绍棠本想在内迁中"抓住更好的上进机会"，不料获得的却是"吃不饱与睡不暖"，与他做官的理想背道而驰。米绍棠大失所望，与庄荷卿一拍即合。返回家乡的米绍棠急于做官，竟就任了伪县长，被游击队处决。《引力》主要人物黄梦华的心理更为丰富细腻：作为一个出身于封建官僚家庭的女性，她有着古典家园的梦想①，向往一种舒适、安定的旧式文人生活，因而她不愿意去经受内迁的颠沛流离，多次写信规劝正在内迁途中的丈夫雷孟坚回来；但她同时也有着知识分子的良知，不愿意在敌人的刺刀下过着屈辱的生活，正因为此，当残酷的现实使她的古典家园梦想破灭之后，她才能够克服对家的依恋，艰难地开启了自己的内迁行

---

　　① 邵宁宁：《最后的古典家园梦想及其破灭———论李广田的〈引力〉》，《文艺争鸣》2009 年第 1 期。

程。《出鲁记》等作品也真实地表现了李广田本人的心理矛盾，一方面随着学校一迁再迁是他义无反顾的选择；另一方面与故土的一步步远离又使他感到痛苦，对亲人的思念如毒蛇一般噬咬着他的心。

众多的人员、机关、学校、厂矿等历尽千辛万苦，迁移到了内地，那么迁移之后的境况如何呢？李广田的作品对此进行了回答。在《出鲁记》等作品中，我们看到了上峰的挑剔、内部的倾轧、当地人的排斥等各种负面现象，内迁的学校可谓举步维艰。《引力》中黄梦华从沦陷区来到"自由区"，迎接她的并不是鲜花和笑脸，而是各种各样的尴尬：当她进入中国军队的防地时，"觉得只凭了'中国人'三个字，一定可以像走入自家的门坎似地走过去"，然而同为中国人的中国军队的队长却对她进行了仔细的盘查甚至无理的刁难，黄梦华才认识到过了"敌人的最后一关"意味着进入"中国的最初一关"；后来她来到成都市郊，检查员并没有因为她说是从沦陷区逃出来的而表示欢迎，对她的检查反而更加严苛；进入成都市区，她感觉"有如回到了故都一样"的美好，满心期待着夫妻重逢的喜悦，甚至设想丈夫雷孟坚租好房子等着她去住家，然而她到达雷孟坚任教的学校，才知道由于"政治问题""思想问题"，雷孟坚已不得不在前一天离开了。雷孟坚是"到一个更多希望与更多进步的地方"去了，而他的同事洪思远则没有这么幸运，他离别了妻儿老母内迁，到了内地后却因为"在学生中间时常发表谈话，又常在外面发表言论"而被扣稿子、扣信件，直至和学生们一齐被捕。

三

抗战文学内迁题材的作品主要写行程和见闻，因而以纪实为特色，李广田的《圈外》《引力》等作品也不例外，但在纪实的基础上进行了开掘，达到了艺术上的圆熟，堪称内迁题材的代表作。

李广田是以散文博得文名的，收在《圈外》中的十九篇散文虽然写作于生活的动荡中，未及一一细细雕琢，却也葆有其散文质朴浑厚、亲切感人的一贯特点，是战时散文的重要收获。李少群评价《圈外》说："这部作品显示了李广田的散文创作，在内容上从'乡土'走向了'国土'，创作视野更加宽广，表现风格上也比前增加了峻厉的格调，平朴中夹有郁愤的感情色彩，拥有广泛取材基础上的纪实风貌。在抗战时期国统区的散文中，这样比较集中地反映某些特定地域的基本生活面貌，其与时代特征紧密联系的政治的、经济的、文化的等种种现象，《圈外》可以说是仅有的一部。它不仅是时代的记录，有'从黑暗中寻取光明'的积极文学意义，从表现三十年代末期鄂陕及川北地区的民生状态、风土民情来说，还有着不能取代的文献价值。"① 司马长风认为李广田1944年出版的散文自选集《灌木集》标志着"现代散文的圆熟"，《江边夜话》等篇"不止是完美的艺术，而且是社会和时代不可少的留影"。② 其实不仅只是《江边夜话》，《圈外》集中的不少作品，无论是选入了《灌木集》的《威尼斯》《冷水河》《江边夜话》，还是没有选入的《警备》《母与子》《乌江渡》《忧愁妇人》《来呀，大家一齐拉！》《西行草》《圈外》等篇，都是比较圆熟的。如《来呀，大家一齐拉！》把纤夫们拉着满载货物的船只在险滩逆流中艰难行进的场面描绘得惊心动魄，以大船的逆水而进象征中华民族的负重前行，也自然贴切："我们的民族，也正如这大船一样，正负载着几乎不可胜任的重荷，在山谷间，在逆流中，在极端困苦中，向前行进着。而这只大船，是需要我们自己的弟兄们，尤其是我们的劳苦弟兄们，来共同挽进。"

《引力》出版时，李广田说过一番自省的话："我常常为一些现成材料所拘牵，思想与想象往往被缠在一层有粘性的蜘蛛网里，摘也摘不尽，脱也脱不开，弄得简直不成'创作'。"③ 这本是李广田对自己高标准的要求，但有人却据此认定《引力》的艺术价值不高："把小说写成了类似报告文学的东西，这大概正是《引力》不属于成功小说的一个重要原因。"④ 其实《引力》

---

① 李少群：《李广田传论》，山东文艺出版社1990年版，第168页。
② 司马长风：《中国新文学史》下卷，（香港）昭明出版有限公司1978年版，第144、148页。
③ 李广田：《引力·后记》，《李广田全集》第三卷，云南人民出版社2010年版，第311页。
④ 张维：《李广田传》，云南大学出版社1990年版，第198页。

虽然不以创造性想象见长，在艺术上却是颇有特色的。首先，小说虽然以真人真事为蓝本，却从对个体生命日常生活状态的书写中开掘出知识分子的改造这样一个重大的时代主题，并且通过黄梦华的经历将沦陷区与大后方串联起来，展开对两个区域社会状况的描绘，视野非常宏阔。其次，小说表现了黄梦华由个人走向群体、由家庭走向社会的过程，是一部知识分子心灵蜕变的心史，也许正是因为以"现成材料"为依据，作品对黄梦华心理的刻画才能达到相当的深度。如写黄梦华婚后的打算，"一个女子既有了一个所谓'家'的存在，便只想经营这个家，并理想日积月累，渐渐有所建设，她的心正如一颗风中的种子，随便落到什么地方，只要稍稍有一点沙土可以覆盖自己，便想生根在这片土地上"，朴实而真实。再如写黄梦华不愿意在沦陷区忍辱偷生，又舍不得离开年迈的母亲和经营多年的家，也细腻而传神："河水很清，长长的行藻像些飘带似的在水里摇摆，那摆动的样子好看极了，不快，不慢，不急，不躁，永久是一个向前的姿势，但永久离不开那个生根的地方，于是就尽量地伸展它们的叶子，像些绿色的手臂要捞取远方的什么事物。她站在河岸上看了很久，觉得自己的身子也随了那行藻摆动起来，她不觉暗暗一笑，心里念道：正是如此，我又何尝不是永远想走开而又永远走不开，不过徒然地向远方伸出了两只想象的手臂！"最后，小说结构精巧，安排了一明一暗两条线索，明线写黄梦华，暗线写雷孟坚，明暗两条线索的交织与标题"引力"的双重含义相得益彰：对黄梦华而言，雷孟坚所在的"自由区"是一股"引力"；对雷孟坚而言，更自由的天地是一股"引力"。

即便是那些篇幅简短的作品，也因为艺术处置的得当而具有了丰厚的意蕴。如诗歌《我们在黑暗中前进》："太阳落下山，/江上的红光已换作深蓝，/我们/背负着沉重的行李，/躬着腰/在黑暗里穿，/象一条沙漠中的骆驼线。//我们又渡过水，/我们又翻过山，/我们行过荒村，/行过人家的门前。/有灯光从人家窗纸上射出来，/有人在窗子里，/用手指在窗纸上演着影戏，/一阵沉默，又一阵笑语声喧；/有母亲向小娃子催促：/'睡吧，乖乖，/听好大的风声，快合上你的眼！'/一圈灯光，/照一个黄金世界，/那里有爱，有和平与温暖。/但我们/我们还必须向前赶，/冒着北风，/冒着深冬的严寒。/虽然夜已渐深，/我们宿营地还隔着几重山。/但我们又不能不想起。/在数千里外的故乡，/在家园的灯前，/也曾度过了多少幸福的夜晚，/而此刻，/也许冰雪正压着庭树的枯枝，/也许年老的母亲，/正在那变得惨淡的灯下，/计算着时日长叹：/'唉，他已经邀着他的伙伴，/为了自由，为了战斗，在到处流转！/但是，他几时才能回来呢？/他们现在在什么地方呢？'/她也许正用迷离的泪眼，/凝望着结了又结的灯花，/空想占卜一句预言。/是啊，我们几时亦能回去呢？/我们是在什么地方呢？/就让你案头的灯花告诉你吧。/我们是在祖国的深山中，/我们是在祖国的江水边，/而当我们看见人家窗上的灯光时，/我们就把我们的讯问交与北风：/'母亲，你好哇，但愿你永远康健！'/而且更该告诉你，/我们就要归去，/当祖国的旗帜重与故乡相见。"另一边是黑暗中的前进，一边是灯光下家的温馨，构成对照的两幅画面都很简单，却传达了复杂的情愫：有对亲人的思念，也有内迁大后方的坚定；有旅途的艰辛，也有行进在祖国大地上的豪情；有失去家园的痛苦，也有赢得最后胜利的决心；……

陈钟凡在为薛建吾的《湘川道上》作序时，历数中华民族历史上的四次大迁徙，感慨"前三次流亡的记载，传至今日者绝少，他们颠沛流离的惨状，后人无从得知"[1]。由于李广田等一大批作家的努力，第四次大迁徙（即抗战时期的内迁）的历史可以传诸后世，永远为后人记取。从这个意义来讲，抗战文学无愧于时代，无愧于艺术。

（原刊《首都师范大学学报》2015 年第 3 期）

---

① 薛建吾：《湘川道上》，商务印书馆 1942 年版，第 2 页。

"南北极"：穆时英小说的两种风格

穆时英是以两副不同的面孔出现在文坛的，《南北极》中的普罗小说和《公墓》以后的新感觉小说"自身形成了一个南北极"①：前者以纯熟的口语、粗犷的笔调表现贫富的对立，后者以感觉化的取向展示都市生活的病态与畸形。从"普罗小说的白眉"到"中国新感觉派圣手"，迥然不同的两种风格奇妙地交织在穆时英这位作家身上，实在值得思索。

一

穆时英以后来收在《南北极》中的几篇小说在文坛崭露头角。《南北极》中的五篇小说具有一定的普罗气味，又避免了当时左翼文学公式化、概念化的毛病，在文坛大受欢迎，"一时传诵，仿佛左翼作品中出了尖子"②，有人甚至据此送了穆时英一个"普罗小说的白眉"的称号。

从当时的情况来看，穆时英是当得起这一称号的。早期左翼文学盛行"革命＋恋爱"模式，人物知识分子气，语言欧化，公式化、概念化现象普遍存在。而穆时英《南北极》中的作品不仅揭示了贫富的对立，描绘了抗争的图景，而且是用纯熟的口语来写闯荡江湖的下层人民的生活，这不能不让人感到惊喜。从主题来看，这几篇小说都揭示了贫富之间"南北极"一样的对

---

① 杜衡：《关于穆时英的创作》，《现代出版界》1933 年第 9 期。
② 施蛰存：《我们经营过三个书店》，《新文学史料》1985 年第 1 期。

立：《黑旋风》中富家子弟学生和汪大哥等工人之间形成一对不可调和的矛盾，与汪大哥情深意笃的小玉儿经不住学生的诱惑，终于舍汪大哥而就学生；《咱们的世界》中"我"因为没钱而给撵出校门，又因没钱而病死了爹娘，"从那时起就恨极了钱，恨极了有钱人"，心甘情愿地入了海盗团伙；《南北极》中刘老爷一家醉生梦死，变着法儿玩，而车夫老张、保镖老彭、钉棚里的小娼妇却穷得连命也难以保住；《手指》中"穷人的姑娘做（丝）"，"有钱的姑娘穿在身上去满处里打游飞"；《生活在海上的人们》中这种贫富的严重对立甚至酿成了血火冲突，在唐先生的组织下，穷人造起反来，杀了劣绅、渔霸。从人物塑造来看，这几篇小说的男主人公都剽悍、粗野，甚至带几分暴戾之气，他们仇视现存社会，洋溢着反叛精神，充满了"水浒气"和原生态的生命力。《黑旋风》里的青年工人黑旋风，处处以《水浒》里的规范为理想，疾恶如仇；《咱们的世界》里的"我"，痛恨"有钱的是人，没钱的是牛马"的"没有理数儿"的富人的世界，加入海盗团伙，在"咱们的世界"里大显身手；《南北极》中的小狮子不当有钱人的玩物，敢于炒老板的鱿鱼，打小姐的耳光；《生活在海上的人们》中那些渔民更是动辄白刀子进红刀子出。从艺术表现来看，与作品的题材和人物相适应，穆时英用纯熟的口语写作，时时把行帮语、隐语和粗俗的话语带进文本，虽不无需要净化之处，却也能产生撼人的力量。正如苏雪林所说，《南北极》的"文字却有射穿七札，气吞全牛之概"，穆时英"用他那特创的风格，写出一堆粗犷的故事，笔法是那样的精悍，那样的泼辣，那样的大气磅礴，那样的痛快淋漓，使人初则战栗，继则气壮"[1]。

《南北极》具有普罗气味，但这种普罗味却不够纯正，流露出明显的流氓无产者气息。作品中的主人公对社会极度仇视，他们对社会的仇视特别表现在对女性的嫌恶上，他们偏激地认为"女人就没有一个好的"，"女人这东西吗，压根儿就靠不住"，动不动就骂女人为"小狐媚子""娼妇根""阎婆惜"，对女人也毫不留情，轻则唾她一脸，重则取她的性命。因为他们对社会

---

① 苏雪林：《新感觉派穆时英的作风》，《苏雪林文集》第 3 卷，安徽教育出版社 1996 年版，第 354 页。

极度仇视，所以一有机会就要疯狂地报复。《咱们的世界》中海盗们一到"咱们的世界"，就对有钱人大开杀戒，对委员夫人肆意奸淫。《生活在海上的人们》的主人公马二也是满身匪气，杀人放火，无所不为，其手段也异常残酷："我挤上前去，一伸手，两只手指儿插在大脑袋的眼眶子里边儿，指儿一弯，往外一拉，血淋淋的钩出鸽蛋那么的两颗眼珠子来。"

人物对社会的极度仇视和疯狂报复，也折射出穆时英一定程度上的相似心理。比如，此时的穆时英也同他笔下的人物一样患有"女性嫌恶症"。在他笔下，女人无不水性杨花、嫌贫爱富，"就没有一个好的，尖酸刻毒，比有钱的男人更坏上百倍"。不仅五姨太、刘家小姐、段小姐仗着有钱玩男人，就连与小狮子从小"就是一对小两口儿"的玉姐儿也抛弃小狮子，嫁到城里享福去了，苦大仇深的寡妇翠凤儿也"一个心儿想做姨太太戴满金"，在渔民与渔霸的斗争中，她竟跑到县衙去通风报信。主人公的疯狂报复也是穆时英对社会的仇视心理的间接发泄。在"这个连做走狗的机会都不容易抢到"的"流氓的社会"里，穆时英无力改变现状，只能用手中的笔来发泄这种仇视。

二

大约从 1932 年开始，穆时英的风格发生了显著的变化，《公墓》《白金的女体塑像》《圣处女的感情》等集子中的作品，用感觉化的取向描写都市生活，穆时英又被誉为"中国新感觉派圣手"。穆时英的这类新感觉作品，对社会现实也有所揭露、批判，他也诅咒上海"这造在地狱上的天堂"，但他决不再去表现"工农大众，重利盘剥，天明，奋斗……之类"[1]，而是较多地追索着消极的病态现象。穆时英对畸形都市风景的描绘和其间流露出来的不无欣赏的心态造成了一种甜腻腻而又轻飘飘的"洋场文学"的风气，难怪司马长风称其为"垃圾粪土里孤生的一株妖艳的花"[2]。

---

① 穆时英：《〈公墓〉自序》，《穆时英小说全集》，时代文艺出版社 2000 年版，第 718 页。
② 司马长风：《中国新文学史》中卷，（香港）昭明出版有限公司 1976 年版，第 86 页。

穆时英的罗普小说大多以闯荡江湖的流浪汉为主人公，在他的新感觉小说中，这些满身匪气的下层人物消失得无影无踪，取而代之的是舞女、水手、大学生、律师、医生、职员、投机商、交际花、姨太太等都市的产物。男主人公的性格也由剽悍、粗野、暴戾变得怯懦、感伤、忧郁，他们已经失去了对社会的进攻能力，也不再嫌恶女性，唯一能做的就是用一颗脆弱而敏感的心去品尝人生的失意，他们或者因为怯懦而不敢表白爱情（《公墓》《第二恋》），或者对被侮辱被损害的舞女同病相怜、深表同情（《GRAVEN "A"》《黑牡丹》）。女性大多也不再那么面目可憎，有的虽混迹于喧嚣的都市却颇感身心的疲惫、寂寞（如余慧娴、黑牡丹、茵蒂），有的甚至成了天真、纯情的美的化身（如欧阳玲、玲子、玛丽）。

穆时英的普罗小说表现的是贫富的对立乃至抗争，而其新感觉小说却展示着都市的畸形、病态，这里充满着"战栗和肉的沉醉"。《上海的孤步舞》可谓丑的集中：黑社会的暗杀、姨太太与法律上的儿子的乱伦、舞厅里男女的调情、富豪的嫖娼、工人的惨死、婆婆为媳妇拉客……《夜总会里的五个人》将五个互不相关的人物聚集到周末的夜总会，描写了他们爆了的气球一般的命运：金子大王胡均益破产，大学生郑萍失恋，市政府一等秘书缪宗旦失业，以前"顶抖的"交际花黄黛茜容颜衰老，研究《哈姆雷特》版本的学者季洁自我迷失。他们带着极大的苦恼涌进夜总会，在疯狂的音乐中狂饮疯舞，在强烈的刺激中寻求片刻的麻醉。小说标出的一个不定日期"19×年——星期六下午"使五个人的命运具有了概括性，暗示了类似悲剧的发生是经常的、普遍性的，进一步揭示了都市的罪恶本质。

值得注意的是，穆时英虽对都市的罪恶有所揭露，但在展示都市的病态、畸形时，却流露出一种不无欣赏的心理。如果说穆时英的普罗小说表现了他对"流氓的社会"的仇视、报复心理，那么其新感觉小说则反映了他的没落、沉沦情绪。《夜》中他借人物之口说："我爱憔悴的脸色，给许多人吻过的嘴唇，黑色的眼珠子，疲倦的神情……"

《GRAVEN "A"》中作者一方面表达了对有着不幸命运的舞女的同情，另一方面又颇为轻薄地用了1000多字的篇幅来描绘舞女的形体。他把这舞女比作"一张优秀的国家地图",看到"倔强的在平原上对峙着"的"两座孪生的小山"（暗指女子乳房）时,"便玩想着峰石上的题字和诗句,一面安排着将来去游玩时的秩序",女子隐秘部位被桌子遮住时,便以猥亵的心理将其冥想为"一个三角形的冲积平原","近海的地方一定是个重要的港口,一个大商埠",并挑逗性地写道:"大都市的夜景是可爱的,想一想那堤上的晚霞,码头上的波声,大汽船入港时的雄姿,船头上的浪花,夹岸的高建筑物吧!"这种没落、沉沦的情绪在《PIERROT》中表现得更为集中。主人公潘鹤龄先生上下求索,却处处碰壁。作为作家,他不为批评家和读者所理解,他们会从他的作品里边看出他从没想到过的主题;作为恋人,他的琉璃子并不忠实于他,"蔚蓝的心脏原来只是一种商标";作为儿子,父母却想把他当"摇钱树";作为革命者,他在狱中被打跛了腿也没有屈服,出狱后却不被组织和同志信任,群众也抛弃了他。在一连串的打击之下,潘鹤龄终于颓废绝望,精神崩溃,沦为一个嘻嘻傻笑的"pierrot"。潘鹤龄的一系列虚无主义思想,实际上就是作者穆时英的思想:"人和人中间的了解难道是不可能的吗?""人是精神地互相隔离了的,寂寞地生活着的!""他们是我的朋友,可是他们不知道我是谁,精神地我是个陌生人。寂寞啊!海样深的寂寞啊!""自由这东西真的是有的吗?""欺骗!什么都是欺骗!友谊,恋情,艺术,文明,……一切粗浮的和精细的,拙劣的和深奥的欺骗。每个人欺骗着自己,欺骗着别人……""这就是文化,就是人类,就是宇宙!每个人都把自己放在最前面,放在一切前面。"……这些虚无主义思想看不到任何光明,反映了穆时英的没落、沉沦情绪。

与其普罗小说基本上采用现实主义的创作方法不同,穆时英的表现都市生活的小说,显示的是感觉化的取向。正如有的评论者所分析的,"由于这时的现代主义文学家对崭新的都市生活秩序都缺少足够的心理准备和经验铺垫,他们的感应和感受通常在未及转化为理性分析的层面便急切地付诸文学表现,这使得这时期的现代主义文学普遍呈现出强烈的感觉化的意味"。① 穆时英对

---

① 朱寿桐:《中国现代主义文学史》上卷,江苏教育出版社 1998 年版,第 303—304 页。

病态都市生活既批判又欣赏的态度，正说明他"缺少足够的心理准备和经验铺垫"。穆时英新感觉小说所取得的艺术成就已为学术界公认，在此从略。

三

穆时英的普罗小说和新感觉小说"自身形成了一个南北极"，那么，这"南北极"是因何形成的呢？我认为，主要有以下几点原因。

（一）刘呐鸥及其译作《色情文化》的影响。说起中国新感觉派的形成，不能不提及刘呐鸥及其选译的"现代日本小说集"《色情文化》。中国新感觉派是在日本新感觉派影响下形成的，但除刘呐鸥外，中国新感觉派的另外两位主要成员穆时英、施蛰存均未去过日本，也不通日文，他们只能通过刘呐鸥，特别是刘呐鸥选译的《色情文化》来间接地了解日本新感觉派。在日本，普罗文学和新感觉派文学毫无联系，而且可以说是互相敌视的，曾展开过激烈论战。刘呐鸥虽曾在日本念过大学，介绍日本新感觉派时却已回国数年，对日本文坛只能是隔雾看花，对个中情形茫然无知。在他眼里，二者并无什么矛盾，他把它们都是作为"新兴文学"来看待的。施蛰存回忆说："刘呐鸥带来了许多日本出版的文艺新书，有当时日本文坛新倾向的作品，如横光利一、川端康成、谷崎润一郎等的小说，文学史、文艺理论方面，则有关于未来派、表现派、超现实派，和运用历史唯物主义观点的文艺论著和报道。在日本文艺界，似乎这一切五光十色的文艺新流派，只要是反传统的，都是新兴文学。刘呐鸥极推崇弗里采的《艺术社会学》，但他最喜爱的却是描写大都会中色情生活的作品。在他，并不觉得这里有什么矛盾，因为，用日本文艺界的话说，都是'新兴'，都是'尖端'。"[1] 刘呐鸥把无产阶级文学和新感觉派文学都作为"新兴""尖端"来看待，因而《色情文化》一书中，既有新感觉派作家池谷信三郎、片冈铁兵、横光利一、中河与一的作品，也有普罗

---

[1] 施蛰存：《最后一个老朋友——冯雪峰》，《新文学史料》1983 年第 2 期。

作家林房雄、小川未明等人的作品。这些不能不对穆时英产生影响。正如施蛰存所说的，"刘呐鸥的这些观点，对我们也不无影响。使我们对文艺的认识，非常混杂"①。当时有的评论家说穆时英"满肚子堀口大学式的俏皮语，有着横光利一的作风，和林房雄一样的在创造着簇新的小说形式"②，这种比拟精辟地指出了新感觉文学（堀口大学、横光利一）与普罗文学（林房雄）在穆时英身上奇妙的并置。既然穆时英同时接受了普罗文学和新感觉文学的影响，创作出普罗小说与新感觉小说这两种截然不同的作品就毫不奇怪了。

（二）时代氛围及穆时英的自由知识分子立场。正如韩侍桁所说，时代是一种"伟大的力"，"它束缚着你的情感，它驾御着你的思想，而且它甚至给你预备好你的创作的外形"③。穆时英初登文坛之时，普罗文学正如日中天，大行其道。施蛰存回忆说："普罗文学运动的巨潮震撼了中国文坛，大多数的作家，大概都是为了不甘落伍的缘故，都'转变'了。《新文艺》月刊也转变了。于是我也——我不好说是不是，转变了。"④ 已经小有文名的施蛰存尚且受时代氛围左右，写了《追》《阿秀》《花》这几篇普罗小说，初涉文坛、年仅18岁的穆时英自然也就选择了时代为他准备好的"外形"——普罗文学。也正是这时代氛围成就了穆时英的文名。20年代末郭沫若等革命作家疾呼"文艺界中应该产生出些暴徒出来才行"⑤，1930年左联成立后即开展文艺大众化运动，反对欧化，提倡口语，穆时英正是一个运用彻头彻尾的大众口语的文艺界的"暴徒"，其受到欢迎在所难免。但是，正如上文所分析的，穆时英的普罗文学味儿有点不正。施蛰存最知晓内情："他连倾向马克思主义的思想基础也没有，更不用说无产阶级的生活体验。他之所以能写出那几篇比较好的描写上海工人的小说，只是依靠他一点灵敏的摹仿能力。"⑥ 穆时英虽然暂时迎合了时代的需要，写了几篇普罗小说，但在骨子里仍然坚持自己的

---

① 施蛰存：《最后一个老朋友——冯雪峰》，《新文学史料》1983年第2期。
② 迅俟：《穆时英》，杨之华编：《文坛史料》，中华日报出版社1944年版，第231页。
③ 韩侍桁：《文艺简论》，《参差集》，上海良友图书印刷公司1935年版，第94页。
④ 施蛰存：《我的创作生活之历程》，《施蛰存七十年文选》，上海文艺出版社1996年版，第56—57页。
⑤ 郭沫若：《英雄树》，《郭沫若全集》文学篇第16卷，人民文学出版社1989年版，第45页。
⑥ 施蛰存：《我们经营过三个书店》，《新文学史料》1985年第1期。

自由知识分子立场。在《PIERROT》中他借人物之口，露骨地批评了那种集体性的政治规范："他们给我一个圈子，叫我站在圈子里边，永远不准跑出来，一跑出来就骂我是社会的叛徒，就拒绝我的生存。我为什么要站在他们的圈子里边呢?"这种自由知识分子的立场使穆时英不可能永远保持和时代主潮的一致，他最终选择了更适合他本性的新感觉文学。

（三）穆时英独特的身世和二重人格。早在30年代初期，杜衡就指出："穆时英的创作之所以自身形成一个南北极，是因为作者的二重人格。"① 对此，穆时英并不否认："我是正，又是反；是是，又是不是；我是一个没有均衡，没有中间性的人。"② "……这矛盾的来源，正如杜衡所说，是由于我的二重人格。"③ 但两人对穆时英"二重人格"的具体内涵都语焉不详。穆时英的独特身世有助于我们揭开其二重人格的具体内涵。穆时英的父亲穆景庭一直从商，后经营金融业，生意做得很大，穆时英16岁以前，家境相当富裕，在自传性很强的《旧宅》中，穆时英这样描述当时的兴旺："晚上放学回去，总是一屋子的客人，烟酒和谈笑。父亲总叼着雪茄坐在那儿听话匣子里的'洋人大笑'，听到末了，把雪茄也听掉了，腰也笑弯了，一屋子的客人便也跟着笑弯了腰。父亲爱喝白兰地，上我家来的客人也全爱喝白兰地；父亲爱上电影院，上我家来的客也全爱上电影院；父亲信八字，大家就会看八字。他们会从我的八字里看出总统命来。"《父亲》中，穆时英也曾回忆"每天有两桌客人的好日子，打牌抽头抽到三百多元钱的好日子，每天有人来替我做媒的好日子，仆人卧室里挤满了车夫的好日子"。在穆时英16岁时，父亲做股票生意破产，家道中落，旧宅易主，媒人、"丈母"们不再露面，父亲病得不轻也无人前来探视。后来在大学里，穆时英又经受了失恋的打击④。迫于生计，他大学未毕业就开始自谋生路⑤。生活的剧变给穆时英造成了巨大的心灵创伤，使他对这"流氓的社会"充满了切齿的痛恨，因而他选择了普罗文学，普罗文

---

① 杜衡：《关于穆时英的创作》，《现代出版界》1933年第9期。
② 穆时英：《我的生活》，《现代出版界》1933年第9期。
③ 穆时英：《〈公墓〉自序》，《穆时英小说全集》，时代文艺出版社2000年版，第717页。
④ 赵家璧：《回忆我编的第一部成套书——〈一角丛书〉》，《新文学史料》1983年第3期。
⑤ 黑婴：《我见到的穆时英》，《新文学史料》1989年第3期。

学的革命性质和无产者打碎锁链的强烈破坏欲、复仇欲正好载寓了他对造成父亲破产、家庭败落的"流氓的社会"的反抗、诅咒以及对嫌贫爱富、追慕虚荣、将他欺骗抛弃的女性的替代性报复。然而，穆时英毕竟出身于富人家庭，纸醉金迷的都市生活才是他真正的兴趣所在，他"追求都市生活享受，跳舞之外，又开始回力球赌博"①，同广东籍舞女仇佩佩结合，恐怕也是他心甘情愿的选择。一方面仇视这"流氓的社会"，另一方面又耽溺于都市的声色犬马，欣赏都市生活的病态、畸形，缅怀那逝去的"好日子"，这就是穆时英的二重人格。正是这二重人格，使他于普罗文学之外，也倾心于表现都市生活的新感觉小说。

（四）穆时英确定信仰的缺失。没有形成一个确定的信仰，也是穆时英作品形成"南北极"的原因之一。当穆时英以两种截然不同的作品出现在文坛之时，左翼文坛对他做了尖刻的批评。对此，穆时英曾发表了一个"自白"，声称"文学是情感的传达，感染。每一作品的形式和内容，我以为，决不是可以分开来的东西，而是一个化合物——还不是一个混合物。要文体统一，要意识正确，非得先有统一的生活，正确的生活不可。要统一的，正确的生活，先决问题是这人有没有确定信仰"。他坦然承认"到目前为止，……我不会有一种向生活，向主义的努力"②。《〈白金的女体塑像〉自序》中，他又说他"二十三年的精神上的储蓄猛地崩坠了下来，失去了一切概念，一切信仰；一切标准，规律，价值全模糊了起来"③。正是这种确定信仰的缺失，使穆时英像没了舵的船一样，在时代的风浪中左右摇摆，下层生活和都市景观"万花筒似"地聚集在他的笔下。虽然穆时英也曾表示"年纪还不算大，把自己统一起来的日子是有的，发生了信仰的日子是有的———真正的答复批评家和读者们的日子是有的"④，但他还没有来得及作出明确的答复就从地球上消失了，并留给我们另一个谜。

（原刊《沙洋师范高等专科学校学报》2004 年第 1 期）

---

① 黑婴：《我见到的穆时英》，《新文学史料》1989 年第 3 期。
② 穆时英：《关于自己的话》，《现代出版界》1932 年第 4 期。
③ 穆时英：《自序》，《白金的女体塑像》，百花文艺出版社 2006 年版，第 1—2 页。
④ 穆时英：《关于自己的话》，《现代出版界》1932 年第 4 期。

沈从文文化心态的矛盾

——以《萧萧》为例

在《习作选集代序》中，沈从文写道："我因为作品能够在市场上流行，实际上近于买椟还珠，你们能欣赏我故事的清新，照例那背后蕴藏的热情却忽略了；你们能欣赏我文字的朴实，照例那背后隐伏的悲痛也忽略了。"① 沈从文所说的"蕴藏的热情"，恐怕是指民族精神的重建，也就是苏雪林所说的"想借文字的力量，把野蛮人的血液注射到老迈龙钟颓废腐败的中华民族身体里去使他兴奋起来，年轻起来，好在 20 世纪舞台上去与别个民族争生存权利"②。沈从文所说的"隐伏的悲痛"，则折射了他文化心态的矛盾，这种矛盾使作家做出文化选择之后，仍然无法排解内心的悲痛。《萧萧》是可以解析沈从文文化心态矛盾的一个典型文本。

一

沈从文说："我只想造希腊小庙。选山地作基础，用坚硬石头堆砌它。精致，结实，匀称，形体虽小而不纤巧，是我理想的建筑。这神庙供奉的是'人性'。"③ 湘西就是沈从文构筑神庙的"基础"，沈从文"怀了不可言说的

---

① 沈从文：《习作选集代序》，《沈从文选集》第五卷，四川人民出版社 1983 年版，第 230 页。
② 苏雪林：《沈从文论》，茅盾等：《作家论》，人民文学出版社 1984 年版，第 60 页。
③ 沈从文：《习作选集代序》，《沈从文选集》第五卷，四川人民出版社 1983 年版，第 228 页。

温爱"①，为湘西人"优美，健康，自然，而又不悖乎人性的人生形式"② 唱着颂歌。且以《萧萧》为例。《萧萧》中没有《故乡》中的精神隔膜、《祝福》中的心灵戕害，也没有《二月》中的流言中伤、《春蚕》中的希望破灭，更没有元茂屯中的暴风骤雨和桑干河边的矛盾纠葛，有的只是人性的淳朴宽厚和生活的恬淡宁静。在这风物美、人情更美的湘西，人们过着一种"按本分""照规矩"的平静生活，夏夜挥摇蒲扇歇凉说笑话，十二月吹唢呐接媳妇。萧萧是个童养媳，可她比小团圆媳妇（萧红《呼兰河传》）幸运多了，并未受到特别的虐待，她像其他乡下人一样劳作，也像其他乡下人一样享受生活的乐趣：她可以"摘南瓜花或狗尾巴草"，"捡拾有花纹的田螺"，"看天上的星同屋角的萤，听南瓜棚子上纺织娘子咯咯拖长声音纺车"，也可以带着小丈夫到柳树下、小溪边玩耍，用木叶编制小小笠帽，"随意唱着自编的四句头山歌"，甚至可以按习惯"从劳作中攒点本分私房钱"，像亲孙女一样对小丈夫的祖父撒娇，……就这样，萧萧像墙角的蓖麻一样自然而然地生长着，也在花狗动听的山歌声中，像野花一样自然而然地绽放了。仿佛在寂静的古潭投下了一粒石子，萧萧的失身怀孕吹起了生活的一丝涟漪，可这涟漪不久也就消失了，生活又恢复了古潭一般的平静。虽说照规矩萧萧得"沉潭"或"发卖"，可淳朴宽厚的乡下人重新接纳了她。萧萧的伯父并不读"子曰"，"沉潭多是读过'子曰'的族长爱面子才做出的蠢事"，不读"子曰"的伯父宁愿丢家族的面子也"不忍把萧萧当牺牲"，于是只好选择"发卖"。"发卖"也一时没有合适的主顾，萧萧只得仍然在夫家住下。夫家的人并未因其失身怀孕而嫌弃她，"这件事情既经说明白，照乡下规矩，倒又象不甚要紧，只等待处分，大家反而释然了。先是小丈夫不能再同萧萧在一处，到后又仍然如月前情形，姐弟一般有说有笑的过日子了"。在等待处分的日子里，萧萧生下了一个"团头大眼，声响洪壮"的儿子，夫家的人并未因为儿子是"野种"而加以虐待，反而"把母子二人，照料得好好的，照规矩吃蒸鸡同江米酒补血，烧纸谢神"。"生下的既是儿子，萧萧不嫁别处了"，儿子十岁时，萧

---

① 沈从文：《〈边城〉题记》，《沈从文选集》第五卷，四川人民出版社1983年版，第224页。
② 沈从文：《习作选集代序》，《沈从文选集》第五卷，四川人民出版社1983年版，第231页。

萧正式同丈夫拜堂圆房，儿子"平时喊萧萧丈夫作大叔，大叔也答应，从不生气"。儿子十二岁时，也接了一个年长他六岁的媳妇，其时萧萧抱了新生的儿子看热闹。萧萧，这个单纯如白纸、清澈如小溪、灿烂如野花的女孩，正是沈从文神庙中的侍女。伯父、祖父、小丈夫这些乡下人也都浸润了神庙的灵气，没有他们的宽容，犯下"弥天大罪"的萧萧，岂能还有活命的机会？

可是湘西真是沈从文笔下的那样美好吗？我们不得不说，沈从文笔下的湘西只是沈从文臆想的湘西，现实的湘西却不是那么回事。现实的湘西自然环境恶劣，社会环境严酷。那里坡陡崖悬，滩险流急，瘴疠之气横行，毒蛇猛兽肆虐；在湘西军阀的糜烂统治下，"内战，毒物，饥馑，水灾"是人民永远无法摆脱的厄运，兵、匪更是视人命如草芥，沈从文在军中的六年就亲眼看见上万无辜平民被杀害。沈从文正是在这里"经受了多种多样城里人想象不到的恶梦般生活考验"后，在"五四"新文化精神的感召下，到北京去"寻找理想"的。臆想的湘西并非现实的湘西，而是作为精神家园、理想寄托和重建民族品德的参照系出现在沈从文笔下的。当沈从文在都市中升学失败，求职碰壁，投稿受挫，饿着肚子踯躅街头接受绅士淑女目光的鄙夷、羞辱时，那长流千里的沅江水伴他度过了凄苦苍凉的日日夜夜，随着岁月的流逝和踪迹的迁徙，故乡的人事、山水幻化为充满温馨的记忆。都市生活给沈从文留下了无法愈合的心灵创伤，他更多地看到了都市中人性的堕落，而把臆想中的湘西作为精神家园，把自然人性作为重建民族精神的药方，当他把笔端伸向梦牵魂萦的故乡时，立刻充满了温情。

著名文学评论家刘西渭（李健吾）评价沈从文说："他热情地崇拜美。在他艺术的制作里，他表现一段具体的生命，而这生命是美化了的，经过他的热情再现的。""他能把丑恶的材料提炼成功一颗无瑕的玉石。他有美的感觉，可以从乱石堆里发见可能的美丽。这也就是为什么，他的小说具有一种特殊的空气，现今中国任何作家所缺乏的一种舒适的呼吸。"① 沈从文的高明之处

---

① 刘西渭：《〈边城〉——沈从文先生作》，《李健吾批评文集》，珠海出版社1998年版，第54—55页。

在于能够从"野蛮与淳朴交织，原始文化与封建文化错综"① 的"乱石堆"里发现"美丽"，并把"丑恶的材料"提炼为"无瑕的玉石"。但是，可以发现"美丽"的"乱石堆"毕竟只是乱石堆，可以提炼为"无瑕的玉石"的"丑恶的材料"毕竟还是丑恶的。现实的湘西如影随形地追逐着臆想的湘西，沈从文在以他臆想的湘西为基础构筑其供奉"人性"的"希腊小庙"时，不能对现实的湘西视而不见，其中违背人性的东西使唱着人性颂歌的沈从文隐隐作痛。因而沈从文焕发着人性魅力的作品，都不可避免地抹上了一丝凄美的色调。

读《萧萧》，如做了一个美梦，梦见夏夜的满天星斗，梦醒了，却只见深秋时节的遍地黄叶，丝丝惆怅不由得袭上心头。这惆怅，也许就来自现实的湘西在作品中留下的痕迹。沈从文臆想中的湘西是没有那么多束缚人性的禁律的，他认为"禁律益多，社会益复杂，禁律益严，人性即因之丧失殆尽"②，可现实中的湘西人在不知不觉中也有了那么多的"本分"和"规矩"，只能按"本分"和"规矩"生活。萧萧失身怀孕，打乱了一家人的平静生活，这"乱"也得乱得有规矩："生气的生气，流泪的流泪，骂人的骂人，各按本分乱下去。"这些"本分"和"规矩"部分来自民间文化，但更多地却是汉族封建文化浸染所致，是束缚人性的。宽厚的夫家人并不想置萧萧于死地，可是"照规矩"还是得将她沉潭或是发卖。萧萧后来虽幸免于难，可其中却有很多偶然因素在起作用，假如其伯父读过"子曰"，假如有了合适的主顾，假如萧萧生的不是儿子……假如其中的任何一条成立，萧萧的结局也不会比小团圆媳妇好到哪里去。沈从文臆想中的湘西汉子是诚实守信的，《媚金，豹子与那羊》中的豹子就是一个典型代表，他为了找到自己承诺送给媚金的白羊，居然耽误了约会的佳期，又因误期殉情而死。可是现实中的湘西汉子却并非个个都具有这样的血性，那个用山歌把萧萧的心窍子唱开，让她变成妇人的花狗，个子虽大，胆量却小，尽管多次赌咒不辜负萧萧，最后却狠心丢下萧萧，一个人偷偷跑了。

① 凌宇：《从边城走向世界》，生活·读书·新知三联书店1985年版，第108—109页。
② 沈从文：《烛虚》，《沈从文选集》第五卷，四川人民出版社1983年版，第68页。

二

　　沈从文曾说："都市住上十年，我还是乡下人。第一件事，我就永远不习惯城里人所习惯的道德的愉快，伦理的愉快。我崇拜朝气，喜欢自由，赞美胆量大的，精力强的。"① 虽然沈从文过着读书、教书、办刊、写作的典型都市生活，可他在感情上却依然倾心于湘西的自然人生和自然人性，他为历史变动中湘西人生存方式的不变深深感动："在这一段长长岁月中，世界上多少民族皆堕落了，衰老了，灭亡了，即如号称东亚大国的一片土地，也已经有过多少次被从西北方远来沙漠中的蛮族，骑了膘壮的马匹，手持强弓硬弩，长枪大戟，到处践踏蹂躏！……然而这地方上的一切，虽在历史中照样发生不断的杀戮，争夺，以及一到改朝换代时，人民担负种种不幸命运，死的因此死去，活的被迫留发，剪发，在生活上受新朝代种种限制与支配。然而细细一想，这些人根本上又似乎与历史毫无关系。从他们应付生存的方法与排泄感情的娱乐看上来，竟好像古今相同，不分彼此。"② "这些人每到大端阳时节，都得下河去玩一整天的龙船。平常日子特别是隆冬严寒天气，却在这个地方，按照一种分定，很简单的把日子过下去。每日看过往船只摇橹扬帆来去，看落日同水鸟。……这些人生活却仿佛同'自然'已相融合，很从容的各在那里尽其性命之理，与其他无生命物质一样，惟在日月升降寒暑交替中放射，分解。而且在这种过程中，人是如何渺小的东西，这些人比起世界上任何哲人，也似乎还知道的多一些。"③

　　然而沈从文又清醒地认识到中国正处于千古未有之变局中，他不得不在"常"与"变"的矛盾中痛苦地思考着湘西未来的命运，从感情上来讲，他

---

　　① 沈从文：《〈篱下集〉题记》，《沈从文文集》第八卷，生活·读书·新知三联书店香港分店、花城出版社1983年版，第33页。

　　② 沈从文：《箱子岩》，《沈从文选集》第一卷，四川人民出版社1983年版，第189页。

　　③ 同上书，第192页。

愿意湘西保持"人性"之"常",可是理性告诉他,人性之"常"难以适应时代之"变",沈从文也想在变中求得民族的生存,可他又害怕现代文明的输入导致自然人性的堕落。

《萧萧》中反复提到的"女学生过身",就传递了山外边水外边世界轰轰烈烈变动的信息,可是这轰轰烈烈的变动似乎与祖父们毫无干系,仅仅给他们增添了一些夏夜纳凉时的谈资和笑料。虽然"女学生过身"也曾带给萧萧一些朦胧的憧憬,可这朦胧的憧憬却如天边的流星一样短暂,眨眼之间就消失了。女学生似沅水和辰河里的水,流过水道河床,流向四面八方,而萧萧就像水边的石头和吊脚楼,永远不动,当水流过的时候,默默地听着水响。在小说的结尾,作者安排了一个意味深长的萧萧看儿子娶童养媳的细节:

> 这一天,萧萧刚坐月子不久,孩子才满三月,抱了自己新生的毛毛,在屋前榆蜡树篱笆间看热闹,同十年前抱丈夫一个样子。

这个新娶的媳妇,岂不是又一个"萧萧"?生命就是这样轮回的吗?萧萧,这个当年单纯如白纸、清澈如小溪、灿烂如野花的女孩,就要成为一个婆婆,像"剪子"一样去把儿媳"暴长的机会"剪去了!

假如外面的世界没有发生那样大的变化,沈从文也可以安心地唱着他的人性颂歌,可是外面世界的变化使得沈从文不得不忧心忡忡地思考湘西的未来,关注"萧萧们"生命背后隐藏的生存危机,他陷入一种"常"与"变"的两难尴尬处境中。一方面,他赞赏"萧萧们""每日看过往船只摇橹扬帆来去,看落日同水鸟"的"与自然妥协,对历史毫无负担"的生活方式;另一方面,他又深知"一份新的日月,行将消灭旧的一切",人性之"常"难以适应时代之"变",因而又希望"萧萧们"改变这种生活方式:"我们用甚么方法,就可以使这些人心中感觉一种对'明天'的'惶恐',且放弃过去对自然和平的态度,重新来一股劲儿,用划龙舟的精神活下去?"① 也许正是出于希望"萧萧们"改变生活方式的目的,沈从文后来又给《萧萧》续写了一个结尾:

---

① 沈从文:《箱子岩》,《沈从文选集》第一卷,四川人民出版社 1983 年版,第 192 页。

……小毛毛哭了，唱歌一般地哄着他：

"哪，毛毛，看，花轿来了。看，新娘子穿花衣，好体面！不许闹，不讲道理不成的！不讲理我要生气的！看看，女学生也来了！明天长大了，我们讨个女学生媳妇！"

萧萧终于见到了她一直想见却无缘见到的女学生，还想将来给儿子讨个女学生媳妇。这一句戏言是否预示了湘西之"变"？在"变"中人性之"常"还能保持吗？也许沈从文心中的矛盾是永远无法消除的。

总之，在乡下与城市、自然与文明之间，沈从文选择了前者，但他的内心却充满矛盾：当他通过笔下臆想的湘西构筑供奉人性的"希腊小庙"时，现实中破败的湘西却如影随形地追逐着他，使他的笔端带上莫名的忧愁；当他为自然人性大唱颂歌时，又清醒地意识到人性之"常"难以适应时代之"变"，他想在"变"中求生，却又害怕"变"带来人性的堕落。我们在此解析沈从文文化心态的矛盾，并非要贬低沈从文，而是要接近更加真实的沈从文。沈从文复杂的文化心态，彰显了一代知识分子探索人生之路的艰辛，值得我们认真认识、反思。

（原题《从〈萧萧〉看沈从文文化心态的矛盾》，刊《西南民族大学学报》2006 年第 8 期）

第二辑

论洪深的抗战话剧《包得行》

  《包得行》是中国现代戏剧主要奠基人之一洪深于 1939 年创作的一部多幕话剧。剧作完成不久，即由军事委员会政治部教导剧团在川北巡回演出七十余次，很受观众欢迎。1939 年 10 月，教导剧团返回重庆后，又在国泰大戏院演出该剧，"效果极好"①。后来该剧还曾在桂林等地演出，亦引起"哄动"②。然而，这样一部在当时产生很大影响的剧作，却很少受到后人的关注。浙江文艺出版社 1986 年出版孙青纹编著的《中国当代文学研究资料丛书·洪深研究专集》一书，其中的"评论文章选辑"收录关于洪深作品的评论文章二十多篇，居然没有一篇是关于《包得行》的。我曾以"《包得行》"为关键词在中国知网检索，也只发现了仅有的一篇研究论文③。鉴于对《包得行》的研究很不充分的状况，本文拟从题材类型、艺术成就等视角对其进行研究，阐明其在中国抗战文学史上的独特价值。

一

  就题材类型而言，《包得行》是抗战文学中较早出现的兵役题材作品，而

---

  ① 石曼：《重庆抗战剧坛纪事》，中国戏剧出版社 1995 年版，第 41 页。
  ② 戏剧春秋社主催，姚平记录：《〈国家至上〉〈包得行〉演出座谈会》，《戏剧春秋》1940 年第 1 卷第 1 期。
  ③ 即邵迎建的《洪深与〈包得行〉》，载《中华文化论坛》2013 年第 11 期。

且是比较少见的集中表现兵役问题的长篇作品，对役政做了全面的反映，是兵役题材的集大成之作，具有不可替代的意义。

《包得行》一共四幕。第一幕发生在"卢沟桥事变"后不久四川内地的小村黄桷坪。征兵工作正在进行，黄桷坪此次要出三名壮丁。包占云（绰号"包得行"）、王海青得了保长的钱，自愿"替代人家充壮丁，服兵役"（预备到军队后逃跑）。富户李国瑞的二儿子李大远也被保长报进了壮丁名册，李家不愿儿子服役，使尽了花钱、请客、装病等手段，因兵役科张科员秉公办事，未能得逞。第二幕发生在 1938 年夏秋之交离前线五十里的鄂东南小村铁牛桥。包占云、王海青、李大远在二连当兵，驻扎在铁牛桥。军民关系融洽，二连即将开拔，老百姓准备欢送。包、王、李三人却准备趁开拔之机"打起发"（起身逃跑之前偷了老百姓的东西发财）。事情败露后连长准备处罚三人，老百姓却纷纷为三人求情，三人很受感动，拿出了偷的东西。第三、第四幕发生在 1939 年夏天的黄桷坪。包、王、李三人在前线负伤后回到黄桷坪，看到黄桷坪毫无前方抗战的热情，心情压抑，处处与以周保长、潘知事为代表的旧势力作对。日本飞机空袭黄桷坪，滥杀无辜，王海青气得发狂，抓起土枪还击，惨死在日机的扫射中。包占云、李大远立誓为王海青报仇，忍痛离开怀孕的恋人、妻子，重返前线。在女儿荷香苦口婆心的劝说下，周保长也醒悟了，退还了由兵役舞弊得来的钱。众人感叹："这次打国仗我们非胜不可，最后的胜利真是'包得行'的！"

当《包得行》在桂林演出之际，欧阳予倩曾指出剧作存在"剧情不连串"的缺点，"第一幕的主题是兵役，第二幕类乎军民合作，第三幕是伤兵问题以及打击失败主义，如绅士潘殿邦被炸，第四幕加上两个题目，加上两个新人，什么大肚子偷钱家庭纠纷等等，像采用了物以类叙的方法，把许多不连串的故事，集中为一，这准出毛病"。[①] 尽管欧阳予倩是著名的剧作家，他对《包得行》的这一看法也未必一定准确。笔者认为，《包得行》是一个有机的整体，它集中表现了兵役问题，就是一部关于兵役的作品，正如《包得

---

① 戏剧春秋社主催、姚平记录：《〈国家至上〉〈包得行〉演出座谈会》，《戏剧春秋》1940 年第 1 卷第 1 期。

行》初版本"剧情说明"所概括的:"包得行剧所描写的,就是抽壮丁的一回事。——'包得行'是四川土话,意义为'一定成功';在本剧内是一个四川壮丁包占云的外号。包占云,李大远,王海青是黄桷坪的三个壮丁,包、王是得钱顶替、李原想装病规避,都不是诚心的去服兵役,但这次争取民族生存的国仗,种种方面——尤其是前线的老百姓和军队——表现极好,因而也使得他们三个(以及其他的人)一天天好起来。莫说好铁不打钉,好男不当兵,这一次就是坏男当兵也变成好男了。"① 第一幕直接写征兵自不待言。第二幕"军民合作"是包占云等人思想转变的关键,他们由"不是诚心的去服兵役"到心甘情愿地"打国仗",正是因为受到了"军民合作"的触动,没有这一幕,他们永远只能是逃避兵役的兵油子。第三幕表现了大后方的一些负面现象,却也没有游离于主题之外,伤兵的不合理待遇、潘殿邦等人的失败主义情绪,正是包占云等人重返前线的外部原因,再说不对失败主义加以打击,又如何增强民众当兵抗敌的信念?第四幕看似头绪很多,其实都与兵役问题直接相关:两个"新人"(李大远的弟弟李大成和陈宇庭的小儿子)的形象,使观众感受到民众踊跃应征的热情;"大肚子"(包占云与周保长的女儿荷香恋爱怀孕)、"偷钱"(李大远偷其母的钱作重返前线的路费)等情节,则表现了包占云、李大远重返前线的坚强决心。

抗战时期,兵役是一个关乎民族生死存亡的大问题,因此不少作家创作了兵役题材的作品,其中各种版本的文学史经常提及的,主要有沙汀的《在其香居茶馆里》、艾芜的《意外》、吴雪执笔的《抓壮丁》等作品。《包得行》1939 年 8 月即在川北巡回演出,1939 年 10 月出版单行本,其创作不会迟于1939 年夏;而沙汀的《在其香居茶馆里》创作于 1940 年 11 月②,同年 12 月1 日发表于《抗战文艺》第 6 卷第 4 期;艾芜的《意外》创作于 1940 年 7月,同年 7 月 25 日发表于《现代文艺》第 1 卷第 4 期;《抓壮丁》原名《二千元》,是四川旅外剧人抗敌演剧队根据一个宣传识字的剧本《亮眼瞎子》改编的幕表戏,1943 年在延安做了重大修改后才最终完成。因此从问世的时间

---

① 洪深:《包得行》,(重庆)上海杂志公司 1939 年 10 月版,第 201—202 页。
② 李生露:《沙汀年谱》,四川人民出版社 1997 年版,第 144 页。

来讲，《包得行》是早于这几部代表性作品的，具有一定的开创意义。

兵役题材的作品数量众多，文体多样，但篇幅大多短小。茅盾的《报施》、老舍的《兄妹从军》、白朗的《清偿》、万迪鹤的《自由射手之歌》、徐盈的《征兵委员》、蒋牧良的《父与女》、罗烽的《遗憾》以及前述《在其香居茶馆里》《意外》都是短篇小说；田汉的《征夫别》、老舍的《丈夫去当兵》、白崇禧的《好男要当兵》、王洛宾的《你要娶她吗》、雷蒙（蔡若虹）的《母亲》、萧扬（杨山）的《他是一个中国人》都是简短的诗歌（包括歌词）；韩北屏的《狙击手方华田》、周文的《雨中送出征》以"报告""速写"为体裁类型，篇幅也不长；胡绍轩的《当兵去》、舒非的《壮丁》都是独幕剧；水草平的唱本《王白混从军记》、方白的竹板书《金鸡岭》等通俗作品演唱起来固然要花费不少时间，文字篇幅其实也不长。与兵役题材相关的长篇作品只有电影《好丈夫》（史东山导演）、电影剧本《还我晴空》（苏怡编剧）、三幕剧《抓壮丁》（吴雪执笔）、三幕剧《过关》（贾霁、李夏执笔）等寥寥几部，其中有的作品（如《还我晴空》）还涉及其他方面的内容，不是纯粹的兵役题材。《包得行》是集中表现兵役问题的容量很大的长篇作品，这是抗战文学史上比较少见的。

兵役问题是很复杂的，牵涉到方方面面，因此兵役题材作品的主题也很多样。笔者撰文讨论抗战文学的兵役题材时，将众多作品的主题概括为"既不遗余力地鼓舞和表现民众当兵抗敌的热情，也忠实全面地记录了役政实施过程中的弊端，还较为深入地探究了征兵制度的多方面影响"[①]。可以说，这些主题在《包得行》中都得到了比较充分的反映，《包得行》是兵役题材的全方位书写。欧阳予倩认为《包得行》"剧情不连串"，也许正是因为他对兵役问题理解得过于狭隘。在笔者看来，这种所谓的"不连串"可能也是《包得行》的优点之一，它使得《包得行》辐射的面更广，对兵役问题的表现更为全面。

对于民众当兵抗敌的热情，《包得行》以多种方式进行反映。其一是以剧

---

① 王学振：《大后方抗战文学的兵役题材》，《中国现代文学研究丛刊》2011 年第 7 期。

情表现。包占云、李大远已为抗战负伤，包占云的恋人荷香、李大远的妻子玉芳又怀了孕，但包、李二人还是克服困难，义无反顾地回到了战场。包、李二人的行动还带动了一批年轻人。他们负伤回到家乡后，经常以自己当兵的亲身经历进行兵役方面的宣传，"不是讲当兵是怎样快乐，便是讲那靠近前线的老百姓对待军人们是怎样好"，在他们的鼓动下，黄桷坪的不少青年"心思不定"，想去当兵打仗。李大远的弟弟李大成才十六岁，正在上中学，因日军空袭而停课，他抓住包占云、李大远重返前线的机会，和他们一起上路投军。黄桷坪家道小康的农民陈宇庭正在花钱运动周保长，为自己的儿子申请免役，但他的儿子自己却执意要去从军。其二是以台词鼓舞。当李国瑞对年轻人要去当兵打仗的想法表示不满时，村中老者贾维德说出了这样一番意味深长的话："不打又怎么样。你不打仗，仗也要来打你，我们只看潘知事好了，他还不是觉得日本帝国主义损害不到他，所以他才说这样不好那样不对，这次打仗不是他的事。可是日本飞机偏偏要弄成是他的事，把他炸死。唔，这次打仗真奇怪！后方和前线一样，有田地人和穷苦人一样，怕死不愿意打仗的人和不怕死的好汉一样，谁也不多吃亏，谁也不多便宜的！"当周保长詈骂重返前线当兵打仗的包占云等人时，一向沉默寡言的玉芳爆发了："不信大家都忘记我们当前有一个大仇人！为什么大家的眼光还是象老鼠一样浅——有钱可弄就非弄不可，有气可呕非呕不可，对于打仗的大事，反都是存敷衍冷淡；再不肯真正拿出气力，帮助把国仗先打赢的。""眼光浅的人，前线也有几个——有几个有家产的，以为日本人来了，他照样可以做安份良民。有几个穷苦人以为他本来什么没有，就使日本人来了也要不了他的东西去。他们对当兵打仗，是敷衍的，不起劲，后来他们才都知道，家产不论多少，日本人不给你留下。你穷苦到什么没有，你还有一条命；日本人就要你去替他拼命，做奸细，带路，打听消息，当假日本兵来杀中国人，做真日本人的替死鬼！"

对于民众愿意当兵抗敌的原因，《包得行》进行了较深层次的揭示。其一是日军的暴行。玉芳来自前方，曾被鬼子奸污，她的诉说最为沉痛有力。黄桷坪处于后方，但日军的空袭也让人们罹受了灾难。王海青、潘殿邦被炸死，贾长生被炸伤，李大远的母亲被吓得神志不清。正是日军的暴行使黄桷坪的年轻人相信了包占云等人的宣传。正如剧中人物陈宇庭所说："自从半月前日本飞机轰炸之后，他们的话，乡下相信的人更加多了——好些人想着去做志愿兵去呢！"其二是反侵略战争的正义性。抗日战争是反侵略的民族解放战争，战争的正义性使其得到人民的支持。剧中的人物逐步认识到了这场战争同以前军阀混战的不同："他们说这一次打的是国仗，是中国和日本强盗打仗，保护我们的身家性命子孙后代。""从前打的是私仗，这一回打的是国仗。"正是基于这一认识，包占云等人才乐于从军。

对于役政具体实施过程中产生的各种弊端，《包得行》进行了无情的揭露。周保长、潘殿邦之流是将征兵作为渔利的良机的。周保长之所以将李家院子的二少爷李大远的名字写进壮丁名册，为的就是敲诈李家一笔钱后再将他的名字勾掉。他向李家要价四百元，可他只花费一百三十元就雇了包占云、王海青两名壮丁，油水不可谓不丰厚。在"解释兵役的宣传"深入民间、老百姓不再像往年那样"一说一听"的情况下，他照样接受陈宇庭的三百元，以"体检不合格"为由为其子申请免充兵役，并且声明无论事成与否，钱款不能退还。曾任县知事的潘殿邦，自己不为抗战做一点事，出一个钱，专门鼓动应服兵役的人家以请客方式谋求免役缓役，"自己又好闹一顿饮食"。李国瑞、陈宇庭之类的殷实人家，靠花钱运动，为子弟免缓兵役。一些有田地有儿子又有势力的有钱人，"不化费一个钱，儿子也不会去当壮丁"。正如李大远所说："或者他们自己是个人物，或者有个把本家呀、亲家呀、朋友亲戚呀在社会上是个人物，他们在乡里也就够得上算是人物了。保长就再不敢去抽他们家里的丁，敲他们家里的钱。"

对于征兵制度的影响，《包得行》也进行了多方面的探究。其一是军队建设的加强。第二幕中军民之所以相处特别融洽，主要是因为军队纪律的改善。那么军队的纪律何以得到改善呢？这与征兵制不无关系：实行征兵制后，大量来自民间的农家子弟、知识青年进入军队，改变了官兵人员的构成，提高了军人的素质，改善了军队的纪律。当包占云等人偷窃财物后逃跑的图谋败露后，连长是这样教育士兵的："你们大多数是壮丁补充来的，本来都是老百姓；你们到军队里有多久，你们做老百姓的日子长，当兵的日子还短得很，你们一当了兵，就去欺侮老百姓，忘记自己是老百姓，完全不管老百姓的死活了么？"这一番话使"王海青等的羞恶之心，油然而生"，也说明了军队纪律改善的缘由所在。其二是国民性的改造。实行征兵制后，民众的国民意识增强，国民性得到一定的改造。包占云等壮丁油子被改造为抗日战士自不待言，就连贾维德、荷香这样的一老一小，也发生了很大的变化。贾维德是个"热心"的老人，原来他的"热心"表现为替兵役舞弊者牵线搭桥，经过事实的教育，他认同了年轻人当兵打仗的想法，说出了"你不打仗，仗也要来打你"这样令人很有感触的大道理。荷香年纪小，却也信奉"好铁不打钉，好男不当兵"的古训，与包占云等人的密切接触使她改变了看法，对瞒着她重返前线的包占云等人表示了极大的理解。

考察众多兵役题材的作品，可以发现，大多数作品的主题都比较单一。如《清偿》《还我晴空》等作品主要是鼓舞、表现民众当兵抗敌热情，《在其香居茶馆里》《意外》《抓壮丁》等作品主要是记录役政实施的弊端，《自由射手之歌》《金鸡岭》等作品主要是探究征兵制度的影响。将这些作品同《包得行》进行比较，可以说没有一部作品对兵役的表现达到了《包得行》的全面而深入，从这个意义上我们可以将《包得行》视为抗战文学兵役题材的集大成之作。

二

就艺术成就而言，《包得行》较早克服了抗战文学初期作品的公式化、概念化缺陷，塑造出血肉丰满的人物形象，具有浓郁的生活气息、地方色彩，是抗战文学中不可多得的佳构。

在抗战初期，文学作品是存在比较严重的公式化、概念化倾向的。梁实秋的"抗战八股"①之讥，虽不合时宜，却也击中了抗战文学在艺术方面的

---

① 梁实秋：《编者的话》，1938 年 12 月 1 日《中央日报》副刊《平明》。

缺陷。《包得行》创作于抗战前期，也是宣传抗战的"急就章"，却取得了艺术上比较大的成功，较好地避免了公式化、概念化的缺陷。

首先，《包得行》人物形象的塑造非常成功。

张光年指出："《包得行》最要紧的是一个典型创造的成功。"① 这个"典型"无疑是指主角"包得行"包占云。包占云由无业游民成长为抗日战士，是中国现代文学史上个性鲜明的成功形象。他是黄桷坪的一个穷小子，"既没有家产，又没得正当职业，父母双亡，亲戚全无"，其经济地位近似于鲁迅笔下的阿Q，有着同阿Q类似的某些东西，但其性格、命运又不同于阿Q。阿Q是欺软怕硬，自欺欺人，最终走向毁灭；包占云是玩世不恭，独战社会，最后走向新生。阿Q性格木讷蠢笨，缺乏谋生的本领，只能以精神胜利法麻醉自己；包占云却生性油滑机灵，本事大，吃得开，"东混一天，西骗一餐，靠着自己的面皮厚，脚步勤，一张嘴巴的两块唇，在黄桷坪吃开口饭"，成为"十个讨厌，九个怕惧""顽皮无赖透了顶"的"外号叫'包得行'的小流氓包占云小包"。包占云和阿Q处于不同的时代，加之性格迥异，因而比阿Q有更强的斗争性，对于不合理的现象，他敢于揭露，遇到不公平的事情，他总是要捣乱。但他也不是"路见不平一声吼"的英雄，仅限于揭露、捣乱而已，有时仍会充当旧势力的帮凶，比如为了个人的物质利益，他就参与了买卖壮丁的勾当。

作者对"小流氓包占云"个性心理的把握是准确的，他并非大奸大恶之人，身上还部分地保留着农民的质朴，因而仅仅只是"混世"而已，正如张光年所说，"他的玩世不恭，遇事捣乱，不过是他已看透环境而又无法改变环境的一种内心苦闷的象征"②。也正是因为包占云还有着农民的质朴，他才有可能在民族解放战争的烘炉中冶炼成一个为民族解放而战斗的战士。作品通过第二幕从军的经历，较好地写出了包占云的转变过程。当包占云等人犯下错误时，王排长语重心长地劝说他们："我满心希望，让你们在军队里多耽几

① 张光年：《试评洪深新作〈包得行〉》，原载1939年10月16日上海《时事新报》，见《张光年文集》第二卷，人民文学出版社2002年版，第87页。
② 同上。

时，多上几回操，多受几天训练，多派几次勤务，多过些纪律的紧张的生活，到火线上真和敌人拼死争生的打几回仗，你们能够慢慢的改好，慢慢的成为善良的军人的!"正是官长的教诲、军民的合作，让包占云切身感受到了"打国仗"和"打私仗"的不同，放弃了当逃兵的想法。可以说，他的转变让人感到比较可信。

包占云成长为抗日战士，但作品也没有把转变为抗日战士后的包占云写得无比高大，而是恰如其分地表现了他始终如一的油滑性格以及他身上残留的各种旧习气。包占云负伤后回到黄桷坪，目睹各种乱象，心情压抑，但他和周保长等人斗争的策略并没有多少长进，仍旧是"捣蛋"；他喜爱周保长的女儿荷香，却没有正儿八经地谈婚论嫁，而是甜言蜜语哄骗荷香，让其未婚先孕；甚至他和李大远重返前线的行为也有些恶作剧——他鼓动李大远偷了自己母亲的几百元钱，作为返回前方的路费。徐中玉先生当年呼吁"民族文学"塑造"民族英雄"的形象时，曾针对"夸张""传奇"等英雄塑造中存在的不良倾向，提出英雄是"神还是人"的问题，认为英雄应该是"和一般人一样地具有着优点和缺点，矛盾和犹豫，特别的脾气和头脑"的"常人"，作家塑造英雄时，应该"带着一切内心的矛盾和缺点"，把英雄"如实地描写出来"。[①] 洪深本人在论析柏拉图、亚里士多德的戏剧理论时，也曾引用哈格（Haugh）《希腊的悲剧的戏剧》中的话："完全善人或极端恶人的遭遇，不能引起恐怖与怜悯：那普通的观众，既非圣徒，亦非万恶之人，自无理由去预期同样的命运。但如剧中英雄为混合的亦善亦恶的人物，像平常人一样，他的痛苦，便使观众感到亲切，而引起他们的同情的恐惧。"[②] 看来他是认同这一理论的。包占云正是一位有着"内心的矛盾和缺点"的"常人"，作品这样处理这一形象，使其显得真实可信，能够获得观众的认同。

作为一位残留着流氓无产者习气的抗日战士，包占云也是有着自己独特

---

① 徐中玉：《论英雄的塑造——民族英雄与民族文学》，《民族文学论文初集》，（重庆）国民图书出版社1944年版，第164—183页。

② 洪深：《柏拉图与亚里士多德的戏剧理论》，《洪深文集》第四卷，中国戏剧出版社1958年版，第365页。

个性的。他的形象，容易让人联想到姚雪垠的中篇小说《牛全德与红萝卜》中的牛全德。《牛全德与红萝卜》是姚雪垠于1941年初完成的，同年11月刊载于《抗战文艺》第7卷第4、5期合刊，1942年10月由文座出版社出版单行本。牛全德是姚雪垠继"差半车麦秸"之后，贡献给抗战文坛的又一动人形象。牛全德是游击队的战士，但他曾在旧军队当过兵，染上严重的旧军队的恶习，参加了抗日队伍后仍然喝酒、赌博、玩女人、欺负战友……但就是这个牛全德，却为了保护战友而牺牲了生命。牛全德与包占云都是残留着流氓无产者习气的抗日战士，但是两人却性格迥异，牛全德是豪爽、霸道、讲义气，包占云却是机灵、滑头、有办法，两人都是抗战文学史上有着自己个性风采的典型形象。

不仅包占云这样的主要人物避免了扁平化、脸谱化，显得立体化、个性化，《包得行》将那些次要的人物也刻画得栩栩如生。同是黄桷坪的"头面人物"，周保长贪得无厌，潘殿邦世故自私，贾维德古道热肠，李国瑞忠厚老实，各有各的特点。其他如玉芳的深明大义、荷香的天真烂漫、贾长生的滑稽可喜等，也让人印象深刻。《包得行》常常选取典型化的细节，以简洁的笔墨将人物的特征勾勒出来。比如当县府兵役科张科员坚决拒绝潘殿邦等人的请托，坚持要将李大远抽丁时，做过县知事的潘殿邦发了这样一通牢骚："你们想想世界上有这种不通情理的公务员么！我和他好说歹说，他始终一个钱不肯受。啊呀，做官可以不要老百姓的钱的么！不要钱就是清公事。清公事就是公事公办，样样顶真，老百姓就不能有一点搪塞偷减的余地！那样，人家受得了么？还不赶你走么？我说，少松县长，有时候还听我姓潘的一句话。"短短几句话，就揭示了潘殿邦以权谋私、贪赃枉法的世界观和勾结官府、横行乡里的做派。

其次，《包得行》具有浓郁的生活气息和地方色彩。

《包得行》能够吸引观众，是与其浓郁的生活气息、地方色彩分不开的。生活气息、地方色彩使其彰显出明显的中国特色、中国气派，显现出独特的艺术魅力。

《包得行》的很多情节不像是在"做戏"，仿佛就实实在在地发生在我们身边。比如周保长与贾维德就李大远缓役一事讨价还价的一段：

  周保长　他能办到的事，我也办得到；我办不到的，我不信他能办得到——

  贾维德　所以我们要烦劳你，（凑近，低声）这里是二百六十块钱……

  周保长　（故意吃惊）咦咦咦，这是做什么？

  贾维德　上一回，（咳了一声）我和你，（再咳了一声）谈的那……

  周保长　笑话，李大爷怎么好送我钱呢？那我决不能收的，（用力握紧那钞票伸到贾维德面前）快点收了回去。

  贾维德　不，不，不要客气。

  周保长　公事公办，我怎么好拿你们的钱呢？

  贾维德　不，不，不是拿我们的钱，这个钱不是送给你周保长的。

  周保长　（将手缩回）喔，这个钱不是送给我的。

  贾维德　是这样的，壮丁名册，不是已经呈报了么，李大远的名字在内，现在要再呈报一次，说李大远身患重病，短期不能痊愈，只好暂时缓役，把后面一个名字递补上去；层层申报，不是要费很多手续么。

  周保长　（只顾点头，言外有意）手续是很麻烦的。

  贾维德　固然大家是办清公事，可是为了大远一个人，添出人家许多麻烦，论理应该请请客招待一番，国瑞又不便自己出面，他叫我再三转托保长代劳，这个钱无非是请客招待的费用。

  周保长　既然这个钱是作请客招待用的……

  贾维德　是的，是的。

  周保长　那末……数目还不够点。

  明明是贿赂周保长，贾维德却说钱是用来请客招待的，似乎周保长还受累了。周保长声称公事公办，拒绝受贿，却又嫌弃钱的数目不够。两人彼此心知肚明，却又并不点破，一场交易就这样冠冕堂皇地进行了。这样的场景仿佛就是从生活流中截取下来的，"凑近，低声"的动作、"故意吃惊"的神态等，都是对生活的逼真描写，就是那欲言又止的两声干咳，也充满生活的质感。

《包得行》具有强烈的地方色彩，特别表现在戏剧的语言方面。《包得行》表演用的是四川方言，写作时也使用了不少具有地方色彩的语言。主人公包占云的外号"包得行"就是四川话，意思是"一定成功""保证什么都办得到"。剧中这样的方言土语非常多。有歇后语，如"壮丁舞弊这件事，好比是个露天的毛厕，臭气冲天"中，就用到了歇后语"露天的毛厕——臭气冲天"，包占云通过这句话告诉李大远，"好事不出门，坏事传千里"，他花钱办缓役的事已经传开了。有谚语，如"他说是一块石头打死了两个蛤蟆"中，"一块石头打死两个蛤蟆"就是富有地方色彩的谚语，其意义近似于"一石二鸟"，荷香通过这个谚语告诉包占云，她爸周保长非常高兴包占云去当兵，一是"壮丁可以够额"，二是"黄桷坪又除掉一个坏人"。有各色各样的方言词汇。如："不多讲，你得趁早告诉我——你，李大远，黄桷坪李家院子的二少爷，一总送了周保长多少块钱，他才放脱你，不抽你去当壮丁？""我父亲托了舅公贾维德再三和他说好话，可是到今天还没有谈拢！""这一次是上前线去打仗，会给你那样便当。""善良老实一点的种田人不用化钱买，拿草绳拴着，拿棍子打着就去了。""老百姓差不多个个自己知道乡里哪些人应该有服兵役的义务，哪些人因为什么理由可以有免役缓役的权利，他们也不象去年那样一说一听了。自从去年李大远的碰了钉子，尽管乡下求托我的人还有那么多，我对他们，嗯，……至多是敷衍而已，花钱花气力，可是正经办成功的，恐怕一次也没有。""你撒下烂痢，我来替你揩屁股，哼，休想！"其中的"一总"即"一共"，"放脱"即"放掉"，"说好话"即"求情"，"谈拢"即"谈妥"，"便当"即"便利""容易"，"拿草绳拴着"即"用草绳捆着"，"拿棍子打着"即"用棍子打着"，"一说一听"即"让干什么就干什么"，"正经办成"即"真正办成"，"撒下烂痢"即"闯祸"，"揩屁股"即"善后"。《包得行》中有些方言土语的运用，收到了普通话难以言传的效果。如为了李大远不被抽壮丁，李国瑞托贾维德运动周保长，同时又在潘殿邦的怂恿下，准备请县长吃饭，周保长对潘殿邦染指此事非常不满，说下了这样的话："观音是观音，土地是土地，各有各的庙宇，各有各的神通。你们见庙就烧香，到底拜的是哪一个菩萨，念的哪一卷经呢？"这肯定比"你既然托了我周保长帮忙，又怎么找他潘殿邦"这样的话更为传神。应该说，地方色彩也为《包得行》增色不少。

正如夏衍在洪深五十寿辰时所说，洪深"是一个澈底的为人生而艺术的作家，一个澈底的功利主义者""他一定是有所为而写，有所感而写，为一个当前的问题而写"①。《包得行》就是为当时的兵役问题而写的，其创作出于明确的宣传目的，具有强烈的现实意义。但《包得行》又不仅仅是一部宣传剧，其艺术价值也不容抹杀，它是功利与艺术的结合。田进在回顾抗战八年的戏剧创作时，说"谈兵役，我们有《包得行》"②，《包得行》无疑是抗战文学兵役题材的代表作。

（原刊《平顶山学院学报》2017 年第 4 期）

---

① 韦彧（夏衍）：《为中国剧坛祝福——祝洪深先生五十生辰》，《新华日报》1942 年 12 月 31 日。
② 田进：《抗战八年来的戏剧创作》，《新华日报》1946 年 1 月 16 日。

论端木蕻良抗战时期的长篇小说《新都花絮》

　　端木蕻良的长篇小说《新都花絮》，一向少被论及，即便是那些全面研究端木蕻良的著作如《大地之子的眷念身影——论端木蕻良的小说艺术》[①]《端木蕻良与中国现代文学》[②] 等，也没能给这部作品留下一席之地。其实《新都花絮》不仅在艺术上比较成熟，在作家的创作历程及文学史上还具有独特的意义，应当引起我们的特别关注。

一

　　评价一部文艺作品，首先要看其艺术上的成熟程度。《新都花絮》虽然没有《科尔沁旗草原》那样恢宏的气势，却克服了其粗粝，体现出一种晶莹剔透的精致，在艺术上是比较成熟的。

　　《新都花絮》的精致，首先表现在以简单的故事包容丰富的社会内容。

　　端木蕻良的小说不以故事曲折见长，《新都花絮》的情节也很简单。主人公李宓君出身于北京的名门望族，从小就生活在优裕的环境之中，因为爱情的失意，她极度空虚苦闷，宣称要把自己的力量贡献给国家，来到战时的首都重庆。妹妹李嫈君、同学杨紫云带着她出入重庆的上流社交场合，极尽奢华，但她仍是感伤烦躁。后来她来到儿童保育院作英文顾问，积极工作，赢

---

　　① 李建平：《大地之子的眷念身影——论端木蕻良的小说艺术》，广西民族出版社 1995 年版。
　　② 马云：《端木蕻良与中国现代文学》，北京出版社 2001 年版。

得了孩子们的尊敬，也获得了音乐顾问梅之实的爱情，感情上的创伤得以抚平。但她沉溺于热恋之中，淡漠了对孩子们的爱，这深深刺伤了孤儿出身的梅之实的心，他不辞而别。李宓君心灰意懒，决定到香港去。但是就是在这样简单的情节中，却包容了比较丰富的社会内容。

其一是对大后方现实状况的批判。小说通过李宓君的眼告诉我们，在重庆这抗战的"司令台"上，正上演着一幕幕怎样的闹剧：绅士淑女们的生活十分"紧张"，各种应酬应接不暇，以致"有许多怕晚上约不到人，都约到吃午饭了"；人口骤增，住房难找，有钱人自有办法，"有一个下江人用一千块钱造了三所房子，结果卖出去两所，一所一千五百元，自己还赚了一所房子白住着"；面对日本飞机的轰炸，达官贵人们全然不惧，因为他们有很好的防空洞和"安全区"，南山公园"又可躲警报，又可寻开心"，有汽车代步，云顶山上飞机炸不到的别墅住起来也十分舒适；国难当头，"有钱出钱"却成为一句空话，有些地方反而是"无钱者出钱，有钱者赚钱"，"战时的一切负担，几乎大部落在中下层阶级身上，中上阶级以及富家巨宦并无任何特殊担负"……此外，喜欢讲让女学生脸红的故事又总是出现在年轻女人面前的老教授、有着追逐各色各样外国女人经验的接吻专家、不知老之将至到处卖弄风骚的副委员长夫人、毒打孤儿的保育院看护等，无不表明了作者对大后方现实状况的针砭。

其二是对知识女性生活道路的思考。李宓君、杨紫云都是受过新式教育的知识女性，她们的生活道路发人深省。尽管杨紫云声称她"还有在学校时的精神""还是那时的紫云"，可是她却嫁给了"没有信仰""可笑"的大胖子杨荫生作委员太太，并且有意识地运用她丰腴的肉体"来征服她的在社会上有着很高的地位的丈夫，使他不敢扭拂她的意识"，所以她也颓然承认"我是不能选择我的生活的，我只是被人天天拉着陪绑"。李宓君是否会重复杨紫云的道路呢？李宓君是到重庆来参加抗战的，因此义务担任了儿童保育院的英文顾问，起初她十分投入，教孩子们学英文，给他们洗澡、洗衣服、缝袜子，带他们远足，赢得了孩子们的爱戴，被亲切地称为"妈妈小姐"，她自己也一扫以前的烦闷，感到充实、宁静。王看护毒打孤儿小小，李宓君义愤填膺，要求解聘王看护，意见被否决后，她自己出钱将小小送进了医院，每天到医院去看望，保育院却压根儿不再去了。坠入与梅之实的爱河后，医院她也不怎么去了。正当她兴致勃勃地准备与梅之实到北温泉游玩时，医院来人收取医药费，并告知小小病危。梅之实主张立即到医院看望小小，李宓君不愿意耽误游玩，她说："我对他不是已经很好了吗？我并没有必须看护他的义务……我对他已经付出去很多了，他也不过是个孤儿——"梅之实听后全身发抖，艰难地吐出几个字："我也是个孤——儿！"然后就永远离开了。李宓君立志到抗战的洪流中去吃苦受累，可是不久就离开了保育院，离开了孩子们，这看似偶然，却是必然的，因为她所谓"到抗战的洪流去"不过是为了填补感情的空虚。当她自以为获得了新的爱情而变得充实起来时，抗战早已被她忘到了九霄云外，她愿意过的还是杨紫云一样的生活。李宓君离开了孩子们，她爱的人也离开了她。李宓君的遭遇似乎在启示人们：在这场伟大的民族解放战争中，抛弃民众者终将被民众抛弃。

《新都花絮》的精致，其次表现在对女性心理世界的深入揭示和人物形象的传神刻画。

《新都花絮》对李宓君心理的描摹十分深入、细致。比如写李宓君在城乡之间的往返不断，就很好地表现了她初到重庆的烦躁不安、百无聊赖：八妹看她无心游玩，提议她到云顶山上的浣花别庄去住，她痛快地答应了，"巴不得马上离开城市，一个人到个幽闲的旷野里去，把什么都丢开"；可是才住下不久就想回到城里，"自己坐在屋里，着实发闷，一心想上重庆去，到城里玩玩吃吃也好，比在这儿不生不死的搁浅强"，"她分明知道城里也没有什么好玩，也没有什么可以使她看在眼里的，但是她觉得还是人多些，话多些，声音多些，颜色多些，比这不痛不痒的环境令人好过些"；还没有走到市区，她又开始后悔了，"她看了看街头上走得熙熙攘攘的，她觉得别人都是快乐的，别人生活都有自己很好的常规，很好的乐趣……她后悔自己不该走到城里来，还是乡下安静静的过些人不知鬼不觉的日子该有多好"。再如写她感情受挫后的敏感脆弱，也十分逼真："自从她和路破裂之后，最使她痛苦的到是朋友总拿着另外一种更加小心的态度对着她，对她总是拿另外一种眼光来看，总以为她是可怜，破碎了，不要再碰她吧。愈是这样就又愈碰到她的伤处。使她感到朋友的无聊、可憎，不能体贴她的痛苦。所以她宁愿自己找到和自己不相干的人来相处，愈不认识的人愈好，离开亲人愈远愈好。"

《新都花絮》塑造了生动的艺术形象，特别是带有贵族气息的女性形象，李宓君的孤傲冷艳、李嫈君的世故虚荣、杨紫云的豪放泼辣，都写得各具神采。

李宓君生长在官宦之家，从小养尊处优，锦衣玉食，她有着美丽的容貌，最受父母宠爱，又接受了众多欧美文艺作品的熏陶，因此养成了孤傲冷艳的个性，"仿佛人们对她都是有利的，阿谀的，艳羡的，人们都是以她为中心，以她为转移的，她是可以指使一切的，她是海王星，而别人是围绕着这星光的晕环"。她的孤傲冷艳使得一般的纨绔子弟不敢接近，风流倜傥的路费尽心机，才赢得她的芳心。就在订婚前夕，她发现了一封疑似妓女写给路的书简，一向颐指气使的她哪里受得了这个，根本不给路解释的机会，便断然与其绝交。正因为其孤傲，这段感情经历才给她造成了极大的打击，很长一段时间她都陷于空虚苦闷的泥沼而不能自拔。后来她在保育院因与同事意见不合就丢弃了干得很起劲的工作，也是其孤傲的个性决定的。

李嫈君虽是李宓君的妹妹，却没有姐姐那么受宠，她嫁作商人之妇，比姐姐先一步踏入社会，因此显得比较世故，"知道怎样可以使人注意，怎样可以获得人的欢心"。她独自一人在重庆生活，却企图遥控着在香港做投机生意的丈夫，派了眼线关注着丈夫的行踪。她精于打紧算盘，在聘请梅之实指导她学习音乐时却大方地付了不算少的酬金，因为这样"可以使梅之实不再接受外面的学生"。也许是没有姐姐那么漂亮、小时候也没有姐姐那么得宠的原因，她显得更为虚荣。她学习音乐并不用功，却热衷于举行独唱会。梅之实名气大，她想方设法成为梅之实唯一的学生，"这样她就可以独占了这份光荣，而且使自己在唱歌界方面的身份提高起来"。她不爱梅之实，却四处散布梅之实单恋她的谣言。小说结束时，有夫之妇的她和"另一位贵介公子"谈起了恋爱，除了生活的糜烂以外，又何尝没有虚荣心在其中作怪？

与李宓君、李嫈君姐妹相比，杨紫云则显得豪放泼辣。李宓君来到重庆，杨紫云设宴招待，一见面就在埋怨中倾吐自己的思念："呀，宓君，还认识不认识我了？ 怎的来到这么久，连个照面也没打？ 要不是我的情报灵通，我简直还不晓得你来……"她像一条鳗鱼似的缠着宓君，把她拉到自己的身边，又扬着两手，像一只小燕子似的喊着堂倌要酒。老同学的到来，使得她特别兴奋，在席上喝得醉醺醺的，不停地说着疯话："开房间去！ 我们开房间去！"她的丈夫杨荫生位高权重，在她嘴里却是"一个可笑的人""没有信仰"。她特别喜欢挖苦、捉弄她的丈夫："我不过是挖苦着他好玩罢了，他那人一生气时，是顶可笑的，我就爱看他生气的样儿，和一个没有防御的猪，简直是一模一样。我一点也不可怜他，我就是会捉弄他，朋友都知道的，这一手我是顶有名了……"

此外，小说中的一些次要人物，也勾勒得性格鲜明，如体贴而老到的女仆程妈、正直而不谙世事的梅之实、健谈而略显粗俗的杨荫生等，都给人留下了深刻印象。

《新都花絮》中的李宓君等一系列人物，基本上都是"大时代"中的"多余人"，与抗战没有发生实质性的联系。孟梵因此认为人物与生活的距离过大，对小说大加诟病："作者在《新都花絮》这个标题底下，只不过摄取了一段恋爱的故事，而在战时首都里面，他只选取了几个病态心理的女人，他只看见了大观园里的卿卿我我的生活。他忘掉了这抗战的都城中，生活着怎样的人物，有着怎样的典型。"[1] 这种批评在今天看来是不可取的。既然有孔二小姐之类的人存在，李宓君等形象的塑造，就有着一定的生活依据。抗战文学应该与抗战有关，但是抗战文学与抗战的关系是多方面的，前方将士的浴血奋战、沦陷区同胞的忍辱含垢固然应该是抗战文学表现的重点，大后方的现实状况也理所当然地应该进入抗战文学的视域。在表现大后方的现实状况时，踊跃从军、慷慨捐输、勤奋工作等有利于抗战的正面的东西值得旌表，一些有碍于民主、民生，有碍于抗战的负面的东西无疑也应该加以鞭挞。《新都花絮》并不是一个单纯的恋爱故事，也不全是"大观园里的卿卿我我"，它

---

[1] 孟梵：《〈新都花絮〉——读后杂感》，郭沫若、茅盾等著：《文艺新论》，莽原出版社1943年1月版，第36—43页。

属于暴露大后方负面因素的那一类作品，只不过不是那么直露。

《新都花絮》的精致，还表现在语言的温润华美和笔法的含蓄细腻。

《新都花絮》的语言有一种温润华美的光彩。如写李宓君失恋后的空虚寂寞、顾影自怜："她就觉着什么都是偶然的，她好像被大风吹走了的一个花瓣，风儿一住了，她也就只好停落下来，停在哪里是不能由她来选择的。""如同一个光明的灯塔，夜间的航船，都以它为方向，都向它来驶进，而现在它依然在屹立着，亮着，而舟人渔子都没有看见它，突的向别的方向驶去，这使它感到一种顿然的寂寞，这种寂寞是蚀心的，刺痛的，不可忍受的。"再如写杨紫云夫妇"荫庐"里的布置和氛围：

> 沙发是软软的，床铺也是软软的，厚绒的地毯踏在上面仿佛深陷下了似的。
>
> 屋子里呈着一种富贵气的红色，仿佛一个鼓胀篷笼的灯笼似的红晕晕挂着，映照她俩就如两只丰腴的红烛一样，也都摇摇的燃烧起来了。
>
> 屋里是暖馥馥的，朦胧胧的红色灯光像潜沉在海水底下的探海灯似的，好像光线都不能直接的透露出来，而且缠绕着许多丝络的水草，拥塞着许多透明色的肉黄的肥膜的水母，灯光又像是从红珠子里流射出来，像是围绕了一个珊瑚的透亮的红色骨骼的晕环……

此外，对云顶山自然风光的描写、对李宓君和杨紫云沐浴时身体之美的描写等，都很好地体现了《新都花絮》语言温润华美的特色。

《新都花絮》无疑具有一定的讽刺色彩，但它走的是一条不同于张天翼、沙汀、张恨水等人的辛辣酣畅的新路子，相对来说要含蓄细腻一些。比如在描写李婪君的家宴时，有这样一段文字："夜几乎快要阑珊了，空气和酒香里散布出一种虚无的调子，灯火摇晃，睡意朦胧，一丝一丝的迷蒙虚伪的气氛，从帷幔的角落里，从酒足饭饱的人的哈欠里，从葱茏的晚香玉的花朵里，从饱嗝的酒气里，从金色皮子包裹的脚尖上，从心上很甜的晚上蔓延出来了……"这里作家虽然没有声嘶力竭地抨击大后方上层人物的穷奢极欲，但字里行间仍然隐含着批判的锋芒。另如上文所引李宓君将自己视为闪烁着光芒的海王星而别人只是围绕着这星光的晕环那一段文字，也委婉地表达了作家对其孤傲个性的嘲讽。

二

　　一部作品，如果在作家的创作历程和文学史上具有特殊的意义，也是我们在评价该作品时必须加以考虑的。《新都花絮》正是这样一部有着特殊意义的作品。

　　就端木蕻良的创作历程而言，《新都花絮》不仅表现出作家在艺术表现上的成熟与进步，而且显示了作家创作风格的转型。

　　《科尔沁旗草原》无疑是端木蕻良最为重要的作品，但有些学者却更为推崇他的短篇创作，之所以会出现这种情况，就是因为《科尔沁旗草原》具有某些方面的"耀古惊天，举世无匹"成就的同时，也具有"很多，很严重"的缺点①。别的且不说，单是其凌乱的结构和"滞涩冗长的内心独白"② 就让人阅读起来不是那么顺畅，勉强读完了，有些地方也还是不明所以。夏志清就曾误以为大宁是丁宁的哥哥③，有一篇文章还错把黄宁和丁宁的继母当作一个人④。并不是读者低能、粗心，作品在大幅度的跳跃之中，缺乏必要的交代和暗示，实在容易导致误解。《科尔沁旗草原》有如一块璞玉，就艺术创造的角度而言，是缺乏打磨的。此后的《大地的海》《大江》，仍然存在这样那样的缺陷，赵园就认为《大江》结构散漫，难以卒读。⑤

　　但是到了《新都花絮》，端木蕻良掌控长篇创作的能力明显加强了。虽然《新都花絮》没有像《科尔沁旗草原》一样尝试新的艺术手法，也不具备

---

　　① 司马长风：《中国新文学史》（下卷），（香港）昭明出版社有限公司 1978 年版，第 87 页。
　　② 刘大先：《端木蕻良创作的三重文化视角》，《北方民族大学学报》（哲学社会科学版）2011年第 4 期。
　　③ 夏志清：《中国现代小说史》，刘绍铭等译，复旦大学出版社 2005 年版，第 399 页。
　　④ 刘菊：《温婉豪放的大地之花——论端木蕻良小说中女性形象的审美特征》，《贵州师范大学学报》（社会科学版）2009 年第 5 期。
　　⑤ 赵园：《论小说十家》，浙江文艺出版社 1987 年版，第 86 页。

《科尔沁旗草原》一样巨大的艺术冲击力，但在结构的明晰、故事的完整、人物的丰满等方面则确实有了明显的突破，同时，《科尔沁旗草原》《大地的海》《大江》对自然风物的瑰丽抒情也得到了一定程度的继承发扬。从《科尔沁旗草原》到《新都花絮》，端木蕻良从放任走向了节制。如果说《科尔沁旗草原》是一条奔腾不息的大江，那么《新都花絮》则是一条涓涓流淌的小溪，大江固然浩荡，难免泥沙俱下，小溪虽然迂徐，却也清澈可喜。

　　端木蕻良的"两幅笔墨"是大家公认的，但是说到其创作风格由阳刚向阴柔的转型，一般觉得是在桂林时期，并主要归结为萧红的过早辞世，[①] 而不会提到《新都花絮》。其实《新都花絮》在端木蕻良文学创作的风格转型中具有标志性意义。应该说，阳刚与阴柔两种因素是端木蕻良早就具备的，在写作《科尔沁旗草原》时就表现出来了，只是温馨、缠绵的一面被炫目的粗犷、阔大的一面所遮蔽，成为一股被忽略的潜流，这股潜流不绝如缕地流淌在端木蕻良的创作长河中，到了《新都花絮》，到了桂林时期的《初吻》《早春》等一系列作品，汇集起来的潜流终于喷涌而出，形成一道引人注目的景观。在《科尔沁旗草原》中，不是写到了《红楼梦》式的仆婢成群的府邸，写到了旖旎缠绵的风月男女，写到了燕语莺啼的小姐丫鬟和寂寞度日的正妻侍妾吗？在写作这些部分时，端木蕻良主要是运用"轻、细、小"的笔墨。在此后的《乡愁》《可塑性的》《三月夜曲》等短篇小说中，"轻、细、小"的笔墨也依稀可见。在《新都花絮》中，"重、粗、大"完全让位于"轻、细、小"，阴柔取代了阳刚。

　　萧红的逝世可能对端木蕻良将阴柔风格发挥到极致起到了一定的催化作用，但从根本上来讲，其阴柔风格的形成和运用还是由作家的童年记忆和作品的题材、主题决定的。正如钱理群先生指出的："端木蕻良的两副笔墨，是由他的生活经历、教养所决定的。如作家自己所说，他的生命'是降落在伟大的关东草原上的'，那'奇异的怪忒的草原的构图，在儿时，常常在深夜的梦寐里闯进我幼小的灵魂'；作为科尔沁旗草原上拥有一两千垧土地的豪门巨

---

　　① 参见雷锐《跨进现代——中国文学现代化之研究》第三编第二章《"大地之子"的柔毫轻舒——论端木蕻良在桂林创作风格的转换》，人民出版社 2002 年版，第 274—284 页。

室曹家的公子，端木蕻良是在仆婢成群的温馨的女儿国里长大的，他对于《红楼梦》的终身迷恋，首先是建立在亲身的生活与生命体验上的。从小的贵族的生活经历与教养，形成了他的精美的艺术趣味与感觉，这与前述阔大瑰奇的旷野情怀几乎是同样深刻地融入了他的灵魂与生命之中的。""尽管《科尔沁旗草原》确如司马长风先生所说，包含了温馨、缠绵的描写因素，但其主导性的描写风格仍然是粗犷、阔大的，这也是作家所要表达的'土地与人'的主旨所决定的。这就是说，作家的'轻、细、小'的这副笔墨，必须在另一种题材、主题的作品中，才得以充分的发挥。"① 《新都花絮》就是另一种题材、主题、风格较早的集中尝试。

就文学史而言，《新都花絮》的问世也有着特别的意义，如果说《科尔沁旗草原》是"中国现代第一部反映农村土地问题的长篇小说"②，那么《新都花絮》可以说是中国现代第一部表现大后方生活的长篇小说，也可能是唯一一部全力表现大后方都市上层妇女生活的长篇小说。

夏志清在评价《科尔沁旗草原》时，特别注意到《科尔沁旗草原》写作和出版的时间差，认为《科尔沁旗草原》如果能够在 1934 年及时出版，则足以与茅盾的《子夜》、老舍的《猫城记》、巴金的《家》等前一年出现的名作"直接争取批评家和一般读者的赏识"，"有眼光的批评家可能为之喝彩，认为这是比那三本更好的作品"③。《新都花絮》的出版没有遭遇《科尔沁旗草原》一样的波折，但是我们仍需注意其写作和出版的时间，因为只有这样才能充分认识其在文学史上的意义。

《新都花絮》写作于 1939 年底至 1940 年初，初版于 1940 年 5 月④。当时处于战争的初期，由于作家认识的不够深入以及生活的颠沛流离等多种因素，长篇的问世是十分困难的，端木蕻良能够在完成《大江》不久，旋即推出《新都花絮》，实属不易。综观整个现代小说史，表现大后方生活的长篇小说

---

① 钱理群：《文体与风格的多种实验——四十年代小说研读札记》，《文学评论》1997 年第 3 期。
② 马云：《端木蕻良与中国现代文学》，北京出版社 2001 年版，第 38 页。
③ 夏志清：《中国现代小说史》，刘绍铭等译，复旦大学出版社 2005 年版，第 393 页。
④ 参见端木蕻良《风雨八十年艰辛文学路》，《纵横》1997 年第 2 期。

并不多见，就写作及出版的时间而言，《新都花絮》可谓开风气之先，全力表现大后方都市上层妇女生活的长篇小说，可能也仅此一部。

说到抗战时期的长篇小说，自然首推巴金的《寒夜》和老舍的《四世同堂》。很凑巧，这两部作品也是都市题材，《寒夜》写抗战时的重庆，《四世同堂》写沦陷后的北平。同这两部皇皇巨著相比，《新都花絮》自然是望尘莫及，但是我们不要忘记，《寒夜》和《四世同堂》都是在抗战末期才开始创作的，并最终完稿、出版于抗战胜利之后，时光的流逝也带来了艺术水准的提高，我们显然不能用《寒夜》和《四世同堂》的标准来考量《新都花絮》。

说到抗战时期表现大后方生活的长篇小说，不能不让人想到沙汀、艾芜两位川籍作家，想到他们的《淘金记》和《故乡》。但是这两部作品表现的都是大后方的农村生活，沙汀的《淘金记》以四川某乡村开采金矿的事件为线索，展示了各种地方势力为发国难财而掀起的内讧，艾芜的《故乡》写大学生余峻廷回乡宣传抗日而不得不悄然离去的经历，表现了官僚政客的荒淫卑劣、土豪劣绅的为非作歹、贫苦农民的悲苦无告。可见《淘金记》《故乡》与《新都花絮》虽然都是写大后方的，但题材各有侧重，因而互相之间是不可替代的。就写作、出版的时间而言，《淘金记》《故乡》这两部作品的问世也要迟于《新都花絮》：《淘金记》1941年秋完稿，1943年5月由重庆文化生活出版社出版；《故乡》动笔于1940年，辍笔于1945年，1947年4月才得以由上海自强出版社出版。

说到抗战时期表现大后方都市生活的长篇小说，茅盾、巴金、张恨水三位作家是必须提及的。茅盾的《腐蚀》以重庆一个失足而尚未泯灭良知的女特务的日记的形式，揭露了大后方特务统治的酷烈。巴金的《火》第三部表现的是1941年的昆明，既写了田惠世、洪大文等人服务抗战的努力工作，也"写了一些古怪的社会现象"，鞭挞了部分市民、知识分子的精神沦落；《憩园》写成都某公馆两代主人的命运，批判封建观念、封建伦理；《第四病室》写贵阳某医院一些病人所受到的各种煎熬，影射整个中国社会的苦难；《寒夜》通过重庆小职员汪文宣一家的遭遇，表现了处于黑暗现实中的知识分子精神被摧残、肉体被吞噬的悲剧。张恨水在重庆《新民报》连载了《牛马走》（又名《魍魉世界》）、《第二条路》（出版时易名《傲霜花》）等大后方都市生活题材的长篇小说，《傲霜花》再现了大后方大学教授们穷困潦倒的生活，揭示了其物质和精神上的双重困境，《魍魉世界》讲述了战时首都重庆一帮官僚与投机商囤积居奇发国难财的故事。与这些同类题材的作品相比，《新都花絮》是问世最早的。茅盾的《腐蚀》自 1941 年 5 月 17 日起在《大众生活》连载，9 月底载完，同年 10 月由上海华夏书店出版单行本。张恨水的《牛马走》连载于 1941 年 6 月 2 日至 1945 年 11 月 3 日重庆《新民报》副刊《最后关头》，1957 年 2 月由上海文化书局出版；《第二条路》连载于 1943 年 6 月 19 日至 1945 年 12 月 17 日重庆《新民报晚刊》，1947 年易名《傲霜花》由上海百新书店出版。巴金的《火》第三部写于 1943 年 4 月至同年 9 月，1945 年 7 月由开明书店出版；《憩园》1944 年 5 月动笔，1944 年 7 月完成，同年 10 月由文化生活出版社出版；《第四病室》作于 1945 年 5 月到 7 月，1946 年 1 月由良友图书公司出版；《寒夜》1944 年冬季开始动笔，1946 年底完成于上海，1947 年 3 月由晨光出版公司出版。

如果仅仅只是占了个写作、出版时间上的先机，意义也不是特别大。可喜的是，《新都花絮》在艺术表现上也并不坏，其精致已如前述。就艺术成就而言，《新都花絮》逊色于巴金的"人间三部曲"（《憩园》《第四病室》《寒夜》），但与《腐蚀》应在伯仲之间，两者的共同点也比较多：都揭露了大后方的阴暗面，具有较强的政治意义；都以主人公的行止贯串人物、场面；都擅长心理刻画，塑造了统治阶层中具有复杂个性的女性形象。张恨水的《牛马走》《第二条路》虽然篇幅巨大，对大后方各种流弊的批判也畅快淋漓，但近似于《儒林外史》《官场现形记》一类，结构松散，"虽云长篇，颇同短制"，对人物心理的刻画也流于表面，挖掘不深，是不能与《新都花絮》相提并论的。

就表现大后方都市生活而言，戏剧领域非常活跃，长篇的多幕剧作就有不少，包括老舍的《残雾》和《面子问题》、宋之的的《雾重庆》（原名《鞭》）、陈白尘的《结婚进行曲》、沈浮的《重庆二十四小时》、茅盾的《清明前后》等。而小说领域在这方面则相对薄弱一些，张天翼的《华威先生》

等作品虽然引起了广泛的关注，但毕竟只是短篇。端木蕻良《新都花絮》的出现以及其后茅盾《腐蚀》的跟进，使得中国现代小说和中国现代戏剧在表现大后方都市生活方面达到了基本的平衡。

刘以鬯曾经引用英国作家曼殊斐尔的话来评价《新都花絮》："……只是另外一部长篇小说，它没有更多的东西；只是那一大堆长篇小说中的一部而已。"① 其实这是刘以鬯对《新都花絮》这样的"政治小说"的偏见。从上文所论看来，《新都花絮》不"只是那一大堆长篇小说中的一部而已"，它给作家本人和文学史都提供了"更多的东西"。

（原刊《民族文学研究》2013 年第 2 期）

---

① 刘以鬯：《评〈新都花絮〉》，钟耀群、曹革成编：《大地诗篇——端木薛良作品评论集》，北方文艺出版社 1987 年版，第 409 页。

抗战历史的另类书写

——论何顿的长篇新作《来生再见》

近年来，何顿的创作发生了比较明显的变化，关注的焦点由喧嚣浮躁的当下都市生活转向了惨酷厚重的近现代历史。继《湖南骡子》于 2011 年问世之后，何顿又于 2013 年迅速推出了另一部历史题材的长篇《来生再见》（连载于《中国作家》2013 年第 7 期、第 8 期，同年 12 月由江苏文艺出版社出版单行本）。《湖南骡子》以长沙青山街何氏家族的百年兴衰，折射了湖南乃至中国近现代百年历史的风云变幻，《来生再见》则通过对老兵黄抗日坎坷一生的讲述，以一种去党派化、去英雄化、去顺序化的叙述策略，对云谲波诡的抗战历史进行了别有意味的另类书写。

一

抗战是近代中国人民一百多年反侵略历史中的首次完胜，其规模之大、历时之久、斗争之烈、牺牲之巨，都是空前的，因此不但成为中华民族由衰败到振兴的重要转折点，而且给中华儿女留下了取之不尽、用之不竭的精神财富。正是在这个意义上，抗战也成为中国文学的一个重要资源，成为中国现当代作家进行文学创作的题材宝库。早在全面抗战爆发之前，萧军、萧红、端木蕻良、骆宾基、李辉英等东北流亡作家即已将关外人民的抗日斗争纳入笔端，完成了《八月的乡村》《大地的海》《边陲线上》《万宝山》等长篇小说和《生死场》《遥远的风砂》《浑河的激流》等中短篇名作。全面抗战爆发之后，任何有良知的中国作家都不可能置身事外，抗日题材的作品更是不断涌现，蔚为大观。仅以小说而论，就有军事抗战小说、乡土抗战小说、文化抗战小说、名家抗战小说等多种类型①，代表性作品有姚雪垠的《差半车麦秸》《牛全德与红萝卜》、邵子南的《李勇大摆地雷阵》、柯蓝的《洋铁桶的故事》、吴组缃的《山洪》、陈瘦竹的《春雷》、孙犁的《荷花淀》、郁茹的《遥远的爱》、沙汀的《闯关》、夏衍的《春寒》、茅盾的《锻炼》、巴金的《火》以及马烽和西戎合著的《吕梁英雄传》等。抗战胜利至中华人民共和国成立期间，内战吸引了作家们的目光，但仍有一些抗战题材的作品问世，孔厥、袁静的《新儿女英雄传》就是其中的佼佼者。中华人民共和国成立后的十七年间，革命历史题材作品尤为盛行，其中一部分就是关于抗战历史的，如刘流的《烈火金钢》、冯志的《敌后武工队》、知侠的《铁道游击队》、李英儒的《野火春风斗古城》、徐光耀的《小兵张嘎》、冯德英的《苦菜花》等。进入新时期后，红色经典一统天下的局面不复存在，文学走向了真正的多元与开放，但作家与读者仍然对抗战题材情有独钟，徐贵祥的《历史的天空》、都梁的《亮剑》、朱苏进的《我的兄弟叫顺溜》、权延赤的《狼毒花》等与抗战有关的作品改编为电视剧后掀起空前的收视热潮就说明了这一点。就艺术追求而言，这一时期的抗战题材作品也是五光十色，比如莫言"红高粱系列"对战争中人性的张扬就明显不同于周而复《长城万里图》对历史图景的全面展现。

抗日战争是一场民族解放战争，胜利的取得是"全体中华儿女万众一心、众志成城，各党派、各民族、各阶级、各阶层、各团体同仇敌忾，共赴国难"②的结果。但是由于国、共之争形成的政治格局，对抗战历史的书写，在相当长的时期内都是带有相当浓厚的党派色彩的。早在战争的硝烟尚未完全散尽的1945年，《吕梁英雄传》等作品就对"谁在抗日"这一问题作出了政

① 参见房福贤《中国抗日战争小说史论》，黄河出版社1999年版，第17—117页。
② 胡锦涛：《在纪念中国人民抗日战争暨世界反法西斯战争胜利60周年大会上的讲话》，新华网，北京2005年9月3日电。

治倾向十分明显的回答。《吕梁英雄传》"起头的话"介绍故事的背景，对八路军、民兵的抗敌功绩大肆渲染，对国民党当局组织的太原会战却以"只是乱招架了一阵"一句话轻轻带过。小说中的抗日英雄无不出身贫苦，而那些铁杆汉奸，则均与国民党的旧政权脱不了干系。小说甚至对富人也进行了细致的分层，与其政治态度一一对接：康锡雪是恶霸地主，因此尽管鬼子糟蹋了他的儿媳，抓走了他的儿子，还是死心塌地地效忠敌人；吴士举、吴士登属于大地主，因此尽管没有成为铁杆汉奸，却出于私利破坏抗日行动；二先生知书识礼，急公好义，参加了一些抗日工作，但他毕竟是一个小地主，所以立场往往不够坚定。在突出阶级斗争的十七年，抗战历史书写的党派色彩更不待言，中国共产党及其领导的人民武装、人民群众成为唯一可供讴歌的对象，而其他阶级、阶层和政党则似乎永远不可能与爱国发生关联。进入新时期以后，对抗战历史的书写逐步走向多样，从前不属于"人民"范围的土匪、乡绅也因为其爱国行为而成为书写的对象，前者如莫言的《红高粱》、谈歌的《野民岭》，后者如尤凤伟的《五月乡战》、余华的《一个地主的死》。但从总体而言，抗战书写的党派色彩还没有彻底褪尽，前面曾经提及《历史的天空》《亮剑》《我的兄弟叫顺溜》《狼毒花》等作品的热播，姜（梁）大牙、李云龙、顺溜、常发等抗日英雄的形象可谓妇孺皆知，虽然他们经历、性格各异，却无一例外地隶属于人民军队，归依于中国共产党，这一点很能说明主流意识形态的威力。

当被《湘声报》记者问及 2012 年有什么新的写作计划时，何顿回答说："打算写一部以国民党抗战生活为题材的小说，因为没有人写，所以我来写，要填补这个空白。"① 这一部"以国民党抗战生活为题材的小说"，就是《来生再见》。"没有人写""空白"云云，是不够确切的，早在抗战时期，就有丘东平、吴奚如、阿垅、彭柏山等七月派作家对抗战初期国民党军队抗敌斗争的表现，新时期以来，也有张廷竹、邓贤等作家对抗战后期远征军入缅作战历史的书写。但是，如果说对国民党军队与日军的正面作战表现得很不够、

---

① 姚依农：《何顿："湖南骡子"向历史转身》，《湘声报》2011 年 12 月 30 日，第 4 版。

很不充分，却无疑是正确的。在我们耳熟能详的文学作品中，确实难觅国民党军人的抗战身影，也难以发现淞沪、太原、徐州、武汉、南昌、随枣、长沙、桂南、枣宜、中条山、浙赣、鄂西、常德、豫湘桂等一系列会战的印记。结合这种大背景来看，何顿的《来生再见》是个另类，也可以说是个突破，他不但表现了国民党军队的抗战，而且非常少见也非常难得地选取了非虚构的国民党军队的重大军事行动作为表现的视角，力图对抗战历史作尽可能真实的还原。在《湖南骡子》中，何顿已经对国民党军队的抗战有所涉及，小说中何金山带领他的一班子侄参加了四次长沙会战并立下了赫赫战功，这一部分也被评论家视为小说"最为精彩"的描写①。但《湖南骡子》的时间跨度非常大，还不是一部完全写抗战的小说。也许是意犹未尽吧，何顿不久又推出了《来生再见》，这一次国民党军队的抗战成为整部小说的聚焦点，主人公黄抗日作为国军战士亲自参加了安乡保卫战、四次长沙会战、衡阳保卫战，同时也作为日军的俘虏见证了常德会战。这些战役的结果不同，国民党军队或胜利，或失败，却无一不惨烈，无一不悲壮，就此而言，何顿的小说还了那些英勇抗战的国军将士一个公道。《湖南骡子》没有写到共产党在抗战中的表现，《来生再见》在这方面深入了一步，不过这种深入不是习见的对共产党在抗日战争中领导地位的歌颂，而是在国、共两种政治力量共同抗战的表现中逼近历史的真相。小说中国民党军队与日军展开大规模的对垒，哪怕是迫于形势最后举起了白旗，也给予了日军相当沉重的打击，打乱了其战略意图。而共产党领导的湘南游击队也发挥了重要作用，他们"今天剪掉一根电话线，明天撬掉一根铁轨，后天向检查线路的日本兵打上几枪，干掉一两个日本兵"。《来生再见》对抗战时期国、共两党在湖南地区共同抗战的表现是去党派化的，也是比较符合历史真实的，可以说正是在大历史观、大民族观指导下的去党派化叙事策略保证了小说一定程度上对历史真实的逼近。

---

① 王春林：《人性透视与历史的深度反思——论何顿长篇小说〈湖南骡子〉》，《湖南工业大学学报》2012 年第 3 期。

二

无论古今中外，人们都有英雄崇拜心理，都希望通过英雄梦想树立努力方向，同时也获得对现实生活缺陷的某种替代性满足，因此文学艺术作品也很重视对英雄形象的塑造。"在西方文学史上，从希腊神话的普罗米修斯到《荷马史诗》中的阿伽门农，从莎士比亚剧作中的哈姆莱特到歌德笔下的浮士德，还有迎难而上的堂吉诃德和具有冒险精神的鲁滨逊，都是具有代表性的英雄形象。在中国古代文学中，有神话中逐日的夸父，射九日的后羿，还有开启中华文明的先王尧、舜，以及传说中治水的大禹；再以后有屈原、荆轲和苏武等战乱纷争时代的英雄，还有岳飞、文天祥、穆桂英等抗击外患的英雄，还有孙悟空等虚构的英雄人物。"① 曹魏时期刘劭品鉴人物的《人物志》对"英雄"作如下界定："夫草之精秀者为英，兽之特群者为雄，故人之文武茂异，取名于此。是故聪明秀出谓之英，胆力过人谓之雄。"所言很有几分道理，不过还不够全面，勇力、智慧超常当然让人景仰，道德过人似乎也值得崇拜，所以文学作品塑造英雄形象时一般在力、智、德等方面着力，比如《水浒传》中就既有李逵这样冲锋在前的勇力型英雄，也有吴用这样决胜千里的智慧型英雄，还有宋江这样恪守忠义的道德型英雄。

以战争为主要表现对象的抗战小说更是把塑造英雄形象作为它的题中应有之义，主人公传奇性的经历往往是这些作品吸引读者的一个重要因素。不同于以往有些作品中的英雄只是在力、智、德的某一方面异于常人，红色经典中的抗日英雄面面俱到，几近完人：就力而言，他们不但勇敢，而且技艺超群，建立了赫赫功绩；就智而言，他们机智，玩弄敌人于股掌之中；就德而言，他们忠于革命，忠于人民，为了革命和人民可以毫不顾惜自己的生命和家庭。那些身手非凡、威震敌胆的抗日军人（如《烈火金刚》中的史更新

---

① 陆贵山主编：《中国当代文艺思潮》，中国人民大学出版社2009年版，第208页。

等)、游击队员(如《铁道游击队》中的刘洪等)、武工队员(如《敌后武工队》中的魏强等)、民兵英雄(如《吕梁英雄传》中的雷石柱等)、地下工作者(如《野火春风斗古城》中的杨晓东等)就不必说了,就是那些小小年纪的少年儿童(如《雨来没有死》中的雨来、《鸡毛信》中的海娃、《小兵张嘎》中的嘎子等),也让人肃然起敬。近些年来,由于市场机制的确立,主流意识开始与大众趣味融合,红色经典中的那种"高大全"式的抗日英雄走下了神坛,文艺创作中出现了一批与此前的审美趣味迥然有别的抗日英雄形象,如《历史的天空》中的姜(梁)大牙、《亮剑》中的李云龙、《我的兄弟叫顺溜》中的顺溜、《狼毒花》中的常发等。这些人物身上虽然有了一定的凡人气息和世俗面貌,有了某些方面的性格缺陷,但终究还是英雄——他们无一例外地表现出一种与生俱来的卓绝的军事天赋,并在斗争中不断成长。有人对李云龙的英雄形象进行了比较全面的分析:"苍云岭之战,初显身手,一举消灭坂田联队,一显其勇;李家坡之战,运用土工作业法,近敌投弹,山崎毙命、全军覆灭,可谓棋高一招,二见其智;聚仙楼大闹日本宪兵队长平田一郎寿宴,全歼敌方200精英,三察其胆;赵家峪之役,抵抗日寇筱冢中将、伏击山本特种部队,抢救八路军总部,'既无情报,又无指示',凭的是直觉和敏锐,四现其果断;李家屯兵变,救楚云飞脱险,五显其义;打平安县城,为新娘报仇,玉石俱焚,六显其狠;刀劈土匪二当家山猫,手起刀落、身首异处,七逞其野性;恋爱秀芹,八彰显其真、善、美和侠骨柔情;与田雨一见钟情,结为知己、刻骨铭心,九袒露其情;南京军事学院深造,提交精彩论文,十嘉其能……"①

在何顿的《湖南骡子》中,何金山、何胜武、李文军等抗日军人身上还保留着英雄的本色,尤其是神枪手何胜武,先后打死过100多个鬼子,创造了用三八大盖击落日军飞机的奇迹,双腿被炸掉后,何胜武仍然没有退役,他让战友背着他打击敌人,还不时用英雄的号召力宣讲抗日道理。但是到了《来生再见》,主人公黄抗日虽然也参加了不少与日军的战斗,也亲手打死过

① 张凤铸:《以史为鉴　继往开来——论〈亮剑〉等抗战题材影视剧的多样性艺术品格》,《当代电视》2007年第6期。

日本鬼子，却已经没有了一丝英雄的光彩。他身材瘦小，长着一张难看的猩猩脸，使人望而生厌。就勇力、智慧、道德的任何一方面而言，他都毫无可以称道之处。他之所以参加抗日军队，并非出于保家卫国的目的，而是由于父母的安排：哥哥黄阿狗抓中了"打钩"的红纸坨，理应应征入伍，但黄阿狗不仅是个干活的好把式，而且孔武有力，颇能庇护家庭，父母舍不得他去，于是想出了一个偷梁换柱之计，让羸弱、胆小因而对于家庭也不那么重要的弟弟黄山猫顶替，习惯了顺从的黄山猫毫无怨言，从此开始了漫长的军旅生涯，并被长官改名黄抗日。在军中，黄抗日也是不求建功，但求保命，他牢记父亲"战场上不要充英雄"的教训，冲锋时既不后退——后退会被督战队打死，也不靠前——靠前会被敌人打死，阵地丢失时则躺在地上装死，侥幸躲过劫难。黄抗日命大，资历老，但给人的印象是胆小怕死，因此成为官兵们取笑、欺凌的对象，同为日军俘虏的田将军把又臭又烂的脚伸到他的裤裆里取暖，他虽然倍感屈辱，也无可奈何，即便是对于他属下的小兵田矮子的百般无理取闹，他也只能默默忍受。同妻子桂花团聚是他能够忍辱偷生的重要精神支柱，可他还是经不起田矮子的撺掇，同田矮子一起溜进了衡阳的妓院。机缘巧合，衡阳保卫战失败后当了一阵伪军的黄抗日又成了游击队的俘虏，因为打死了鬼子，又是本地人，黄抗日当上了游击队的副队长，为了给一同被抓的同伴说上话，黄抗日还按照杨队长的要求，加入了共产党。但是入了党的黄抗日也未见长进，他在游击队时的传令兵小狗子后来晋升为厅长、副省长，他却终其一生也只当了几年整天在外奔忙的镇供销社副主任和有名无实的镇办公室副主任。为了在"文革"中过关，他甚至不得不装疯吃起自己的粪便。概言之，黄抗日与其他抗战小说中的英雄不啻有天壤之别，他只是一个毫不起眼的普通人，尽管经历丰富，却丝毫也没有改变其窝囊的本性。

那么，何顿为什么采用这种去英雄化的叙述策略来书写可以大书特书的抗战历史呢？笔者觉得这与何顿对战争的态度有关，与《来生再见》的主题有关。何顿是以一种悲悯的情怀来看待战争的："我并不是个喜欢渲染战争的作家。我写战争，是想让读者知道，就战争本身而言，不论正义的或非正义的，都是血淋淋的屠杀。"① 被先辈事迹深深打动的何顿一方面感叹着历史的悲壮，另一方面对生命保持着高度的尊重，对战争保持着理性的审视，因此《来生再见》在再现国民党军队惨酷的抗战历史时，又"尽量把战争中残酷的一面写出来"，是一部反战的战争小说。战争，无论正义也好，非正义也罢，都会给生命以无情的毁灭。以黄抗日这样一个去英雄化的抗战老兵来反思战争，应该说是很适宜的，如果将黄抗日塑造成李云龙、姜（梁）大牙一样的"战神"，其结果可能是在对英雄的讴歌中连带性地美化战争，这无疑是有悖于何顿的悲悯情怀和《来生再见》的反战主题的。李云龙、姜（梁）大牙是英雄，黄抗日却是常人，是被战争机器裹挟进战争轨道的常人，从这一点来讲，黄抗日更符合历史的真实，更有典型性。当马得志问黄抗日当兵打仗是为了什么时，黄抗日说："不为什么。我没想当兵打仗。我喜欢侍弄田，喜欢看桃子、梨子、桔子一天一个样。屋前有一口塘，每当下塘摘莲蓬时都是我去摘，挖塘里沾满泥巴的藕，也是我的事……挖藕时，经常能捉到在泥里钻的甲鱼。我还喜欢挖红薯时闻红薯和泥土的味道。"当毛领子问黄抗日下辈子打算变成什么时，黄抗日说他想变一只鸟，"变成一只鸟就不要打仗了，我可以自由自在地飞"。觉得黄抗日胆小的龙连长讥讽黄抗日应该变老鼠："那样就更不要打仗了，敌人一来，你就钻到地下藏起来，谁也找你不到。"黄抗日居然无所谓地回答："那我就变成一只老鼠。"黄抗日的愿望何其卑微，又何其真实，卑微之中透露出人性的真实。其实小说中厌战的何止黄抗日一人？大战在即，官兵们不断走进衡阳街头的妓院及时行乐，难道不是出于对即将失去生命的恐惧？面对同伴们血肉模糊的尸体，主动请缨上阵杀敌的谢娃娃、程眼睛等学生兵无论是否认识苏小妹，都纷纷想象与这个清纯女孩的爱情，流露的不也是对美好生命的留恋？

---

① 何顿、朱小如：《我仿佛与谁都很近，又都相距甚远——关于何顿长篇新作〈湖南骡子〉的对话》，《文学报》2011 年 10 月 20 日，第 4 版。

三

除了题材选取的去党派化和人物塑造的去英雄化之外，《来生再见》在艺术表现上还有一个非常明显的特点，那就是叙述时间的去顺序化。

按照通常的理解，叙述时间指故事时间与文本时间相互对照所形成的时间关系。在作品的叙述语言中，故事时间与文本时间之间形成了互相对照的关系，由这两种互相对照的时间关系构成了叙述时间。时序是叙述时间的重要因素之一，可以分为顺时序和逆时序两大类。顺时序也叫顺序，指故事时间中的顺序与文本时间中的顺序一致，即前面发生的事先讲，后来发生的事后讲。顺时序是最古老也最常见的一种叙述次序。逆时序指故事时间中的顺序与文本时间中的顺序不一致，又可以分为倒叙、预叙和交错。倒叙是将事情的结局提前到故事的开头讲述，预叙是提前讲述后来发生的事件，交错则是倒叙、预叙两种方式的混合使用。

中国传统小说讲究故事情节的完整、人物形象的鲜明，因此就叙述时序而言，一般以顺时序为主，为了避免过于单调，偶尔会使用一下逆时序。"在 1990 年代长篇小说文体试验潮中，很大一部分作家们热衷于时间的变异化处理，对时序的颠倒错乱有着超乎寻常的热情，一个原本条理清晰的故事往往被打碎重组，追求在读者的阅读还原中产生一种陌生化效果。"近些年来，长篇小说的叙述时序出现了明显的向传统回归的倾向，作家们不再在叙述时序上做文章，而是着力于细节、语言等方面的打磨。① 但是《来生再见》却对叙述时序保持了少见的热情，在小说的《序》中，何顿煞有其事地讲了这么一番话："我在小说开篇之际，还得交代几句，以免只有传统小说阅读经验的读者生气。我要说的是，本小说与众多传统小说不同，时间是打乱的，发生在前面的事情也许会放在后

---

① 晏杰雄：《论新世纪长篇小说的叙述时间》，《文艺争鸣》2012 年第 6 期。

面，发生在后面的事情因为需要，又放在了中间或前面。我敬请诸位读者注意一下年月日，只要你心里对年月日有数，你就不难理清头绪。我曾经想按时间的顺序写，但那样的话，也许要写一百万字，为了节省诸位的宝贵时间，只好把时间提来拎去，便于长话短说。""节省时间""长话短说"云云，也许不过是个说辞，"把时间提来拎去"倒是真的。小说中现在与过去是交织在一起的，而且无论是现在还是过去，都没有按照线性时间来安排，何顿似乎是有意将黄抗日的一生分割成若干碎片，再将这些碎片随意拼凑，其间毫无规律可循，我们只有读完了整部小说，再费一番不小的功夫仔细思量，才能厘清黄抗日的人生轨迹：在家务农，娶童养媳桂花为妻；顶替哥哥黄阿狗从军，更名黄抗日；参加长沙会战等大小战役，侥幸不死，升为少尉排长；安乡保卫战失利，作为全团的三个幸存者之一，在寻找部队的途中被日军俘虏，被迫给日军搬运炮弹，见证惨烈异常的常德会战；被友军解救，降为炊事班长；参加衡阳保卫战，坚守四十七天后奉命投降，再度成为日军俘虏，被改编为伪军；被湘南游击队俘虏，参加游击队，任副队长、中队长，攻打日军据点受伤，回家探望家人被国民党保安队抓捕，后被游击队解救；解放后任镇供销社副主任，原配桂花病故，续娶小学教师李香桃为妻，生儿育女；"文革"爆发，被造反派监禁，装疯吃屎躲过一劫，妻子李香桃羞愤自杀；……在《来生再见》表面的杂乱无章面前，倒叙、预叙、交错这些术语似乎都失去了其惯有的分析功能，只能笼统地说《来生再见》主要采用的是去顺序化的逆时序，由于变换过于频繁，难以明确认定究竟何处是倒叙、何处是预叙、何处是交错。

应该说，逆时序是何顿苦心经营的结果。《来生再见》的主要内容是黄抗日的一生，原本有着秩序井然的线性时间顺序，是很适合采用顺时序来讲述的。那么何顿为什么不采用顺时序呢？主要原因恐怕在于黄抗日的一生过于黯淡，他既没有锋芒毕露的性格，也没有凄婉动人的爱情，更没有惊天动地的功业和步步高升的红运，如果平铺直叙，无疑是难以满足读者的阅读快感从而让其感到厌倦的。采用逆时序后，在若断若续的讲述中，黄抗日平凡的一生反而显得扑朔迷离，对读者有了一定的吸引力。在《来生再见》中，逆时序确实起到了化腐朽为神奇的效果。另外，《来生再见》是一部让人反思的小说，采用逆时序可能会给读者感情的顺畅流动带来一定的滞碍，这种情感流动上的不够顺畅，也许会有助于促动读者去深思。

（本文与杨清芝合作，原刊《小说评论》2015 年第 5 期）

自然灾害书写的扛鼎之作

——评张浩文的长篇新作《绝秦书》

自有人类以来，自然灾害就梦魇一般令人难以摆脱，从某种意义上来讲，人类的文明史同时也是一部人类遭受自然灾害蹂躏的苦难史、面对自然灾害顽强生存的抗争史。水、旱、蝗、疫、台风、地震、海啸等各种自然灾害不时侵扰着人类，也就顺理成章地涌向了作家的笔端，并产生了以加缪的《鼠疫》为代表的一批杰作。张浩文先生新近推出的长篇小说《绝秦书》虽不一定能够与《鼠疫》相提并论，却堪称中国自然灾害书写的当之无愧的扛鼎之作。

一

中国是一个自然灾害频发的国度，以自然灾害为题材的文学作品十分丰富。

早在中国文学的起源时期，自然灾害就进入了文学的视域。如果说"后羿射日"的"十日并出，焦禾稼，杀草木"表现的是旱灾，"大禹治水"的"汤汤洪水方割，荡荡怀山襄陵"表现的是水灾，那么"女娲补天"的"四极废，九州裂。天不兼覆，地不周载。火爁焱而不灭，水浩洋而不息。猛兽食颛民，鸷鸟攫老弱"则是各种自然灾害的综合反映。《诗经》"大雅"中的《召旻》提及旱灾，《桑柔》提及虫灾，"小雅"中的《十月之灾》更是描绘了地震的恐怖情景："烨烨震电，不宁不令。百川沸腾，山冢崒崩。高岸为谷，深谷为陵。"《楚辞·招魂》"外陈四方之恶"时也表现了烈日炙烤、猛兽食人、流沙肆虐、冰雪封冻造成的各种自然灾害。

进入中国古代文学的成熟时期后，表现自然灾害的作品更多，其中不乏优秀篇章。比如杜甫的《夏日叹》对旱灾的描写十分具体："上苍久无雷，无乃号令乖。雨降不濡物，良田起黄埃。飞鸟苦热死，池鱼涸其泥。万人尚流冗，举目唯蒿莱。至今大河北，化作虎与豺。"诗人忧国忧民的思想感情表现得也很深沉："对食不能餐，我心殊未谐。眇然贞观初，难与数子偕。"又如唐代诗人李约的《观祈雨》描写春旱时节求雨的场面，对比灾民虔诚祈雨和富豪担心下雨造成歌舞所用的乐器受潮的不同心理，很有思想深度："桑条无叶土生烟，箫管迎龙水庙前。朱门几处看歌舞，犹恐春阴咽管弦。"再如蒲松龄《聊斋志异》中的《地震》详细描写了地震的强大威力和人们在地震中的慌乱反应，堪称传神："忽闻有声如雷，自东南来，向西北去。众骇异，不解其故。俄而几案摆簸，酒杯倾覆，屋梁椽柱，错折有声。相顾失色。久之，方知地震，各疾趋出。见楼阁房舍，仆而复起，墙倾屋塌之声，与儿啼女号，喧如鼎沸。人眩晕不能立，坐地上随地转侧。河水倾泼丈余，鸡鸣犬吠满城中。逾一时许始稍定。视街上，则男女裸体相聚，竞相告语，并忘其未衣也。后闻某处井倾侧不可汲，某家楼台南北易向，栖霞山裂，沂水陷穴，广数亩。"

现代文学对自然灾害进行了多样化的书写，可谓篇目众多，体裁多样，内容丰富，水、旱、蝗、风、疫等各种灾害纷纷进入作家的笔下：写水灾的有丁玲的小说《水》、魏巍的诗歌《重逢》、柳倩的诗剧《防守》等，写旱灾的有蒋牧良的小说《旱》、洪深的戏剧《五奎桥》、流萤的通讯《豫灾剪影》等，写蝗灾的有李季的小说《老阴阳怒打"虫郎爷"》、石灵的小说《捕蝗者》、秦似的杂文《谈蝗》等，写风灾的有易巩的小说《杉寮村》等，写疫情的有徐疾的小说《兴文乡疫政即景》等……

当代文学延续了对自然灾害的持续关注，在某些特殊时期（比如 SARS 病毒肆虐的 2003 年、汶川发生特大地震的 2008 年）甚至呈现出自然灾害题材文学作品大批量产生的"井喷"之势。一些即时性很强的报告文学、诗歌在灾害发生不久就迅速问世，因其对社会焦点问题的关注而颇能激动人心。另一些作品则因具有较高的艺术价值而受到读者和评论界的关注，产生了相对来说更为持久一些的影响，其中主要有陈登科的《风雷》、张抗抗的《分界线》、张一弓的《犯人李铜钟的故事》、李準的《黄河东流去》、刘震云的《温故一九四二》、歌兑的《坼裂》、迟子建的《白雪乌鸦》等。

二

《绝秦书》以其宏大的篇幅和容量，对自然灾害进行了前所未有的全方位、多维度、深层次书写。

综观中国历代的自然灾害题材文学作品，可以发现在篇幅上存在一个特点，那就是多短制而少长篇，在中国古代文学乃至现代文学当中基本上没有自然灾害题材的长篇作品，只是到了当代文学之中短篇作品在这一文学领域一统天下的局面才得以改变。篇幅的长短当然不是作品优劣的决定因素，但是长篇作品因其容量巨大而能够将书写对象表现得更为透彻却是不争的事实。《绝秦书》分上、下卷，三十余万字，无疑具有超过以往绝大多数自然灾害题材文学作品的篇幅、容量优势。就此而言，只有《风雷》《黄河东流去》等极少数作品可以与之抗衡。

就写作的侧重点而言，很多我们将其归纳为自然灾害题材的作品都没有将自然灾害作为表现的重心，自然灾害仅仅只是作为故事发生的背景而存在。比如曾经获得第八届茅盾文学奖提名的《坼裂》被视为"反映汶川特大地震的好小说"①，作品着重表现的却是"当代社会和当代人潜在的心理、心灵的坼裂"②，作者歌兑还表示"它和地震无关"，只是因为"地震或救灾表现得

---

①　汪守德：《寻求对大地震题材的文学超越——读歌兑的长篇小说〈坼裂〉》，《文艺报》2010年12月29日，第7版。

②　丁临一：《穿越灾难的成熟成长——评长篇小说〈坼裂〉》，《中国出版》2011年第5期。

更为充分"①。又如《分界线》叙写了北大荒某农场的抗涝斗争，但受灾最为严重的东大洼的"保与扔"只是为作者展开矛盾冲突提供了一个契机，小说的重心更在于知识青年在上山下乡过程中得到的锻炼，更在于"兴办农场中两条路线的激烈斗争"。再如获得第二届茅盾文学奖的《黄河东流去》表现的是黄泛区人民的生活，却并没有聚焦于花园口决堤的灾难性事件，而是将笔触由乡村延伸到都市，着力表现广大劳动人民身上"光辉灿烂"的"道德、品质、伦理、爱情、智慧和创造力"，挖掘"我们古老祖国的生命活力""我们民族赖以生存和延续的精神支柱"②。

与上述作品不同的是，自然灾害在《绝秦书》中并不仅仅是作为背景而存在，它成为贯穿作品始终的重头戏。

首先，小说通过周家寨发生的一系列事件，艺术地再现了陕西民国十八年年馑的惨绝人寰。灾荒使得小小的周家寨上演了无数的人间惨剧：久旱不雨，周家寨人开始祈雨，设坛、迎水、舞龙，没有一点效果，最后不得不进行"求中有逼，软中带硬"的献祭，从绛帐镇人口市场买来的一对童男童女就这样活生生地下了油锅；无论怎样虔诚，龙王就是不为所动，周家寨人吃起了树皮、野菜、雁粪、牛笼头，还是度不过饥荒，连周拴成这样的财东最后都落了个饿死；为了不成为家人外出逃荒的拖累，周有成老汉请人将自己活埋了；毛娃将吃苦耐劳的媳妇租给了南山的一个老光棍，换回一口袋粮食；七岁的兔娃乖巧懂事，却成了妈妈自卖自身的累赘，被兔娃妈狠心踢下了枯井；出了嫁的彩莲爬回周家寨，没有得到爹妈的一口粮食，饿死在娘家的地上，死后尸体被她爹偷偷煮了吃；单眼父子甚至干起了杀活人吃肉的勾当……灾荒还导致了社会环境的恶化和社会矛盾的激化：周家寨收到了"起事抗税"的鸡毛帖子，大有山雨欲来风满楼之势；周克文开起了放赈的粥棚，却招来了吃大户的洪流，尽管有旱地龙的十几支快枪帮忙维持秩序，周家寨还是被踏平了。

其次，小说对灾难做了理性的审视，深刻揭示了灾难产生的社会根源。

① 歌兑：《"坼裂"，为梦想一赌》，《文艺报》2011年2月21日，第2版。
② 李準：《开头的话》，《黄河东流去》（上集），北京出版社1979年版。

《绝秦书》讲述的一系列故事揭示了这样一个事实：饥荒出于天灾，更出于人祸。一是烟毒泛滥导致粮食储备极为不足，无以应对旷日持久的灾荒。烟膏携带便利，极易在收获时节招致土匪抢劫，然而在周家寨，除了明德堂种植粮食以外，各家各户甘冒被土匪抢劫的风险也要种植获利较高的大烟。周克文向儿子们解释了其中的原委：如果种植粮食，一亩地的出产只能卖五块多钱，可是需要缴纳田赋一块、各种杂捐摊派三块、白地款两块，根本就是白干。为了筹措巨额军费，陕西军政当局无视国民政府的禁烟令，纵容、勒逼农民种植大烟，"明明地里种了庄稼，只要不是大烟就算是白地"，就得缴纳所谓"白地款"。周立功激于义愤，在《申报》发表了揭露陕西烟祸的文章，立即被当局诬陷为北洋军队的探子，下了大狱。二是灾荒发生后当局非但不予以救济，反而与民争粮，加剧了灾荒的严重程度。为了同蒋介石在中原争霸，陕西军政当局竟然在大灾之年预征了五年的田赋，义仓中本该用于放赈的粮食都被充作了军粮。搜刮粮食的丘八们无所不用其极：泰丰粮行的少东家白富成硬是变成了逃兵"王连胜"，直到他爹为"革命"认捐了一大笔粮食，才"恢复"了原来的身份；周克文是很有声望的士绅，大儿子又在冯玉祥军中任职，可太白县守军营长刘风林还是觊觎他家的粮食，软买不成，干脆硬抢。

最后，小说对灾难中的人性做了严肃的拷问。文学是人学，人性的善与恶始终是文学的基本主题之一。《绝秦书》把灾难作为人性的试金石，不仅表现了在难以抵御的灾难面前人性的扭曲、变异，使人性中自私、冷酷等恶的一面暴露无遗，更凸显了善良、仁义等人性中善的一面，使其在灾难的阴霾中熠熠生辉。上文提到的单眼，无疑是人性恶的代表，他由割死人身上的肉吃发展到杀活人取肉，最后连亲爹也没有放过。周克文则是人性善的代表，为了挽救道统人心，他毅然放弃了百年难遇的成为绛帐首富的好机会，拿出用两个儿子的生命保全下来的粮食，设起了救灾的粥棚。人性的善不仅可以体现在周克文这样识文断字的士绅身上，也可以体现在不通文墨的普通庄稼人身上。北山畔的一对难民夫妻就体现了少有的仁义，为了保全哥嫂的遗孤，他们先是狠心撂下了自己的亲生骨肉，后来又甘心牺牲了丈夫的生命和妻子的尊严。当然人性的善与恶也不是绝对的，它们可以像一枚硬币的两面一样奇妙地结合在一起，周立功就是这样一个典型。在小说的上部，周立功致力于乡村改造，同情遭遇不幸的引娃，揭露陕西的弊政，体现的是人性的善。在下部中，他一心发展他的所谓事业，忽略引娃对他的真情，漠视灾民的生命，甚至为了筹集资金而背叛自己的家庭，又体现了人性中的恶。在小说的结尾，周立功又幡然悔悟了，他像个真正的男子汉一样死去，这又体现了他人性中善的回归。

迟子建 2010 年推出的长篇小说《白雪乌鸦》取材于 1910 年至 1911 年间哈尔滨爆发的一场灾难性的鼠疫，也是一部少见的以自然灾害为表现重点的作品，但是不同于《绝秦书》的将灾难展示得鲜血淋漓，《白雪乌鸦》走的是一条温情的路子，作家对灾难进行了某种程度的刻意回避，死亡的场面、垂死者的心理、染病者活动的空间、贫困阶层的生活，都被有意无意地遮蔽了。温情是迟子建一以贯之的风格，我们当然不能横加指责，不过一味的温情是否会影响作品的效果却是值得认真考虑的，已经有批评家表达了这种担忧："面对鼠疫这样恐怖而莫可名状的巨大灾难，'温情'是否会削平题材内在的独特性？过分对视角进行限制，会否掩盖贫困阶层在灾变之中的真实处境与独特光辉？"①在《绝秦书》中，也并不缺乏脉脉的温情，但更多的是对灾难的逼视。"真的猛士，敢于直面惨淡的人生，敢于正视淋漓的鲜血。"②张浩文先生就是鲁迅先生所说的"真的猛士"。应该说，对灾难的直面和正视，是与《绝秦书》的主题相得益彰的，把灾难描摹得愈真实、愈沉重，对"人祸"的揭露就愈透彻、愈有力。正是因为对灾难的直面和正视、对"人祸"的揭露，《绝秦书》才不仅仅是一部文学的地方志，不仅仅是一种文学的历史记忆，它具有了普遍的、当下的乃至未来的意义。

三

《绝秦书》以诗性的方式言说历史，突破了大多数灾害题材文学作品的模

---

① 陈思：《温情是穿透灾难的力量》，《文艺报》2010 年 10 月 25 日，第 2 版。
② 鲁迅：《记念刘和珍君》，《鲁迅全集》第 3 卷，人民文学出版社 2005 年版，第 290 页。

式化、浅表性局限，是一种个性化的成功书写。

形象性是文学的重要特征，是文学区别于历史、哲学等门类的标志之一，无论是追寻历史的真实，还是表达哲理的思考，文学都必须以形象为依托，都必须通过鲜活灵动的人物、场景、情节来实现。《温故一九四二》《坼裂》等表现自然灾害的作品在这方面留下了教训。《温故一九四二》取材于1942年的河南大旱，小说将河南的灾情和重庆黄山的官邸联系起来，从国际国内局势的高度分析蒋介石之所以对灾情视而不见的微妙心理，见解不可谓不犀利，然而小说不是通过人物形象的塑造和故事情节的展开来表现这场灾难，姥娘、花爪舅舅、范克俭舅舅、当年的县书记、郭有运老人的形象都是模糊的，"我"与他们的对话也只能让人产生关于灾难的零碎印象，读者对灾难的整体性认知更多地来自小说花了极大篇幅引用的历史文献。《温故一九四二》与其说是小说毋宁说是纪实，其故事性、可读性不强，所以在改编为电影《一九四二》时不得不根据小说中人物的只言片语生发出许多情节。《坼裂》通过大地板块的坼裂来透视人与人之间、人与单位之间、人与环境之间、情人感情的走向与结局之间存在的"坼裂"，其立意是良好的，处理得好会有助于提升作品的思想内涵，但是作者急于表达他对社会现象的看法，过分追求所谓哲理性的思辨，结果导致了人物形象的符号化，"他们的家庭与社会关系被简化到几乎近于空白，他们的性格刻画描写也极其单薄乏善可陈"[1]。

不同于《温故一九四二》《坼裂》在形象性方面的欠缺，《绝秦书》进入历史的方式不是史学家式的，也不是哲学家式的，而是诗人式的，它在历史真实的基础上展开丰富的文学想象，对历史进行了诗性的言说。小说采用了巴金《家》、路翎《财主底儿女们》式的家族小说的模式，围绕周克文、周拴成兄弟俩的家庭兴衰，通过兄弟俩及其子女的活动，把笔触延伸到军、政、商各界，描绘出一幅视野开阔的时代画卷，对民国十八年年馑这一历史事件做了悲壮苍凉的全面书写，关中道的苦难史同周家的家族史浑然一体，一气呵成，读来分外流畅。小说也并没有局限于表现灾难，其中也不乏对人

---

① 丁临一：《穿越灾难的成熟成长——评长篇小说〈坼裂〉》，《中国出版》2011 年第 5 期。

性的拷问甚至对儒家文化精神力量的思考，但这一切都是通过人物性格的渐次显现、事件合乎逻辑的发展来表现的，一点都不"隔"，毫无说教之嫌。

中国现当代文学中的自然灾害书写带有一定的模式化倾向，模式化又导致了其浅表性。比较早的一种模式是自然灾害与阶级对立的连接。这种模式在现代文学中就已经形成，"现代文学对灾害的书写不仅仅是为了展示灾害，更主要的是一种现实主义的叙事策略，是激发民众抗争的一种手段，所以现代作家以各种方式反复渲染与强调灾害的苦难特性，目的是为了衬托中国共产党所领导的阶级斗争的合法性"①。当代文学在较长时期内延续了这种模式。1964 年出版的《风雷》是十七年文学中自然灾害书写的代表作，小说表现的是农业合作化时期淮北农村的生活，退伍军人祝永康带领黄泥乡的乡亲们在两条战线上同时展开了斗争：一是与水灾作斗争，以编芦苇等方式自救；二是与黄龙飞、杜三春、羊秀英等投机倒把分子作斗争，坚决走社会主义道路。1975 年出版的《分界线》是"文革"时期的产物，阶级对立的痕迹更加明显，遭受洪涝灾害的东大洼的"保与扔"赫然成了革命知青坚持的正确路线与工作组组长推行的错误路线的"分界线"。《黄河东流去》将笔触延伸到民族文化心态的层面，体现了作家可贵的探索精神，但由于诞生于新时期文学的初期，所以还是一部过渡性的作品，没有实现对以往模式的全面突破，赤杨岗农民遭受的苦难仍然与阶级敌人的压迫息息相关，并且统治阶层的海福元、海南亭、海香亭、海四维、周青臣、刘稻村、孙楚庭等人无不品行低劣，而那些普通农民则大多道德高尚。近年来又产生了一种新的模式，那就是自然灾害与民族命运的连接。民族、国家成为众多作品反复表现的一个巨大而空洞的意象，当南方发生雪灾时，诗人们齐呼"雪压中国"；当汶川发生地震时，诗人们又高喊"中国告急"。民族、国家的巨大意象又催生了八方救援、多难兴邦等种种趋同的主题。模式化的"合唱"必然会影响自然灾害书写的艺术质地，因此尽管有人欢呼汶川地震引发的诗歌大潮，认为是"继'五四'

---

① 张堂会：《当代文学自然灾害书写的延续与新变》，《广播电视大学学报》2012 年第 4 期。

新诗、抗战诗潮、天安门诗歌运动之后的第四次全民诗歌运动"①，有人却称其为"空前庞大的人为废墟"，批评它"将我们滥俗、贫乏的精神底里彻底暴露"②。

《绝秦书》实现了对既有写作模式的极大突破，无疑是一种成功的个性化书写。小说的个性，至少体现在以下几个方面。

其一，历史细节的具体性。历史真相往往十分复杂，我们经常在主流、本质的名义下将丰富的历史简约化，结果导致一定程度的失真。《绝秦书》却让我们看到了主流、本质之下某些被遮蔽的潜流、现象，看到了具体的细节，从而抵达历史深处的真实。在正统的史家眼中，冯玉祥率领西北军归顺国民政府，誓师参加北伐，击溃镇嵩军，剿灭土匪，无疑是顺应历史潮流的正义之举，值得大书特书，可是在《绝秦书》中我们也看到了正义背后的某些卑劣：讨伐北洋军阀的军费依靠种植大烟来筹措，国民革命军对缴了械的俘虏大肆杀戮……通常看来土匪都是十恶不赦的，可是盘踞凤翔城的土匪党拐子却有着不同寻常的传奇故事，他对百姓施仁政，把士兵当弟兄，为救部属舍生取义。《绝秦书》对周立德命运的安排也消解了习见的英雄神话，让我们得以一窥历史细节的真实。这位后来的人民解放军师长，之所以走上革命道路，并非因为从小苦大仇深，亦非为了寻求救国救民的真理，而是出于"好狗护三家"的考虑，想混好了给家庭以庇护。他率部参加革命，也可以说是在军阀部队待不下去之后的不得已的选择。

其二，人物形象的独特性。周克文是中国现当代文学史上独一无二的血肉丰满的士绅形象。这位既耕且读的老汉是一个矛盾的复合体：说他保守吧，他热心支持儿子开办识字班，偷偷放走违反族规的周立功，说他开通吧，他衷心赞美约束女子的小脚，坚持要求儿子给他行跪拜之礼；说他吝啬吧，他给流浪儿送吃食，给全村人送棉花，说他大方吧，他放着细米白面却让家里

---

① 王干：《在废墟上矗立的诗歌纪念碑——论"5·12"地震诗潮》，《当代文坛》2008年第4期。

② 黄礼孩：《汶川地震诗歌写作反思与研究》，转引自王玉红《中国自然灾难的审美之维》，暨南大学2010年硕士学位论文，第67页。

人吃雁粪，借给县长五石麦子还要"咬牙"；说他狠毒吧，他不把长工当外人，帮助别人还不让别人觉得欠人情，说他仁义吧，他老想着发家致富，对于雇用的伙计是榨够用尽，不给他们片刻清闲；说他愚钝吧，他略施小计买回了周家的祖田，巧设计谋化解了灾民和官府之间的一场血光之灾，说他精明吧，他给县长下套却反而被县长套住；说他自私吧，他敢于为民请命，甘心设粥棚救灾，说他为公吧，他心里也有自己的小九九，设粥棚之前也有过顾虑、犹豫……《绝秦书》写出了周克文性格的多个侧面，让人感到真实可信。周克文是独具个性的"这一个"，如果硬要对他的形象进行归纳，可以认为他是一个"内圣外王"的士绅典型，他兼具《白鹿原》中朱先生的操守和白嘉轩的权谋，"内圣"表现为他的执着，对儒家文化的执着，对先王之道的执着，"外王"表现为他的圆通，挽救世道人心的圆通，待人处世的圆通，比如祈雨时他就巧妙地借助龙王爷的威风，对乡风进行了整治，又如接到"起事抗税"的鸡毛帖子时他在灾民和官府之间左右逢源。除周克文外，周立功、引娃、周拴成等人物也写得颇有个性。比如周拴成，他的贪婪、自私、狭隘等劣根性的确让人鄙视，但他宁死也不认输的劲头儿又不能不让人有几分敬佩。

其三，地域文化的贯通性。张浩文先生是陕西扶风人，从小接受关中文化的熏陶，关中文化的精髓已溶入他的血脉之中，提笔为文，自然处处流露出关中文化特有的风韵。关中的自然景物、风俗人情、历史文化都在《绝秦书》中得到了很好的表现，不必说莽莽苍苍的黄龙塬、汹涌奔腾的渭河，也不必说端午节的赛社火、小孩满月的搽黑脸、干旱时节的祈雨，更不必说慷慨激昂的秦腔、悲凉深沉的民歌，就是日常生活中的一日三餐，也被作家写得饶有关中风味：

> 最热闹的要算是老碗会。一天三顿饭，村里人总爱把碗端到这里来扎堆吃，人山人海，活像赶庙会，这就叫老碗会。碗一定是耀州老碗，口阔腰深，赛过瓦盆，这碗盛上饭一次管够，不用再添。吃饭的姿势一定是圪墩着，双腿曲蹲，尻子悬空，样子很像解手，可用劲的不是下面却是上面。这姿势全身紧绷着，好使力，咬铁嚼钢也得劲。

　　大家为啥喜爱老碗会？除了图热闹，还有炫耀的意思。炫耀啥呢？吃食么。在乡下，家境的好坏除了看住的穿的，就是看吃的。住的穿的都是面子上的事，一眼就能分别，只有这吃的是在自家锅里，外人一般看不到。现在有了老碗会，富裕的人就把自家的好吃的亮出来，你吃粗粮我吃细粮，你吃黑的我吃白的，我就压了你一头。贫寒的人不比这个，他比老婆的手艺，你有细粮你吃面条，我没细粮我吃荞面饸饹，你有白面你吃蒸馍，我没白面我吃糜子蒸糕，这粗粮细做比你还有滋味，我媳妇比你婆娘能多了！吃面条的有意把面条吸得吱溜溜响，让人眼馋他，喝糁子的也不示弱，夸张地吞咽，咕咚咕咚的喉音地动山摇，硬是要压倒对方：我是没钱，可老子有的是好胃口，喝凉水也长膘！

　　可以说《绝秦书》的字字句句都透露着淳厚的关中味儿，这也是《绝秦书》的特色之一。如果说《绝秦书》是一朵芳香四溢的鲜花，那么地域文化则是滋养这朵鲜花的关中沃土。

　　1933年，陕西泾阳籍的"左联"作家冯润璋（周茨石）致信鲁迅，商讨办刊等事宜，信中还"提到陕西自民国18年起遭受到的罕见旱灾"[①]。5月25日，鲁迅复信说："灾区的真实情形，南边的坐在家里的人，知道得很少。报上的记载，也无非是'惨不忍睹'一类的含浑文字，所以倘有切实的纪录或描写出版，是极好的。"[②] 遗憾的是鲁迅终其一生，都未能看到关于陕西民国十八年年馑的"切实的纪录或描写"。八十年后，《绝秦书》问世了，虽然是姗姗来迟，却实在是一件"极好"的事。

（原刊《小说评论》2014年第1期）

---

①　周惠：《论鲁迅的"人学"灾害观及其文学表述》，《鲁迅研究月刊》2010年第4期。
②　鲁迅：《致周茨石》（1933年5月25日），《鲁迅全集》第12卷，人民文学出版社2005年版，第398—399页。

第
三
辑

徐中玉先生中华人民共和国成立前的文论述评

　　徐中玉先生是当今文坛的老寿星。如果从在无锡中学高中师范科就读时为校刊及江阴县报副刊写稿算起，徐先生从事文学活动差不多已有九十年了。徐先生一生勤于笔耕，取得多方面的巨大成就，而以文论最享盛名，被誉为海上学林的"托塔天王晁盖"①。也许是因为徐先生后来的成果过于丰硕，学界对他早年（中华人民共和国成立前）的文学活动关注不多。在徐先生百年华诞之际，笔者有机会系统阅读了徐先生中华人民共和国成立前的文论著述并发表粗浅的感受。必须说明的是，由于年代久远等各种原因，徐先生早年的作品不少已经散佚，加之笔者见闻不广、领悟不深，对徐先生中华人民共和国成立前文论的介绍、理解难免片面、肤浅，甚至可能存在与徐先生本意抵牾的谬误，这是要请徐先生和方家海涵、指正的。

一

　　徐先生中华人民共和国成立前的文论著述，有专书和散篇两大类。

　　1944 年，徐先生发表《文心雕龙与诗品》一文，文末的注释中多处出现"参考拙著中国文艺批评"② 等字样。由此看来，徐先生早年应该著有《中国文艺批评》一书，该书作为顾颉刚主编的"中国文化丛书"的一种出版。

---

① 白润之：《海上学林点将录》，原载《东方早报》，http://www.doc88.com/p-1731949372081.html。
② 徐中玉：《文心雕龙与诗品》，《时代中国》1944 年第 9 卷第 2、3 期合刊。

1949 年，徐先生发表《〈高尔基论文学〉序》一文，讲述了自己编写《高尔基论文学》的目的以及出版过程的曲折。① 由此推断，徐先生早年还应该出版了《高尔基论文学》一书。但这两种专书目前已经很难找到，笔者查阅了国内主要图书馆的书目，都没有发现这两种专书，各种关于徐先生著述的介绍也未提及这两种专书。因此徐先生中华人民共和国成立前出版的专书就只剩下五种：撰著《抗战中的文学》《学术研究与国家建设》《民族文学论文初集》《文艺学习论——怎样学习文学》和辑著《伟大作家论写作》。

《抗战中的文学》（国民图书出版社 1941 年 1 月版）是徐先生对抗战文学发展现状和未来走向的理论反思。全书共四章，第一章"抗战以新的生命给了文学"；第二章"文学用什么报答了抗战"论述抗战与文学之间的关系，指出抗战从取得书写反帝民族斗争的自由、供给文学以火花灿烂的题材、扩大文学表现的视野和领域、提出并解决新的理论问题、促成作家的团结与进步等方面滋养了文学，文学从促进抗战情绪的普遍提高、激发民族意识和爱国观念并巩固团结、打击汉奸敌寇的阴谋、帮助政令的推行、获得世界的同情等方面回报了抗战；第三章"怎样加强文学的抗战"则从政府社会、作家团体、作品本身等方面提出了更好地发展文学、服务抗战的系统看法；第四章"文学目前的任务"具有总结性质，进一步明确了文学"抗战第一，胜利第一"的根本目标。全书逻辑严密，条理清晰，论说切中肯綮，现实意义极强。

《学术研究与国家建设》（国民图书出版社 1942 年 1 月版）所论不完全属于文论范畴，但对文论研究也具有指导意义，因为文论本身也是一种学术。全书分"近代中国学术研究的回顾与展望""发展学术研究的基本条件""学术研究的设计与考核""学术研究的合作协进""学术研究事业的人事问题""学术研究在抗战建国时期的地位"六章，基本的思想是改变学术研究"不切实际的倾向"，使之与国家建设紧密结合起来，以期"抗战必胜，建国必成"。该书所论极为切实具体，不乏真知灼见，比如第二章谈"发展学术研究的基本条件"，既要求政府的"积极领导，积极援助"，又主张学者的"自由研

---

① 徐中玉：《〈高尔基论文学〉序》，《春秋》1949 年第 6 卷第 2 期。

究，自由批判"，既承认学术研究需要"分析""专门"，又倡导学术研究的"综合""统整"，更强调"纯粹研究与实际应用的统一"，呼吁着重研究有助于解决"中国民族当前各种现实问题"的"民族内容"，并通过"为我们民族大多数人喜闻乐见"的"民族形式"来表现，就切中当时学术研究基础薄弱、路向空虚的弊端。

《民族文学论文初集》（国民图书出版社1944年2月版）是徐先生在中山大学开设"民族文学"课程的重要收获。全书收《民族文学的基本信念》《论民族制度》《论文学上的爱国主义》《论文学上的民族主义与国际主义》《以果戈里为例，论民族文学的暴露黑暗》《论民族性的改造——民族性与民族文学》等十一篇论文，主要探讨了民族文学的原理和题材问题。因为是"初集"，对表现与技术上的问题以及中国民族文学发展演进的历史暂未涉及。原理方面，徐先生主张民族文学以民族主义（爱国主义）为基础，同时又揭示了民族主义、爱国主义的真正内涵，并由此阐释了民族文学与国际主义、民主主义、启蒙主义之间的紧密关联，一定程度上消除了很多人对民族文学的狭隘看法。题材方面，徐先生从民族历史、民族英雄、民族乡土、民族传习等视角展开了切实而深入的理论探讨，超越了当时一般民族文学理论的空疏浮浅。

《文艺学习论》（文化供应社1948年1月版）是一本指导青年学习文艺的书籍，也是徐先生多年思考文艺学习问题的结晶。全书收论文二十八篇，而分为"总论""一般论""语言的学习与大作家写作过程示范""几个问题""作人与作文""批评与鉴赏"等六个大的部分。该书论述的面较为宽广，比较系统、全面地表明了徐先生当时对文艺的基本看法，其独特之处正如徐先生在该书《后记》里面所说的，"特别重视文学与生活和战斗的关系，特别重视语言的修养，和坚贞人格对于艺术完成的深切影响"[①]。

《伟大作家论写作》（天地出版社1944年4月版）是一部关于写作的资料书，辑录了亚里士多德、卡莱尔、渥次渥斯（华兹华斯）、雪莱、巴尔扎克、

---

① 徐中玉：《文艺学习论》，（香港）文化供应社1948年版，第154页。

雨果、法朗士、罗曼·罗兰、歌德、普式庚（普希金）、果戈理、托尔斯泰、高尔基以及孔子、孟子、庄子、曹丕、曹植、李白、杜甫、韩愈、柳宗元、白居易、欧阳修、苏东坡、鲁迅等二十六位中外作家有关写作的部分言论。该书虽然是资料书，却经过了徐先生的严格选择和精心组合，每则资料还加上了提纲挈领的小标题，对于文学创作和文学理论研究都很有参考价值，使用起来也极为方便。比如亚里士多德关于写作的论述很多，徐先生却只挑选了其中最为精彩的一部分，并将其归纳为"完善的风格""史诗的剪裁和布局""悲剧人物的高尚性格""让人物自己登场""诗和历史的区别""论性格的描写"等六个方面，看起来一目了然。

徐先生勤于笔耕，中华人民共和国成立前在《论语》《人间世》《宇宙风》《逸经》《大风》《中外月刊》《文艺月刊》《国闻周报》《东方杂志》《中学生》《光明》《文化建设》《独立评论》《文学导报》《抗战文艺》《七月》《抗到底》《全民抗战》《自由中国》《国讯》《新流》《新建设》《时代中国》《文艺先锋》《新建设》《艺文集刊》《中山大学学报》《当代文艺》《文坛》《民族文化》《收获》《文艺生活》《观察》《世纪评论》《文讯》《展望》《时与文》《国文月刊》《远风》《民主世界》《文艺丛刊》《中国文学》《自由》《大地》《星野月刊》《幸福世界》《春秋》《青年学习丛刊》以及《世界日报》《益世报》《晨报》《大公报》《时事新报》《国民公报》《新蜀报》《中山日报》《正气日报》《青年报》《东南日报》《幹报》《中国新报》等数十种报刊发表了大量作品，其中有散文、杂感、小说等文艺作品，最多的还是关于文艺的论文。

这些发表于报刊的文论散篇，搜集起来更为不易，笔者也无缘得见其全貌，仅有幸拜读了其中的一部分。就笔者所见到的这一部分而言，除了后来收入上文所述几本专书的以外，比较重要的还有如下篇什：《普式庚的生平和艺术》（载 1937 年《东方杂志》第 34 卷第 3 号）、《为争取"文学的技术武装"而奋斗——论我们时代文学的语言》（载 1938 年《七月》第 3 集第 3 期）、《悲剧的胜利》（载 1938 年《抗战文学》第 2 集第 3 期）、《论文学的表现》（载 1938 年《全民抗战》第 47 号）、《南朝何以为中国文艺批评史上之发展时期》（载 1942 年《艺文集刊》第 1 辑）、《评巴金的家春秋》（载 1942 年《艺文集刊》第 1 辑）、《论诗话之起源》（载 1944 年《中国文学》第 1 卷第 3 期）、《文心雕龙与诗品》（载 1944 年《时代中国》第 9 卷第 2、3 期合刊）、《论语言的创造》（载 1946 年《文艺生活》光复版第 6 号）、《论方言文学的倡导》（载 1946 年《文坛》复刊第 1 期）、《批评的伦理》（载 1946 年《自由》第 1 卷第 1 期）、《民众语论析四题》（载 1946 年《大地》第 1 卷第 1 期）、《高尔基论批评》（上、下，载 1948 年《世纪评论》第 4 卷第 12、14 期）、《论勇敢的表现》（载 1947 年《观察》第 3 卷第 15 期）、《论自得之见》（载 1948 年《世纪评论》第 4 卷第 10 期）、《论向民间文艺的学习》（载 1948 年《世纪评论》第 4 卷第 16 期）、《论修改》（载 1948 年《国文月刊》第 63、64 期）、《国文教学五论》（载 1948 年《国文月刊》第 66、67 期）、《论陈言》（载 1948 年《国文月刊》第 71 期）、《论才能》（载 1948 年《幸福世界》第 23 期）、《论技巧》（载 1949 年《国文月刊》第 79、80 期）、《谈欣赏》（载 1949 年《青年学习丛刊》第 1 期）等。从篇目就可以看出，这些散篇涉及的面很广：既有介绍外国作家的，也有评论中国作品的；既有研究古代文学遗产的，也有解决文艺发展现实问题的；既有分析文学作品的创造机理的，也有讨论文学作品的接受过程的；……如此等等，不一而足。徐先生在这些散篇中，从各种角度表述了自己对文学的"自得之见"。

二

如上文所述，徐先生中华人民共和国成立前的文论涉及的面相当广，但其中也存在一些始终关注的中心论题，从笔者所见到的材料来看，徐先生论述最充分、最集中的应该是文学批评、民族文学、文学语言三个方面的问题。

（一）文学批评

徐先生在中山大学研究院文科研究所做研究生时主攻文学批评，他在冯沅君先生等人指导下完成了题为《两宋诗论研究》的毕业论文。此后徐先生对文学批评保持了持续的研究，曾出版专书《中国文艺批评》，发表关于文学批评的大量论文。从笔者所见到的材料看来，徐先生对文学批评的研究集中在梳理文学批评的历史、探究文学批评的原理、评价当时的作家作品和文学现象三个紧密联系的方面。

《两宋诗论研究》《中国文艺批评》无疑是对中国文学批评历史的梳理，遗憾的是我们已经无法还原其具体内容。但从徐先生现存的一些散篇论文中，我们依然可以窥见他在这一领域纵横驰骋的风姿。《文心雕龙与诗品》独出机杼，从其文学主张有益于后世的角度阐释两部巨著的价值。《南朝何以为中国文艺批评史上之发展时期》广求史料，注重结合时代的大背景来全面认识问题，不仅从文体新变、总集成立、文艺创作发达三个方面分析了导致文艺批评发展的文艺本身的原因，还从君主好文、文艺的独立价值已经估定、讲论风盛三个方面揭示了促使文艺批评发展的社会环境的原因，并且进一步挖掘了文艺批评发展的社会基础："因为经济丰足，偏安之局暂时也还安定，所以这时上层社会人物所过的是一种优闲、丰裕、奢靡、淫佚的生活。""他们既不能参与种族的战争，而生活又这样丰裕，于是就只能退而为清谈玄想，为雕琢的文艺以自娱。……这种情境，一方面固有利于当时文艺批评的发展，但一方（面）文艺批评的思想也不能不深受其影响，而限制其进步：这就是为什么南朝文评作品不能不趋向于：重声律，尚藻采，缘情致，畅风神。"①《论诗话之起源》则打通古今，将现代逻辑思维运用于文学批评史研究之中，主张《诗品》为诗话之起源。比如文章批驳诗话起源于《左传》《孟子》《诗小序》《韩诗外传》等古代作品的说法，就很有思辨色彩：古代作品确有若干论诗片断，但"古代作品任何一种均有若干论诗之语句意见在内，若仅凭此点即谓诗话起源于彼，则古代一切作品几均可谓为诗话之起源"；古代作品内容广博，"若因其曾经论诗即认为诗话之远祖，则后代一切科学均得以此类古代作品为其直接之远祖矣，其为无意义"；探求诗话之起源，目的在于"了解

---

① 徐中玉：《南朝何以为中国文艺批评史上之发展时期》，《艺文集刊》第 1 辑（1942 年），第 49—64 页。

诗话与其远祖间之关系，从而认识诗话演变发展之迹"，若以古代作品为诗话之远祖，则何以解释其中断千年后至宋代始又复兴？①

对外国文学批评史，徐先生也给予了一定的关注。高尔基是他特别关注的一位批评家。他曾经编选《高尔基论文学》，并在序言中极力推崇高尔基在文学批评方面的贡献："高尔基的创作对现代俄国以及一般的新兴文学的影响虽然已是够大的，然而比较起来，他的批评和理论所产生的影响，则是更大。在现代俄国作家里，除了高尔基我们似还可能举出一两个差可继步他的作家，但在批评——理论家中，却还不能举得出来。"②《高尔基论批评》（上、下）则从对缺点的指摘、对工作的提示、讨论批评工作者的学习与修养三个方面归纳了高尔基"对批评的批评"。

在对中外文学批评历史进行研究的基础上，徐先生努力探究文学批评的原理，就批评的标准、批评的伦理、批评的创造性等问题发表了不少真知灼见。关于批评的标准，徐先生主张政治标准与艺术标准的统一而强调政治标准"占着决定的或者是说主导的地位"，但徐先生所理解的"政治"乃是广义的"政治"，近乎客观真理，因此他说："一种比较客观正确合理的批评标准，应该是建立在作品的客观真理和形象的统一之中。作品的表现如果离开了客观真理，那不论是怎样形象化的东西，都不能给予高的评价。严格地说，也只有传达客观真理的作品，才能达到真正的形象化。因此要评定一个艺术作品的价值，主要地就当根据有否帮助了那当时的——为现在同时也为将来的政治行动，或帮助了多少，有否反映了当时的客观现实，把握了客观的真理，或反映了把握了多少而决定的。"③ 关于批评的伦理，徐先生主张文学批评动机的纯正、观点的公允，并对文学批评中的各种偏见进行了细致的分析，揭示了偏见出现的根源，比如对于"贵古贱今、贵远贱近"这种偏见的产生，徐先生就做了相当深入的分析：一是贵所闻贱所见的心理作祟，古远的事物是所闻，今近的事物是所见，所闻只能见到大体轮廓，尽可合于理想，所见

---

① 徐中玉：《论诗话之起源》，《中国文学》1944 年第 3 卷第 1 期。
② 徐中玉：《〈高尔基论文学〉序》，《春秋》1949 年第 6 卷第 2 期。
③ 徐中玉：《文艺学习论》，（香港）文化供应社 1948 年版，第 141—145 页。

却深知其详，缺点看得十分清楚；二是农业社会经验习惯的遗留，"在农业社会里新事旧事之间的变化大致是同类的，所以古代和高年的知识经验必须而且值得贵重"；三是政治的原因，"利用这些古远的——已经在一般人心目中近乎盲目地成为了偶像的人和事，来作为反对同时同地的人和事的工具"。①关于批评的创造性，是徐先生十分推崇的。他要求批评家应有"独自评价的能力"，主张批评应有"自得之见"："什么是批评？一定要自己用功得来的才算是批评，捕风捉影或者道听途说得来的意见，凡不是自己体察所得，融会所及，深信不疑的东西，都算不得是批评。"但徐先生也对言不由衷的"标新立异"保持了高度的警醒，他引用《文心雕龙·序志篇》中的话来说明对创新应该持有的正确态度："及其品评成文，有同乎旧谈者，非雷同也，势自不可异也；有异乎前论者，非苟异也，理自不可同也。同之与异，不屑古今，擘肌分理，唯务折衷。"②

徐先生还运用他的批评理念，来对当时的作家作品、文学现象进行评价。徐先生主张在文学批评之中克服偏见，独自评价，他的作家作品批评很好地体现了这一理念。比如巴金的"激流三部曲"全部问世之后，一些批评家给予责难，有人称其为"新红楼梦"，有人觉得在反抗和斗争的表现上太"幼稚""无用"，徐先生却反对"轻率的判断"，给出了公道的评价。他指出："这三册书的背景，原就和《红楼梦》的在某种程度上有一点点相近，因此在情调上有一点点类似原是不足怪的"，不能"把这一点点的类似抹杀了两者间更多的本质上的不同，又把这一点点的类似用来概括全体"；"在什么时候，有什么人物，他们为什么斗争、如何斗争，这完全是一种特定的东西"，就所反映的内容而言，"激流三部曲"的表现是得体的，"幼稚"是书中人物生活在特定时代的"幼稚"，而不是作者自己的"幼稚"。从这种同情的理解出发，徐先生对"激流三部曲"给予了高度的评价："巴金先生用了他那汹涌的热情写下的这个'正在崩坏中的资产阶级的大家庭底全部悲欢离合的历史'，的确是真实的历史。他给我们展示了一幅'五四'以后一般青年反抗封建势

---

① 徐中玉：《批评的伦理》，《自由》1946 年第 1 卷第 1 期。

② 徐中玉：《论自得之见》，《世纪评论》1948 年第 4 卷第 10 期。

力，反抗吃人礼教的鲜明动人的图画。这是一幅充满着血与泪，爱与恨，欢乐与受苦，有形的斗争与无形的斗争底图画。"但徐先生也没有因此而讳言"激流三部曲"的缺点：有些人物形象塑造不成功；作者的倾诉、解说过多，阻碍了故事的进行；不善于"反映经济关系与社会环境的错综复杂的影响和关系"；等等。① 在徐先生看来，文学批评不是用来"联络感情"的，不敢攻击也是批评的偏见之一。因此在错误的现象面前，徐先生从不沉默。比如在抗战初期，一些作家缺乏对生活本质的认识和把握，或者在悲剧面前"绝望的哭泣或狂叫"，或者浅薄地乐观，"表现为大团圆的庸俗"，针对这种现象，徐先生指出作家既要正视悲惨的事实，又要预见到悲剧之中孕育的胜利，"经常的表现出斗争与革命的新进步与新胜利"，"丰富而生动地说出这种进步和胜利的来由和历史的必然性"。② 又如由于抗战导致民族意识的高昂，一些文艺家狭隘地拒绝外来的影响，徐先生特意对这种现象进行纠正，指出"老是害怕着，避忌着，排斥着外国影响的人们，对于他们的民族，其实倒是一些短视者甚至还是害虫"，他用形象的语言进行说明："要提高个人的能力，我们都以为必须依赖社交，同样，要激励一民族的精神，也必依赖它跟其他民族有一种精神上的交换。……民族的精神不致被那由外吸入的元素所阻碍，犹之一个人的血不致被卫生的食物所败坏。"③ 为了促进文学创作和文学批评的健康发展，徐先生对批评界的弊端也进行了毫不留情的揭露："谩骂，吹毛求疵，捧戏子似的鼓掌尖声叫好，自命为'老头子'，抹杀一切，以至骂街打架，侮辱别人的祖宗三代，或者索性媒婆似的各处讨好，乡愿似的胆怯不敢置一词，以'人缘好'，'人头熟'当作目标，诸如此类，就是今天我们批评界里习见的情态。"④

（二）民族文学

自 1930 年初"民族主义文艺运动"兴起之后，民族与文学的关系就成为

①　徐中玉：《评巴金的家春秋》，《艺文集刊》1942 年第 1 辑，第 243—261 页。
②　徐中玉：《悲剧的胜利》，《抗战文艺》1938 年第 2 卷第 3 期。
③　徐中玉：《文艺学习论》，（香港）文化供应社 1948 年版，第 105—109 页。
④　徐中玉：《批评的伦理》，《自由》1946 年第 1 卷第 1 期。

文艺理论界的一个重要话题①，傅彦长、潘公展、叶秋原、范争波、朱应鹏等"中国民族主义文艺运动者"及其同道纷纷撰文，试图建构"民族文学"的理论。他们的个别具体见解也不能说全无道理，但强烈的党派色彩却导致其立论多主观臆想和有意歪曲，因此从整体来看殊无可取，诚如钱振纲所言："民族主义文艺理论由三个作为理论基础的命题和一个基本文艺主张组成。三个命题是：第一，文艺起源于民族意识；第二，当时是民族主义文艺时代；第三，中国需要而又缺乏民族主义文艺。一个基本文艺主张是：要创造以民族意识为'中心意识'的民族主义文艺。三个命题是臆想的、片面的、歪曲的判断，在此基础上提出的基本文艺主张也不能全面体现当时中国历史前进的要求。这一理论背后隐藏的是国民党实权派通过有意忽略民权主义、民生主义以维护其政治霸权和所代表的少数人经济利益的政治意图。"②

在外辱频仍的次殖民地中国，"民族"本来应该是一个很有号召力的字眼，但"民族主义文艺运动"及随后的"民族文艺运动"（1933—1937）却具有反侵略抗强权和推行文化统制的两重性，其目的更在于以民族意识消解广泛传播的阶级意识，为国民党政权寻求合法性基础，露骨的反共色彩使它受到左翼文人的猛烈批判和自由文人的有意疏远，因此主要局限于右翼文人和少量青年学生之中，影响范围有限。进入抗战时期后，阶级矛盾退居次要地位，民族主义成为各个阶级、阶层都能够普遍接受的一种统摄性的意识形态，因此当创建"民族文艺"的呼声再度响起时，能够因为时代背景的变迁而得到多方面力量的广泛响应，相当数量的右翼文人、自由文人甚至左翼文人投身到民族文学的建构之中。

文艺界在积极研究民族文学的历史、创作民族文学作品的同时，也高度重视民族文学的理论建设，因此此时的民族文学理论较前一时期有了长足的发展。在探索民族文学理论的诸多理论家中，用力最勤、影响最大的当属陈铨、胡秋原和徐中玉先生三人。

---

① 此前傅彦长于 1924 年 5 月和 1927 年 2 月分别撰写的《民族主义的艺术》《民族与文学》两篇文章，已经涉及这一问题，但影响不大。

② 钱振纲：《论民族主义文艺派的文艺理论》，《文学评论》2002 年第 4 期。

陈铨是战国策派文学方面的唯一代表，曾经倡导"民族文学运动"，创办《民族文学》杂志。他于 20 世纪 40 年代初期，先后在《大公报》《文化先锋》《军事与政治》《民族文学》《国风》等报刊上发表《文学运动与民族文学》《民族文学运动》《民族文学运动的意义》《民族文学运动试论》《文学的时代性》等文章，从文学的性质和制约因素两方面论述了发起民族文学运动的合理性与必要性。就文学的性质而言，他认为科学求同、文学求异，文学的价值在于特殊，因而只有民族文学才对世界文学有贡献，没有民族文学根本就没有世界文学。就文学的制约因素而言，他认为文学受时间和空间两个因素的制约，时间就是时代的精神，空间就是民族的特性，从时间因素来看，中国已由个人主义经由社会主义而进入民族主义时代，从空间因素来看，每个民族都有自己特殊的血统、环境、语言、心理、风俗、性格，因此民族文学应该应运而生。陈铨关于文学求异以及受时空因素制约的观点是有道理的，但他由此而得出的有些具体结论却难以让人信服，比如他全盘否定"五四"运动以及"五四"以来的个性解放思潮和社会主义思潮，断言新文学为纯粹的"模仿"，就显得过于偏激。

"自由人"胡秋原 20 世纪 30 年代初与左翼文学家激烈论战时坚决主张"文学与艺术，至死也是自由的，民主的"[1]，他还曾从这种理念出发对民族主义文艺运动大加挞伐。然而时过境迁，抗战爆发后胡秋原也转而认为"民族主义将能把我们的文学，从贫困中解放出来"，提倡"从个人文学到民族文学"了。[2] 他于 1944 年 8 月出版了《民族文学论》一书。此书从美与艺术讲起，"近乎一本新的文艺概论"[3]，但其主体部分探讨的还是民族文学的理论问题。对于文学与民族的联系，胡秋原作出了较好的解释：文学用语言文字通过象征与再现的方法来传达感情与思想，民族可分解为人群、地域、民族性（包括共同的语言文字、共同的历史传统和共同的利害）三大要素，文学以语言文字为基本材料，而语言文字也是民族的基础之一，文学传达感情与

---

① 胡秋原：《阿狗文艺论——民族文艺理论之谬误》，1931 年 12 月 25 日《文化评论》创刊号。
② 胡秋原：《从个人文学到民族文学》，《文艺月刊》1938 年第 2 卷第 4 期，第 358 页。
③ 胡秋原：《民族文学论》，文风书局 1944 年 8 月版，第 1 页。

思想，而感情与思想是由民族共同的历史传统和共同的利害产生的，因此文学与民族有着天然的联系。①

徐中玉先生此时专治文学批评，对于"民族与文学的关系及问题"这一批评理论中的"重要部分"，曾"颇加注意"②。他1941年于国立中山大学研究院文科研究所研究生毕业后留校任教，又受学校委派，专门开设了共同选课"民族文学"。徐中玉先生不满于"许多大学以只讲解几篇稍有民族思想的诗文词曲，就算讲授了这个课程的办法"③，先后在《大公报》《时代中国》《新建设》《民族文化》《文艺先锋》等报刊发表相关论文十余篇，对民族文学的一系列理论问题进行了富有成效的探索。这些论文发表后影响很大，"各处颇多称引，并有抄袭易名再登情事发生"④。鉴于此，徐中玉先生又将其结集为《民族文学论文初集》，于1944年2月出版。

在研究苏轼的文学思想时，徐中玉先生提炼出"言必中当世之过"这样一种思想，这种思想其实也可视为徐中玉先生的夫子自道。坚持独立思考、切中时弊是徐中玉先生治学的一贯特色，这种特色在他抗战时期的民族文学理论中即已露出了端倪。他的民族文学理论以民族主义（爱国主义）为基础，同时又具备国际主义、民主主义、启蒙主义等新的质素，在一定程度上消除了人们对民族文学的种种误解。

近代以来，中华民族饱受帝国主义列强的军事侵略、政治压迫、经济掠夺和文化奴役，中国的民族主义是作为对西方挑战的一种回应而狂飙突起的，因此从产生之日起就难免带有一定的非理性因素。在义和团运动中，这种非理性的仇外情绪得到了一次集中的大释放，此后仍或隐或显地存在于很多中国人的心中。民族主义文艺运动的代表作家黄震遐就曾在其诗剧《黄人之血》中，津津乐道于黄色人种的联军"西征"到俄罗斯去杀"白奴"。抗战爆发后，日本帝国主义的滔天罪行激起了中国人民的切齿痛恨，但是有的作品却

---

① 胡秋原：《民族文学论》，文风书局1944年8月版，第30—69页。
② 徐中玉：《自序》，《民族文学论文初集》，国民图书出版社1944年2月版，第1页。
③ 同上。
④ 同上书，第2页。

在表现反侵略战争正义性的同时，过分地强调了民族之间的冲突与对立，流露出一种偏执的情感。张道藩著文倡导"民族文艺"，强调以所谓"民族立场"写作，也对国际主义进行了彻底的否定："至如国际主义更是错误，试问，什么是国际主义？国际主义的内容是什么？国际主义是在全世界各民族都自由独立后，那时各民族为感觉有一种共同需要时才能产生，现在什么是各民族的共同需要？既无共同需要而骤言国际主义，非空洞而何？"①

针对这种状况，徐中玉先生在建构他的民族文学理论时，特别注意揭示民族主义、爱国主义的真正内涵，并由此出发阐释了民族主义、爱国主义与国际主义之间的紧密联系。在《论民族制度》一文中，他剖析了人们对民族制度的一些误解，指出民族制度并不必然造成战争和灾祸，也不会阻碍世界文化的发展，而是与国际主义是相反相成、殊途同归的。在《论文学上的爱国主义》一文中，他深刻地指出爱国主义应该同时具备三个方面的内涵："一方面是国内人民的自由平等，民主进步，这是它成立的基本；一方面是国家民族的救亡图存，独立发展，这是它的具体表现；另一方面便是全世界国家民族的合作协进，共同福利，这就是它的最高阶段，也就是它的最后目的。"②在《论文学上的民族主义与国际主义》一文中，他又提出了民族文学是"民族性，国际性，与人性"相结合的命题。③在他看来，民族文学与国际主义是不可分离的：从内容上讲，"真正的民族文学一方面是反侵略，他方面是不侵略。它反抗一切加诸本族的横暴，也反对加诸他族的一切横暴。它主张民族的合作协进，共存共荣。它不夸张自己，抹杀他人。它激起人们爱护本族之心，同时也养成他们尊重外族，热爱人类的心理"④；从形式上讲，"民族文学深深植根在本族历史土壤之内，但也应该欢迎外族的影响，接受他们优良的遗产，丰富的成果，作为改造和创立本族新生活的助力。不应拘束于保存

---

　　① 张道藩：《我们所需要的文艺政策》，载 1942 年 9 月 1 日《文化先锋》创刊号。

　　② 徐中玉：《论文学上的爱国主义》，《民族文学论文初集》，国民图书出版社 1944 年 2 月版，第 41 页。

　　③ 徐中玉：《论文学上的民族主义与国际主义》，《民族文学论文初集》，国民图书出版社 1944 年 2 月版，第 48—86 页。

　　④ 徐中玉：《民族文学的基本信念》，《民族文学论文初集》，国民图书出版社 1944 年 2 月版，第 3 页。

国粹，以为本族所有无不具备，而他族的则一无是处"①。

民族主义本身蕴含着民主主义的内在诉求，历史上民族主义的兴起就是与人民主权概念的产生直接联系在一起的。孙中山的三民主义本是一个不可分割的整体，国民党当局却置民权、民生于不顾，而企图以民族的名义实现思想文化专制。即便是在国共两党合作共事的抗战时期，当局也心怀叵测，念念不忘防范左翼文化的蓬勃发展。因此以张道藩个人名义发表、实为当局意志体现的《我们所需要的文艺政策》，一方面提出"要创造我们的民族文艺"，另一方面又为它规定了"不专写社会的黑暗""不挑拨阶级的仇恨"等条条框框。

面对着当局的文化专制，徐中玉先生清楚地认识到了民族主义与民主主义之间的天然联系，他在其民族文学理论中明确表达了民主主义的正义要求。其一，他剖析了民主主义和爱国主义之间的关系，认为民主主义是爱国主义的源泉。"新的爱国主义在对内的时候是建立在个别国民之自由平等之普遍的幸福上的。爱国主义下的自由平等，主张凡是国民都须有自由发展的机会，不受不合理的限制，在同一国内没有贵族平民之分，特权的享有者与普通平民之分。国民在政治上应有同等机会过问国家民族的事务，在法律上没有差别的待遇，在经济上都需有最低限度的维持生活的条件。"② "在国家民族范围之内，人民生活上的自由平等，民主与进步，就是爱国主义炽热的保证。因为只有在这种情形之下，国民才能发展其良知良能，尽其最大的努力以贡献于国家民族。也只有在这种情形之下，人们才能'感觉'到爱国的必要，爱国才不是一个悬空的理想，才是一个有血有肉的道德，真能鼓舞群伦，使人生死以之的道德。"③ 正是在这种民主观念的支配下，他强烈反对"那些在民族文学的名义下，所进行的违反国民利益的罪行"，认为"真正的民族文学要求民族间的一切平等，也要求民族内的一切平等。它反对任何特权，任何

---

① 徐中玉：《民族文学的基本信念》，《民族文学论文初集》，国民图书出版社 1944 年 2 月版，第 6 页。

② 徐中玉：《论文学上的爱国主义》，《民族文学论文初集》，国民图书出版社 1944 年 2 月版，第 40 页。

③ 同上书，第 41 页。

不公允的待遇，任何少数人利己的阴谋野心。它为要维护自己，为要能发挥巨大力量，发展本族，促进人类的幸福，就不能不站在大多数人的一边，为他们说话，控诉"①，希望民族文学能够为自由、民主而呼号，而不是"只片面的鼓励国民奋勇杀敌却不重视甚至忽略他们在国内生活上应有的自由平等权利"②。其二，从这种民主主义的正当要求出发，他肯定了民族文学暴露黑暗的合理性。在当局以"不专写社会的黑暗"的名义要求文学美化现实之时，他强调指出："自我鞭策应成为民族文学必备的德性。毫不掩饰地指出本族生活中的一切污点和罪行，站在期望改革的见地，提出积极可行的方策号召人们去反省，去力行。不能做到这点的文学，是夸大的，空虚的，欺骗的，软弱无骨的，不配称民族文学。"③ 他还专门撰文，以俄罗斯伟大作家果戈理为例，具体讨论了"民族文学的暴露黑暗"问题。④

自清末民初兴起新民思潮以来，中国文学就与启蒙结下了不解之缘，改造民族性由此成为重要的文学主题之一。但在30年代初期的民族主义文艺运动和30年代中期的民族文艺运动中，改造民族性的问题没有受到什么关注，启蒙在很大程度上被忽略了。抗战爆发以后，出于鼓舞民族自信、振奋民族精神以争取抗战胜利的目的，文艺家们侧重于大力挖掘、热情颂扬民族性中的正面因素，以致"忠孝仁爱信义和平"等陈腐的教条也受到一些人的大肆吹捧，直至抗战后期作家们才加强了对民族性中负面因素的冷静解剖。

徐中玉先生却很早就认识到中华民族不仅要在抗战中求得民族的解放与自由，更要在抗战中求得民族精神的浴火重生，因此他既从民族的当前需要出发主张表现民族性中的正面因素，也从民族的长远发展出发呼吁对民族性的现代改造，启蒙传统在他这里得到了继承。在《论民族性的改造》一文中，

---

①　徐中玉：《民族文学的基本信念》，《民族文学论文初集》，国民图书出版社1944年2月版，第4页。

②　徐中玉：《论文学上的爱国主义》，《民族文学论文初集》，国民图书出版社1944年2月版，第41页。

③　徐中玉：《民族文学的基本信念》，《民族文学论文初集》，国民图书出版社1944年2月版，第1页。

④　徐中玉：《以果戈里为例——论民族文学的暴露黑暗》，《民族文学论文初集》，国民图书出版社1944年2月版，第87—106页。

他全面论述了"民族性与民族文学"这一理论问题。首先，他辨析了西方学者对民族性的各种解释，指出民族性是生物遗传、自然环境、历史文化等多种因素共同作用的结果，尤其受到后天的及物质的因素如经济制度、社会组织等的制约，因此是可以改变并必须因环境的变化而加以改变的。其次，他论述了文学与民族性之间的关系，指出文学既可表现民族性，亦可改造民族性。"当一种民族性能够适应一民族的生存发展要求时，文学往往是这种民族性的积极同情者，巩固者和发扬者。但当一种民族性已不能适应一民族的生存发展要求，而在改变或使之改变时，文学往往是这种民族性的反对者，它能够帮助或加速这种民族性的改变，同时亦就变为另一种适应的新民族性之积极同情者，巩固者和发扬者。"最后，他辩证地分析了中国人容忍、保守、中和、现实的特性，指出这种民族性必须加以改变，并就民族文学如何改造民族性提出了一些具体建议。"中华民族过去的特性优点很多，但也有不能不予以改造的地方，不改造就将不能生存，更说不上发展。近百年来，由于环境剧变，社会组织日变严密，经济制度逐渐工业化，我们的民族性事实上已有了若干改造，不过速度缓慢，远远难（以）适应生存发展上的需要。如何加速这种改造，便是我们当前的急务。""当前民族文学应该如何来参加改进中国民族性的工作，具体地说，有三个方面：一方面是开示新环境的一般状势，助成新社会组织新经济制度的创立；二方面是表现过去那些特性在新环境中不适应的情景；三方面是描写典型的新性格之胜利的榜样，使其普遍影响于一般国民。"①

务实尚用也是徐中玉先生治学的一大特色，因此他的论著能够避免一般所谓"理论"的空疏玄妙、大而无当。这一点在他抗战时期的民族文学理论中也有所体现，与陈铨、胡秋原等同时代的理论家相比，徐中玉先生的民族文学理论显得更为切实而深入。

如上文所述，陈铨、胡秋原等人在建设民族文学的基本原理方面做出了一些有益的贡献，但他们却未能就怎样建设民族文学的问题提出多少可行的

---

① 徐中玉：《论民族性的改造——民族性与民族文学》，《民族文学论文初集》，国民图书出版社1944年2月版，第107—133页。

建议。在论证了民族文学运动的合理性与必要性之后，陈铨曾提出运动的几个原则：第一，民族文学运动不是复古的文学运动；第二，民族文学运动不是排外的文学运动；第三，民族文学运动不是口号的文学运动；第四，民族文学运动应当发扬中华民族固有的精神；第五，民族文学运动应当培养民族意识；第六，民族文学运动应当有特殊的贡献。[①] 这些主张略显空洞而缺乏创意，缺乏真正的指导意义。在探讨文学与民族的关系之余，胡秋原也涉及如何创造新的民族文学的问题。尽管他建立了民族形式（民族语文、民族体裁）与民族内容（民族题材、民族题旨）的理论框架，并提出了自己的一些看法，但其篇幅过于简短，阐释得十分简略和表面。比如"民族题材"一节，就只是指出因为生活是人造的，所以人物应是题材的中心，人物的塑造必须做到典型化、形象化。[②]

　　徐中玉先生却在阐释民族文学基本原理的同时，对怎样建设民族文学的问题进行了务实的探索，仅以民族文学的题材而论，他就撰写了多篇文章，从民族历史、民族英雄、民族乡土、民族传习等方面展开了具体详尽、深入细致的论述。

　　在《论历史的教训——民族历史与民族文学》中，徐中玉先生主要表达了以下观点：其一，民族历史是激发民族意识的重要因素，在民族的生存发展中起着重要作用。"历史纪录了这个民族的共同努力，这中间包括着共同的胜利与失败，欢欣与苦痛，这就使它的分子形成了一种精神的联合，精神上的振奋与再振奋。这有时比体质上的，语言上的相同还要有力。""在历史的感觉中，一民族的分子才深感到了他个人的伟大，责任的严重，以及同志的众多。凭了这些，他不必自暴自弃，不能敷衍塞责，不要以为孤立无援；然后他就能奋发有为，勇往迈进，或虽一度灰颓也能重新振作起来。'过去'的火把燃着了'将来'的明灯，引导着他们深信不疑地去赶那无穷无尽的前程。"其二，目前各民族在历史的传授上存在许多缺点，具体表现为：为显示历史的悠远，不必要地攀附与神的亲谊，带上了神话的意味；不能正确处理

---

① 陈铨：《民族文学运动》，《民族文学》1937 年第 1 卷第 1 期。
② 胡秋原：《民族文学论》，文风书局 1944 年 8 月版，第 87—90 页。

与他族的关系，有造成民族间世仇的危险；夸大民族的胜利与光荣，讳言失败与痛苦；对史实的记载过于枯燥、刻板，使传授的效力大受损害。其三，民族历史是民族文学的重要题材，民族文学在表现民族历史时，要避免上述历史传授的缺点，特别要尊重他族的正当权益，要表现民族历史上的失败与痛苦，从失败与痛苦中汲取教训。"正当的历史的传授应该教人尊重自己，自族，可是同时也能尊重他人，他族。否则循环报复，耗尽人力物力在不必要的殆害破坏之中，反而失了发展繁殖本族的愿意。""历史上的丰功伟绩足以鼓励一民族分子的创造，增加他们的自信，激发他们的民族意识，但失败的历史也一样可能，甚至是更可能具有这些功效。因为失败与痛苦给了他们普遍的损害，深刻的刺激，可以使他们团结得更紧密，特别是，可以使他们对本族当前的处境，和未来的伟大使命，有高度的自觉。"①

《论英雄的塑造——民族英雄与民族文学》一文则重点讨论了民族文学为什么要塑造民族英雄以及如何塑造两个问题。就前者而言，原因主要有两个：其一，抗战使民众受到了锻炼，无论是在前方的正规部队和游击部队中，还是在后方的生产建设部门中，都涌现了无数的民族英雄，但是文学作品却"并没有给他们适当和大量的表现"。其二，民族文学以这些民族英雄为题材，不但可以具体地反映时代的面貌，展示革命的实践者成长的历程，而且可以团结、激励、鼓舞、领导民族的成员去奋斗。就后者而言，徐中玉先生针对当时英雄塑造存在的"夸张""传奇""个人英雄"等倾向，以郭如鹤（《铁流》）、莱奋生（《毁灭》）、夏伯阳（《夏伯阳》）等英雄的塑造为例，阐明了民族文学塑造民族英雄的几个原则：第一，民族英雄应该是"群众的英雄"，而不是"个人的英雄"。他"乃是从群众中生长，依靠群众也造福群众，和群众一道奋斗到底"。出于个人的目的，哪怕是创造了"轰轰烈烈"的事迹，也算不上真正的英雄。第二，民族英雄应该是有血有肉的活生生的平凡的常人，而不是"骑在马上把群众率领着"的超凡脱俗的神。神的英雄"是天生成的"，"没有复杂的思想在交战，没有矛盾和犹豫使他们苦恼，一切都是进行

---

① 徐中玉：《论历史的教训——民族历史与民族文学》，《民族文学论文初集》，国民图书出版社1944年2月版，第149—163页。

得非常单纯,确定,顺利";人的英雄却"和一般人一样地具有着优点和缺点,矛盾和犹豫,特别的脾气和头脑","他穿着同样的制服,跟大家坐在一条凳子上,讲些谁都能明白的话。谁都可以拍拍他的肩头,和他亲亲热热地谈上几点钟"。神的英雄即便能够得到读者的崇敬,也不能引起读者的追随;人的英雄与常人血脉相通,所以具有活跃的生命。第三,英雄也有内心的矛盾和缺点,民族文学应该表现这些矛盾和缺点,只有表现了这些矛盾和缺点,英雄的塑造才可能成功。"作家们描写英雄,如要使他们在读者的心眼里活跃起来而不是一些空虚的影子,就应当把他们如实地描写出来,带着一切内心的矛盾和缺点。""因为这些矛盾与缺点,我们才感到他们的确是实际地存在;因为他们能渐渐而终于艰苦地克服这些矛盾与缺点,我们才感到他们的确是光荣的存在;也因为看到他们这种改造的过程,我们才得到丰富的启示与教育。"第四,英雄"虽败犹'雄'",因此作家不必"趋炎附势,奔走承欢于一时煊赫的大人将军之门",把他们当作英雄写在作品里,而应该从战斗的生活中去寻找、发现、创造典型的英雄。①

在《论乡土的描写——民族乡土与民族文学》中,徐中玉先生从心理学上分析了人们爱恋乡土的原因,指出爱乡恋乡心理具有促进道德进步、民族团结等功用。他认为尽管随着工业化、都市化程度的加深和范围的扩大,现代居民的移动率大大增高,对乡土的爱恋心理会有所弱化,但这种心理毕竟还在许多人的意识中占有重要地位,因此民族文学应该描写乡土,利用人们爱乡恋乡的心理来加强他们对国家民族的忠诚。徐中玉先生特别指出乡土有两种情形,"一是指个人出生的乡土","一是指民族生存发展的乡土",因此民族文学在描写乡土时,也有个人的乡土与民族的乡土两个"构图",民族文学作家要正确认识这两个"构图"之间的关系:"要爱护民族的乡土,并不就是要人不爱他个人的故乡,同样,爱护自己的故乡,也不必就丢掉了民族的乡土,因为自己的故乡就是民族乡土的一部分。民族的乡土因为有了各个好处不同的区域而增加了丰富与光彩,各个不同的区域也因为同属于一个广大

---

① 徐中玉:《论英雄的塑造——民族英雄与民族文学》,《民族文学论文初集》,国民图书出版社1944年2月版,第164—183页。

系统而提高了它们的价值。我们爱自己的故乡，一方面是因为它对于我们特别熟悉，一方面也因为它是我们民族的广大乡土中一个最好的组成部分。民族的与个人的这两个构图，似乎相反，其实却是相成。"①

《论传习的势力——民族传习与民族文学》则阐述了民族传习（传说与习俗）在民族生活中的重要性以及民族传习与民族文学的关系等问题。关于民族传习在民族生活中的重要性，徐中玉先生认为，民族传习作为长久以来相习成风的观念和风俗，是"遗传和环境构成的生活和思想的不断的进程的结晶"，为整个民族所尊崇、所服膺，因此在民族生活中发挥着重要作用：它是民族生活中"一个不断活动的因素"，"浸淫着人们的身心，操纵着人们的思想，领导着人们的行动"，人们之所以常常会在不知不觉之中"脱口而出，无心而做"，就是受到传习的影响；它还是"民族的防腐剂"，可以"使人们即使远离乡井，置身别的民族之间，也仍不会被外族轻易同化，而仍与自己的民族保持密切的联络"。关于民族传习与民族文学的关系，徐中玉先生持如下看法：其一，民族文学可以有助于民族传习的产生。一方面，本来只为一部人分所熟悉的故事一旦经过文学的表现，就有可能扩大其传播范围，确定为众所周知的传习；另一方面，文学还可以根据民族当前的需要，适当地创造一些故事，使之迅速成为传习，以教育人民。其二，民族文学也有助于民族传习的持续。传习如果只是自然地存在于人民的口头和行事，就有可能因生活的演进而变化甚至消失，文学把这种流动性很大的传习写定，则可以使它们流传久远；传习经文学加以表现，就可以扩大其流传范围，增强其影响程度，这也有助于传习的持续。其三，民族文学同时又可以改造民族传习。传习在民族生活中占有重要地位，但并非一切传习都能适应当代的要求，对传习中一些违背时代精神的渣滓，也不能不加以扬弃，民族文学是改造民族传习的一种有效手段。徐中玉先生痛心地指出，现代组织严密的国家不仅已经深刻认识到传习在民族生活中的重要地位，而且已经有意识地想方设法利用传习的势力来加强民族的团结，但在我们中国，这个问题却一直没有引起注

---

① 徐中玉：《论乡土的描写——民族乡土与民族文学》，《民族文学论文初集》，国民图书出版社1944年2月版，第184—199页。

意与重视，因此民族文学一定要充分运用民族传习这种题材，使文学与传习相结合，为民族的团结与发展服务。①

（三）文学语言

徐先生论文学，是内容与形式、思想与艺术并重的。在形式、艺术方面，他对文学语言给予了高度的关注。徐先生沿用高尔基的说法，称语言为"文学的技术武装"。早在 1938 年，徐先生就有感于语言问题"被漠视和被不正当地理解着"的现状，主张"为争取'文学的技术武装'而奋斗"。②此后徐先生反复讨论语言问题，中华人民共和国成立后，徐先生还曾出版《写作与语言》一书，其对文学语言的重视可见一斑。关于文学语言，徐先生当时主要论述了文学语言的重要性、文学语言的要求、文学语言的创造、文学语言与民众语言（口头语言）的关系等一系列问题。

徐先生指出，语言问题是文学的根本问题之一，如果语言问题"不得解决，那么有关文学形式的许多问题也将连带不得解决"。③并且他没有将语言问题视为一个单纯的形式问题、技术问题："文学里的语言问题，实不仅仅是技术的问题，更是关乎文学之本质的问题。我们的作家们平常谈到文学之质的问题时，往往只紧握着内容而全然疏忽了语言的形式，这是非常地不正确的。正确的理解，应该是：文学之质的问题，不特不能和内容分离，而且也不能和形式分离。""正确、明晰、有力的语言形式的作用，是和艺术作品的内容之深邃相照应的。它不仅能形象化地完全作家的思想，赋予鲜明的情景，把作家所描写的人物，活生生地刻画在读者大众面前，使他们接受，感动和理解。它还作为唤起人类对于无比的创造伟力之敬异，夸耀，欢喜的力之感情和理性而生出作用。"④

既然文学语言如此重要，那么文学语言应该达到怎样的要求呢？从大体

---

① 徐中玉：《论传习的势力——民族传习与民族文学》，《民族文学论文初集》，国民图书出版社1944 年 2 月版，第 200—210 页。
② 徐中玉：《为争取"文学的技术武装"而奋斗》，《七月》1938 年第 3 集第 3 期。
③ 徐中玉：《论语言的创造》，《文艺生活（光复版）》1946 年第 6 期。
④ 徐中玉：《为争取"文学的技术武装"而奋斗》，《七月》1938 年第 3 集第 3 期。

上讲，就是明确、精密、简洁、质朴，适合于大众的理解。徐先生以普希金、果戈理、托尔斯泰等俄国著名作家的语言观形象化地说明了这一问题。普希金"反对把语言划分为几个等类"；"反对着语言的装腔作势和做作的纤细"，"提出了'赤裸的简朴'主义"；"反对着不准民众语进入文学的园地"，"承认了民众语的灵活的和沸腾的源泉，才是文学语的基本的贮藏所"。① 果戈理"以为讨厌民众语的，就造不出精美的文体"，他"非常称赞民众语，以为民众的语言才真是'活的'语言"。托尔斯泰则主张语言必须正确、明了、质朴、自然，"反对不必要的标新立异和不合实际的故意造作"。②

关于文学语言的创造，徐先生认为有三个不可缺少的条件：精确的观察、勇敢的表现和工作的热情。只有通过精确的观察，才能把握事物的变化和发展、形象和生命，描绘才能亲切生动。语言的含混大多来自体察的含混，但有的却是因为作者的装聋作哑，"勇敢的作者用不着花言巧语，用不着油腔滑调，也不必吞吞吐吐，他只消勇敢地说出他的老实话，就能造成他语言的无比的精确性"。热情本身也许不是创造，但热情却可以激发创造，"文学史上所有成功的语言的创造，就都是热情燃烧下的产物"。③

文学语与民众语之间的关系，是徐先生思考十分深入的一个问题。他充分认识到了民众语形象、精确、简洁、质朴、单纯等诸多优点，也认真分析了民众语的一系列缺点，因此他既反对将民众语排斥在文学语之外，也不主张直接以民众语为文学语，而是主张作家向口头语学习、向民间文艺学习，通过对民众语的"取长去短""改造"，实现从民众语到文学语的转化。④ 同时，徐先生也认识到了文学语与民众语之间的关系是互动的，民众语丰富文学语，文学语反过来也可以提高民众语。⑤

方言也属于民众语。随着民族形式的讨论，文学的用语问题再次引起注意，曹伯韩、聂绀弩、老舍等人倡导方言文学。徐先生也撰文参与了讨论，

---

① 徐中玉：《俄罗斯文学语言的创始者普式庚》，《民主世界》1948 年第 3 卷第 9 期。
② 徐中玉：《文艺学习论》，（香港）文化供应社 1948 年版，第 83—98 页。
③ 徐中玉：《论语言的创造》，《文艺生活（光复版）》1946 年第 6 期。
④ 徐中玉：《民众语论析四题》，《大地》1946 年第 1 卷第 1 期。
⑤ 徐中玉：《文艺学习论》，（香港）文化供应社 1948 年版，第 71—74 页。

他指出方言文学和使用方言是两个不同的问题，明确反对方言文学：首先，中国有多种方言，用方言写作会使文学的教育作用相形减少；其次，民族统一语"普通话"虽还不能说已经完全成熟，但其存在却是无可否认的事实，普通话并不缺乏表情达意的能力，不能因为某些不成熟的普通话文学作品显露出来的弱点而抹杀一切普通话作品，断定普通话没有发展完成的前途；最后，方言并非尽善尽美，要表现新的生活、新的情意，或者吸收和沟通外来的知识文化，只有用普通话才较方便，用方言土话总不免感到窒碍难行。徐先生总结指出："文学和大众脱节的原因决不止'用语未能口语化'一个，例如文学内容脱离大众，和大众生活困难根本没有受教育的机会，或少数人存心不给他们接近有价值的文学，这些亦都是极重要的原因；不但如此，而且用方言写作，也未见就能完满地达到'用语口语化'的最终的目标"。"今天文学上的方言问题的中心，不应是在方言文学的倡导，而应是在怎样使用方言。不是全盘式笼统地倡导的问题，而是选择使用的问题。同时，这种选择使用是应该站在雏形已具，能够表情达意，作为民族的统一语的姿态而出现的普通话的立场，或者说是应以普通话为重心，为主要成分，而进行的"。①

徐先生中华人民共和国成立前关于文学批评、民族文学、文学语言等问题的看法，对当时的文学创作和文学批评都具有很好的指导意义，就是在今天看来，其见解也是颇有分量的。

三

徐先生中华人民共和国成立前的文论，体现出价值取向上的先进性和学术方法上的科学性，这也是其文论至今仍然葆有鲜活的生命活力和丰富的启示意义的一个重要原因。

---

① 徐中玉：《论方言文学的倡导》，《文坛》1946 年第 1 期。

徐先生中华人民共和国成立前文论价值取向的先进性主要表现为他坚持文学的生活本源论和民众本位论。

徐先生认为文学源于生活,作家必须深入生活。其《文艺学习论》的总论部分就是讲文学与生活以及战斗的关系,强调作家"和现实生活的密切拥合",强调作家对生活的热情、信仰、爱。① 他多次论及生活对文学的决定意义:"作家们要写出生活全部的真实,及生活进行的根本方向来,用不着说明,他们首先就应该突进生活的内层去,在斗争与革命的现实里深深地实践。和生活实践相切离,这是使作家们遭受失败的最基本的原因。"② "文学是现实生活的表现,革新,和改造,也即是生活战斗的记录。伟大作品只有当它是建基在生活的真实的表现上时才有可能产生。一个真正的文学工作者,不但应对生活有正确的认识,并且还应该亲自参加革新和改造生活的战斗,严格地说,对生活的正确认识必须要从战斗的体验里才能获得。没有对生活的正确的认识,在生活里没有为着正义与合理的战斗,也就不会有真正的文学,有的,只是一些恶化或腐化的垃圾而已。"③

文学源于生活,同时又要参与生活,也就是上文所说的作家要去"战斗"。徐先生反复强调文学应该表现"生活进行的根本方向"。当一些作家在现实面前表现出短视和被动时,徐先生强调文学应该负起对现实生活的引导作用,他援引高尔基的看法,指出除了支配者的现实、被压迫者的现实以外,还有一种正在成长着的新现实,"对于支配者和被压迫者的现实,作家们应该反映,并在反映中表示出他自己的憎恨或同情的态度,但因为这两种现实同样是不适合于人类社会的未来发展的,所以作家应该竭尽他的知能,来宣扬、反映,并肯定的,则是那正在成长着的新现实"。④

因为坚持文学的生活本源论,所以徐先生在讨论那些看似偏重于技术的问题时,也强调其与生活的关系。比如论创作的才能时,他指出"才能是从

---

① 徐中玉:《文艺学习论》,(香港)文化供应社 1948 年版,第 11—30 页。
② 徐中玉:《悲剧的胜利》,《抗战文艺》1938 年第 2 卷第 3 期。
③ 徐中玉:《文艺学习论》,(香港)文化供应社 1948 年版,第 11 页。
④ 徐中玉:《关于"反映现实"》,《展望》1948 年第 2 卷第 19 期。

对于工作的热情中成长起来的"，与工作的"全神贯注""不倦的追求完美"以及"深刻的反省""人格的净化""爱与信仰""思想的远景"等因素息息相关，"江郎才尽"完全是由于贵显生活的"陷入"和"心灵上的衰老"。① 又如修改似乎只是一种文字上的技术工作，徐先生却指出修改"有时是求情意的深化，有时是求情文的融洽，归根到底这自然仍是思想上内容上的工作"②。再如论创作技巧时，徐先生也认为"认识的深浅决定技巧的高下"，因此主张通过"体验生活，了解生活，思索生活"来提高技巧。③

与文学的生活本源论紧密联系的是文学的民众本位论，民众是生活的主人，徐先生始终坚持作家学习民众、文学服务民众。比如在论析普希金的巨大艺术成就时，他强调普希金与民众的联系，强调普希金对民间传说的重视。④ 又如在讨论文学语言问题时，他指出"语言的天才存在于民众身上"并分析了其原因，列举了普希金、果戈理、托尔斯泰等著名作家学习民众语的事例，主张作家学习民众语，学习民间文艺。⑤ 他之所以重视民众语，也是为了让文学更好地接近民众、服务民众。再如在论及民族英雄的塑造时，他也主张英雄不应该是"个人的英雄"而应该是"群众的英雄"："真实的英雄之根本特性，就是他能以群众的集团的共同生活为生活，而不以他自己的生活为生活；群众的，集团的任务，要求，利益，理想，也都是他的。群众的和集团的力量给他教育，改造，和滋养。没有了群众，他便没有了力量，也便没有了英雄。"⑥

徐先生中华人民共和国成立前文论学术方法的科学性表现为学理性与实用性并重、思想性与艺术性并重、中外文学遗产并重。

徐先生中华人民共和国成立前的文论，是他执着探索文学艺术规律的结晶，具有高度的学理性。但徐先生为文"力求有益于天下"，他的学问不是

---

① 徐中玉：《论才能》，《幸福世界》1948 年第 23 期。

② 徐中玉：《论修改》，《国文月刊》1948 年第 63 期。

③ 徐中玉：《论技巧》，《国文月刊》1949 年第 79 期。

④ 徐中玉：《普式庚的生平和艺术》，《东方杂志》1937 年第 34 卷第 3 期。

⑤ 徐中玉：《文艺学习论》，（香港）文化供应社 1948 年版，第 58—66 页。

⑥ 徐中玉：《论英雄的塑造——民族英雄与民族文学》，《民族文学论文初集》，国民图书出版社 1944 年 2 月版，第 168—170 页。

"书斋之学"，而是"济天下"之学。徐先生反对"一切应用科学都是产生在纯粹理论之后"的说法，指出"科学的发展，原是由于社会民生的需要"，"科学最后的归趋，必为纯粹研究与实际应用的完满结合，完满统一"，因此"学术研究应该注重'功利'，'利用厚生'"。① 受这种理念的指导，徐先生的学术研究是学理性与实用性并重的。他中华人民共和国成立前的几部专书，在揭示文学艺术奥秘的同时，均具有显著的服务现实的功利性，这是无须赘述的。哪怕是谈论远古的事物，徐先生也力求有益于当代。比如黄庭坚曾经这样论诗："诗者，人之情性也，非强谏争于廷，怨忿诟于道，怒邻骂坐之为也。"徐先生不仅指出怨忿怒骂也是情性的一部分，从学理上揭示了黄庭坚主张的内在矛盾，并且将这种"只要你服从信守，却不同你也不容你讨论"的"奴才的作诗宗旨"与抗战胜利之后言论不自由的现状结合起来，写下了这样一段很有现实针对性的文字："这种教训不消说是不适宜于我们这个时代的。这个时代需要的是：敢说，敢笑，敢哭，敢怒，敢骂，敢打的诗作，因为这正是一个该说，该笑，该哭，该怒，该骂，该打的时代。奴隶们在这个时代将更诚惶诚恐地要求'温柔敦厚'，而不是奴隶的人则将惟恐呼喊得不够激切。重要的是：为了要做主人，作诗就不应该同暴君及其奴隶们雍容和穆地讲妥协，而要是为的彻底消灭他们的恶势力。"②

内容和形式的关系问题，是文艺理论的一个基本问题。如上文所述，徐先生主张文学来源于生活，强调文学对生活的革新、改造，他是承认内容的主导地位的，但他并不偏废形式，他认为"艺术作品的内容和形式是统一的，相互关联的"，"在关联之中，内容是占着一种决定的地位"，形式也可以能动地作用于内容，"形式的修饰的加工的部分同时也就是对于内容的修饰和加工"。③ 换言之，徐先生论文是思想性与艺术性并重的。因此他专门写有论述文学创作技巧的文章，认为"单单提高意识水准是不够的"："有技巧同没有技巧或技巧不足的作品在外表上也许差异不大，但仔细研究一下，实质上距

---

① 徐中玉：《学术研究与国家建设》，国民图书出版社1942年版，第55—63页。
② 徐中玉：《论古二题》，《文艺丛刊》1946年第1期。
③ 徐中玉：《文艺学习论》，（香港）文化供应社1948年版，第142页。

离太远了。如果没有技巧，不但体裁与风格无从把握，连文字的去取也不能有标准，这样又如何可以控引思想与感情？……苏联作家所说的要'为提高自己的艺术水准而斗争'，实在是不错的，艺术水准如果不提高，单单提高意识的水准，文学作品的成功仍是不能保证的。"① 因为坚持思想性与艺术性并重，徐先生品评作品就比较客观。上文所述对巴金"激流三部曲"的批评就是一例，徐先生因为"激流三部曲"反映了那个时代的真实面貌而肯定它，同时也对其艺术上的得失进行了检讨。

徐先生学术视野开阔，论文时中外文学遗产并重，力图熔铸古今中外而自成一家。徐先生是研究中国古代文论出身的，对中国古代文论有着精深的理解，因此特别珍视这份宝贵的文学遗产，在《伟大作家论写作·辑译小记》中，徐先生表达了这一思想："本书也选辑了十三位本国作家的言论；个人的意思，希望藉此引起大家注意研究本国文学理论的兴趣。近年以来，外国文学的理论如潮涌入，这对我们原无害处，但一般人却就有了这样一种错误的观念：以为外国才有文学理论，外国的文学理论才是丰富正确而值得研究。因此凡有称引，总必外国。其实，理论的产生和进步，都基于作品，我国作家在文学上已钻研数千年，佳作如林，安得无理论，又安得没有丰富正确值得研究阐扬的部分？深研过我国文学理论的人，将告诉你我国曾有多少精密正确的见解，不但和外国的若合符节，而且还有许多新的启示，伟大的心灵在类似的经验下他们之所得原不能为国家的不同而有大的差别，我们应该尊敬外国的创造，可是也应该尊敬本国的创造，研究自己，发扬自己，决不该妄自菲薄，失去对自己的信仰。"② 徐先生也没有因为自己是中国古代文论出身就对外国文学遗产加以拒斥，在他中华人民共和国成立前的文论著述里，常常以普希金、果戈理、托尔斯泰等外国作家作为例证，对高尔基等作家和小泉八云等学者的话颇多称引。说来也巧，《伟大作家论写作》辑录了二十六位作家的言论，中外作家各占十三位，这或者也可视为徐先生论文中外文学遗产并重的一个例证吧。

---

① 徐中玉：《论技巧》，《国文月刊》1949 年第 79 期。
② 徐中玉：《伟大作家论写作》，（重庆）天地出版社 1944 年版，第 3 页。

价值取向上的先进性和学术方法上的科学性，是徐先生抗战前后文论取得巨大成就的重要原因之一，对于我们今天的文论研究应该也富有启示意义。

（本文由《徐中玉先生抗战时期的民族文学理论》和《徐中玉先生抗战前后文论述评》整合而成，原刊《文艺理论研究》2009 年第 6 期、2013 年第 2 期）

林同济抗战时期的文艺思想

　　林同济是战国策派的核心人物。作为一位政治学出身的学者，抗战时期他在文艺方面着力不多：在 1944 年 3 月为陈铨的《从叔本华到尼采》[①] 一书所作的序言《我看尼采》中，他曾经零星地阐述了对文艺的一些看法；1942 年初他托词于萨拉图斯达[②]，用尼采惯用的箴言体写成《寄语中国艺术人》一文，提出文艺创作的"恐怖·狂欢·虔恪"三道母题。林同济抗战时期有关文艺的论述虽然仅有这两篇文章（其中一篇还不是专门谈论文艺问题的），却表达了丰富而独特的文艺思想，值得认真研究。

一

　　尼采是一位哲学家，但同时也可以说是一位艺术家。林同济是把尼采当作"绝等艺术天才"来看待的："尼采自己曾经如此说：'把我辈哲学家混作艺术家看，最是我辈感恩无限的。'Aloi Richl 的评语却也有道理：尼采本人毋宁是一位艺术家被混作哲学家看。""事实是：尼采就同庄子柏拉图一般，是头等思想家，而期期也是绝等艺术天才。"[③] 因为尼采是"绝等艺术天才"，所以林同济郑重指出："我觉得读尼采，第一秘诀是要先把它当作艺

---

①　在创出版社 1944 年 5 月出版，本文依据的是 1946 年的版本。
②　现在通译为查拉图斯特拉。
③　林同济：《我看尼采》，陈铨：《从叔本华到尼采》，在创出版社 1946 年 11 月版，第 2 页。

术看。"① "我们对尼采，应当以艺术还他的艺术，以思想还他的思想。据我个人的经验，能够尽先以艺术还他的艺术，我们不但可以了解他的艺术，并且对他的思想的了解，不啻也打开了一条大门径！"②

既然林同济认为尼采是"绝等艺术天才"，"读尼采"的"第一秘诀"是"要先把它当作艺术看"，其《我看尼采》涉及一些文艺问题就在情理之中了。在林同济谈论如何理解尼采哲学时，不时会流露他对文艺的一些看法，其中涉及本质论、创作论、接受论、价值论等方面，构成了其文学思想的体系。

在本质论方面，林同济提出了"象征抒情"说。他指出："一切艺术都是象征，都是抒情。在某种意义上，我以为艺术实可叫象征的抒情，或抒情的象征。象征是借形表意，抒情是化我入物，二者合而艺术成。"③

林同济认为艺术是"象征"即"借形表意"，那么何谓"形""意"呢？他对"形""意"作如下"界说"："通常人为的物品，有体有用，而艺术则有形有意。形与体异，因为形超实质而是一种具有节奏与和谐的配合。意与用异，因为意超实利而是一种属于妙造而静观的意境。"④ 林同济指出艺术是"形"与"意"的对立统一："凡是艺术必须有意，但意必须附托于形。凡是艺术都必须有形，但形不过所以表意。""形之成，根据于点、线、体、色、音、字等等因素的组织。所以形之成，势必有其所限。一、必限于具体——官能可触的呆板实体。二、必取于殊相——个别特存的存在。意乃是一种精神的活动，它的性质与指归都不免与形相对峙。意的性质是空灵，当然超出官能界的实体。拿着势属有限的形，来表现势归无限的意，是一种永恒的矛盾。而艺术家的趣味与功夫即是要在这矛盾中求成就。"⑤ 象征就是"在这矛盾中求成就"的办法，它把抽象的"意"化为具体的"形"，又让具体的"形"暗示抽象的"意"："本为抽象，必须被具体化起来，但具体化的结果

---

① 林同济：《我看尼采》，陈铨：《从叔本华到尼采》，在创出版社 1946 年 11 月版，第 2 页。
② 同上。
③ 同上书，第 9 页。
④ 同上。
⑤ 同上书，第 9—10 页。

又必须涵蓄着一种回射抽象的功能。形永远不是意，透过了艺术家微妙的手法却宛然取得了'暗示'及意的作用。这就叫做象征——艺术家变意为形，借形示意的办法。"①

林同济认为艺术同时也是抒情："艺术之所以为艺术，不仅在其为象征，而还在那象征要澈透着一种抒情性。"② 他说的"抒情"是广义的："抒情在这里，不只作抒发感情用。昔人惯认为艺术为情感的产品，这见解在今已成戏论。那一个有意识的人为行动，事实上是纯出自情感？何况艺术！所谓抒情者，抒从广义看，而指抒发整个人格，整个个性面目。说真正的艺术要于象征再加抒情性，只是说艺术的象征还要饱涵着艺术家的人格风味。"③ 林同济认为人格即个性，是"一个人整个体魄内先天条件与后天环境互励互应而成的一种特有的精神统相（Gastalt）"，是意志、理智、情感的"混然无间，揉成一团"。"抒发整个人格"就是把由意志、理智、情感构成的"精神统相的浑然本体依样托出，不让意志、理智、或情感任何部门临时作偏畸的活动，而歪曲了这浑然的本来面目"。所以抒情就是"艺术家忠实地把整个的人格不加分解与拗曲而依样倒印到这形意互成的象征中"，就是"化我入物"。④

林同济的"象征抒情"说固然未能穷尽文学艺术的本质，却从一个侧面揭示了文学艺术的一些特性，不失为中肯之见。

在创作论方面，林同济论及创作动机、创作的心理机制等问题。

关于创作的动机，林同济提出了"生理必需"说。他指出："创造是人生最伟大的作用。一般创造之中，只有艺术创造，是无所为而创造，纯为着创造而创造。它最可以表现生命力的本性，因为它最能够代表人们生命力自由、活跃、至诚成物的最高峰。"⑤ 在论述尼采的创作时，林同济这样写道："尼采是生命力饱涨的象征。浑身生命力，热燃着五脏四肢，要求发泄。又加上那副极敏锐的神经，就等于最精细的气压表，空气最轻微的压力变迁，都要

① 林同济：《我看尼采》，陈铨：《从叔本华到尼采》，在创出版社1946年11月版，第9—10页。
② 同上书，第12页。
③ 同上书，第12—13页。
④ 同上书，第13页。
⑤ 同上书，第3页。

立刻在他的体魂上发生强烈的反应。积弱的身体只激进了生命力跃跃欲出的倾向。于是愈病而生命力愈加精悍，愈老而生命力愈加热腾。尼采是人间极罕见的天才，显然脱离了年华的支配；他那管如椽大笔，真是愈挥霍愈生花，鬼使神呵，直到最后一刹那也不少挫。"① "尼采的写作，是生命的淋漓。热腔积中，光华突外。他创造，因为他欲罢不能。他的写作，竟就像米薛安琪所描绘的上帝创世，纯是一种生命力磅礴所至的生理必需，为创造而创造，为生命力的舞蹈而创造。在这点上看，他的文字，真是艺术之艺术了。虽然他有时也像庖丁子一样，解牛之后，不免踌躇得意，自命其思想空前，其文笔为德国开生路，但当他正在创造时，他显然只是一股热腾腾的生命力在那里纵横注泻，霍霍把横塞胸中的浩然之气妙化为万丈光芒，文字与思想本不是他的目的。目的？他本无目的！他只是'必须如此'，只是生命力的一时必要的舞蹈与挥霍。文字与思想在那时只是创造的工具与资料。"② 创作动机的触发当然与外在机缘有密切关系，但究其实质，创作动机还是驱使作家艺术家投入创作活动的一种内在动力，林同济的"生理必需"说注重从生理学、心理学的角度来解释创作动机的产生，现代心理学的研究与此不谋而合。恩格斯也是以"需要"来解释人的一切行为的："人们已经习惯于以他们的思维而不是以他们的需要来解释他们的行为——当然，这些需要是反映在头脑中，是被意识到的——这样，随着时间的推移，便产生了唯心主义的世界观。"③

　　关于创作的心理机制，林同济非常推崇直觉、灵感："历史上超绝古今的思想，大半都由直觉得来。"④ 在林同济看来，尼采之为艺术家，正在于他富于直觉、灵感能力，也正是直觉、灵感，促成了他深刻的思想："尼采之所以为上乘的思想家，实在因为他的思想乃脱胎于一个极端尖锐的直觉。……尼采不愧艺术家的本色，最富直觉能力。'不要相信任何思想不是由你散步中迎面扑来的！'试想像这位孤寂的真理追求者，独步于斯洛士巴利，西西利，尼

---

① 林同济：《我看尼采》，陈铨：《从叔本华到尼采》，在创出版社 1946 年 11 月版，第 3—4 页。

② 同上书，第 4 页。

③ 恩格斯：《自然辩证法》，《马克思恩格斯选集》第三卷，人民文学出版社 1973 年版，第 515 页。

④ 林同济：《我看尼采》，陈铨：《从叔本华到尼采》，在创出版社 1946 年 11 月版，第 8 页。

斯，都灵的山径水溪，为人求出路。忽然灵感触来，一条金光涌到心头，刹那间他对真理有所见，回家后，提起笔，写一篇纯逻辑的冷枯文章吗？不可能，在尼采，这是生理的不可能！直觉得来的思想，要将直觉送出来。直觉得来的，所以尼采的思想，往往单刀直入刺到人所未刺的肯綮。直觉送出去，所以尼采就象画家作画，忠实看到的，便忠实写到。"① 值得注意的是，林同济在推崇直觉、灵感的同时，并不否认理智、意志等理性因素的作用，如上文所述，他认为抒情就是把由"意志、理智、情感各部门"构成的"精神本相的浑然本体依样托出，不让意志、理智、情感任何部门临时作偏畸的活动，而歪曲了这浑然的本来面目"②。

在接受论方面，林同济非常重视接受主体在文学艺术活动中的作用。他已经意识到了文本的未定性："读书难，读奇书尤难。是哪一位哲学家说：真理如井水，许多人对它探看，只发现着自己的魔形。同样的，奇书如井水，魔见其魔，神见其神。"③ 在他看来，接受者不是被动地接受，而是主动地创造："审美说不是一种悠闲懒散的消遣，它是真正的心血功夫。克洛齐说的好：审一个艺术作品之美即是对这个作品再度创造。这就是说，设身处地，尽你的才技所及，来体验原作者从头至尾的创造历程，把那整个作品在你心目中重新创造一遍。关键尚不在能否与原作者的经验完全相符（这是不可能的），关键乃在那体验的寻求。体验在那里，便审美在那里。体验创造，这叫做真正审美。舍乎此，不足以谈审美的三昧。"④ 作者创造的文本只是接受者借以创造的媒介："审他的词章的巧妙，音调的铿锵，乃技之小者。在创造灵魂前，应当以创造灵魂来印证。我们要探到形迹之外，探到艺术的源泉——即是创造者生命力当事时的蓬蓬活动。我们要体验到他的创造历程，以至于藉他的创造而激起，鼓舞，完成我们自己的创造。"⑤ 林同济这样描述接受者的"创造"活动："审美者要先做到'无我'的工夫。在创造的刹那，只有

① 林同济：《我看尼采》，陈铨：《从叔本华到尼采》，在创出版社 1946 年 11 月版，第 8—9 页。
② 同上书，第 13 页。
③ 同上书，第 1 页。
④ 同上书，第 3 页。
⑤ 同上书，第 5 页。

创造的神境，没有人间的利害是非。人间一切的一切只可供创造者无中生有的取资，而不容变成为创造者的心与手的滞碍。因此，要体验创造，也必须先证见到这种超绝无碍独来独往的纯火之光，我执法执，一概铲除，持着一朵浮空的心头来照取那对眼的希世奇物如何烘托出当日那位希世奇人的胸中块垒，而后再化为那位奇人的本身，照取到他当日何以得心应手，左右逢源，在不可分别的苦痛与狂欢里，宛然搏出一朵千秋灿烂之花。"① 林同济的审美即对作品的再度创造的观点与二十年后兴起的接受美学有异曲同工之妙，在当时的中国实属难得。林同济还谈到在欣赏文学艺术作品时要从整体上把握其"空气"，而不必"分析其一五一十"，② "拘泥咬字句""卤莽吞文字"都行不通。③ 这也是有道理的。

在价值论方面，林同济把文学艺术与人生结合起来，把文学作为肯定生命、鼓舞生命力量的工具。在林同济看来，无论是文学艺术作品的创作，还是对文学艺术作品的接受，都应该如尼采一样作"最高度生命力的追求"④。对创作者而言，外界刺激"激进了生命力跃跃欲出的倾向"⑤，创作是他"生命的淋漓"，"热腔积中，光华突外"⑥；对接受者而言，则可以借作品"激起，鼓舞，完成自己的创造"⑦。这与林同济等战国策派学人对力的推崇是高度一致的。⑧

二

林同济的《寄语中国艺术人》是战国策派的美学纲领。由于该文托词于

---

① 林同济：《我看尼采》，陈铨：《从叔本华到尼采》，在创出版社 1946 年 11 月版，第 5—6 页。
② 同上书，第 23 页。
③ 同上书，第 8 页。
④ 同上书，第 1 页。
⑤ 同上书，第 4 页。
⑥ 同上书，第 4 页。
⑦ 同上书，第 5 页。
⑧ 战国策派学人对力的推崇，参见林同济《力！》、陶云逵《力人——一个人格型的讨论》等文章。

萨拉图斯达，用尼采惯用的箴言体写成，通篇都是诗意象征与形象描述，给理解带来了一定的困难，因而长期遭受误解、非议①，但究其实质，《寄语中国艺术人》只是对战国策派学人一贯主张的"悲剧精神""民族意识"的张扬，"恐怖""狂欢""虔恪"三道母题主要是提倡其所谓"悲剧精神"。

在《我看尼采》的结尾，林同济着重指出读尼采要从整体氛围上把握其精神实质而不要拘泥于片段和字句："凯撒林写他的'创性之悟'云：读者要把我这本书当作一出乐曲，并且要从头到尾，不可片段取娱，因为我的书就像一出乐曲，目的在给读者以某种'空气'。我个人以为了解尼采，最好也不要分析其一五一十，最好当它为整个的乐曲听，没法于灵感上领略它所赋予的'空气'……"② 林同济的《寄语中国艺术人》，是模仿尼采的《查拉图斯特拉如是说》而写作的，其行文的风格，与尼采著作很为接近，因而林同济读尼采的方法对我们读林同济的《寄语中国艺术人》很有借鉴意义，我们应该结合战国策派学人和林同济本人的一贯主张来理解《寄语中国艺术人》的诗意象征。

战国策派学人的思想丰富、复杂，但其基本观点和基本思路可作如下概括：德、意、日等法西斯国家挑起世界性的战争，战国策派学人认为"这乃是又一度'战国时代'的来临"③。为适应这"争于力"的"战国时代"，他们反思中国文化，发现"目前中国所基本缺乏的乃是活力——个人缺乏活力，民族缺乏活力"④。有鉴于此，他们提出了文化重建的构想，其要点是用尚力思想提高个人活力，用民族意识增强民族活力。⑤

具体到文学艺术之中，尚力思想体现为战国策派学人对"悲剧精神"的

---

① 如冯宪光先生《"战国"派美学思想的渊源》一文就认为林同济提出的"恐怖""狂欢""虔恪"三道母题是"由叔本华、尼采的美学残渣杂凑而成的"，"从恐怖、狂欢到虔恪，就是从叔本华悲观主义的痛苦，走向尼采超人哲学的疯狂，再到达柏拉图与叔本华合流的对理式的审美静观"（重庆地区中国抗战文艺研究会编：《国统区抗战文艺研究论文集》，重庆出版社 1984 年版，第 323—332 页）。

② 林同济：《我看尼采》，陈铨：《从叔本华到尼采》，在创出版社 1946 年 11 月版，第 23 页。

③ 林同济：《战国时代的重演》，载 1942 年 3 月 25 日重庆版《大公报》副刊《战国》第 17 期。

④ 林同济：《卷头语》，林同济编：《时代之波》，在创出版社 1944 年版，第 1 页。

⑤ 参见拙文《战国策派思想述评》，《重庆师范大学学报》2005 年第 1 期，人大复印资料《中国政治》2005 年第 7 期、《中国现代、当代文学研究》2005 年第 9 期全文转载。

倡导。陈铨对"悲剧精神"有明确的表述:"什么是悲剧的精神呢?简单一句话,就是'知其不可为而为之'。人生是悲惨的,命运是残酷的,悲剧的英雄并不盲目,但是他并不因此畏缩自全,人生命运愈悲惨愈残酷,悲剧英雄的人格勇气愈光明愈伟大。"① 英国美学家斯马特指出:"如果苦难落在一个生性懦弱的人头上他逆来顺受的接受了苦难,那就不是真正的悲剧。只有当他表现出坚毅和斗争的时候,才有真正的悲剧。哪怕表现出的仅仅是片刻的活力、激情和灵感,使他能超越平时的自己。悲剧全在于对灾难的反抗,陷入命运罗网中的悲剧人物奋力挣扎,拼命想冲破越来越紧的罗网的包围而逃奔,即使他的努力不能成功,但心中却总有一种反抗。"② 阿·尼柯尔也说:"死亡本身已经无足轻重。……悲剧认定死亡是不可避免的,死亡什么时候来临并不重要,重要的是人在死亡面前做些什么。"③ 朱光潜认为:"对悲剧说来紧要的不仅是巨大的痛苦,而且是对待痛苦的方式。没有对灾难的反抗,也就是没有悲剧。引起我们快感的不是灾难,而是反抗。"④ 现今也有学者持有这样的观点:"悲剧是人生灾难与厄运的演示,悲剧主人公的遭遇是悲惨的,使人怜悯与恐惧的;但是悲剧的精魂却是主人公面临灾难与厄运时表现出的那种不向命运屈服,敢于同恶势力抗斗的人性精神与生命活力。"⑤ 从上述诸家的论述来看,他们都是把对灾难、厄运、死亡等不可抗拒的命运的抗争作为"悲剧精神"的实质的。陈铨对"悲剧精神"的表述与他们的看法不谋而合。"知其不可为"即认识到命运的不可抗拒,"而为"则是对这明知不可抗拒的命运的抗争。由此看来,陈铨对"悲剧精神"的表述,把握了"悲剧精神"的实质。

基于对"悲剧精神"的这种认识,战国策派学人认为中国文艺是缺乏"悲剧精神"的,在他们看来,正是"悲剧精神"的缺失,导致中国文艺的

---

① 陈铨:《戏剧与人生》,大东书局1947年版,第71页。

② 斯马特:《悲剧》,转引自邱紫华《悲剧精神与民族意识》,华中师范大学出版社2000年版,第6页。

③ 尼柯尔:《悲剧论》,转引自邱紫华《悲剧精神与民族意识》,华中师范大学出版社2000年版,第6页。

④ 朱光潜:《悲剧心理学》,人民文学出版社1983年版,第206—207页。

⑤ 焦尚志:《试论悲剧性》,《天津社会科学》2003年第1期。

柔弱平和。在陈铨看来，即便是中国文艺中"悲剧意味最浓厚"的作品《红楼梦》也缺乏"悲剧精神"："红楼梦最大的弱点也就是佛家最大的弱点，就是作者的人生观是出世的，不是入世的。红楼梦是悲剧，而没有悲剧的精神。贾宝玉看破红尘，随着一僧一道，脱离家庭逍遥法外，这不是真正解决人生苦难的办法。红楼梦在艺术手腕上，登峰造极，是天下一部奇书，然而在精神上，它却不能给我们生活的勇气。"[①]

林同济《寄语中国艺术人》揭示、针对的也正是中国文艺由于缺乏"悲剧精神"而导致的柔弱平和："我看尽你们的画了——花鸟画，人物画，山水画……不是说山水画乃是你们独步人间的创作吗？诚然，诚然，你们的山水画有一道不可磨灭的功用——一种不可思义的安眠力！""你们的画，不是说画中有诗吗？唉！诗到如今，难言之矣！你们所谓诗，无病的呻吟，逸兴的硿硿。"[②] 文章推崇充满"悲剧精神"的强力文学："我劝你们不要一味画春山，春山熙熙惹睡意。我劝你们描写暴风雪，暴风雪洌洌搅夜眠。你们所谓诗，无病的呻吟，逸兴的硿硿。我的所谓诗，可以兴，可以发，可以舞，可以歌！"文中提出的"恐怖""狂欢""虔恪"三道母题从不同层面对"悲剧精神"进行了阐发。

"恐怖"是对生命悲剧本质的清醒认识。林同济这样形象地描绘"恐怖"："……最后，疲极了，昏迷迷地半合眼，整个身和魂悬荡在岌岌的半空……忽然霹雳一劈，雷电从九空罩下，就绕着卧室打滚，燃烧。滂沱，大雨如河倒泻下，院里东墙，戛戛几声，砰然山崩岳溃，狗狂叫不已，魔鬼四面跳出。在那连掣纸窗的紫电光中，你抓着薄被子，坐起来，一副错愕丧色的面孔——恐怖！"林同济敏锐地感受到了生命的悲剧本质："恐怖是人们最深入，最基层的感觉。拨开了一切，剩下的就是恐怖。时间无穷，空间也是无穷的。对这无穷的时空，生命看出了自家最后的脆弱，看出了那终究不可倖逃的气运——死，亡，毁灭。"

————————

①　陈铨：《戏剧与人生》，大东书局 1947 年版，第 73—74 页。
②　林同济：《寄语中国艺术人》，载 1942 年 1 月 21 日重庆版《大公报》副刊《战国》第 8 期。本篇引用该文，不另作注。

有人指责林同济在宣扬生命的灰色，其实林同济在此谈论的并不是某个具相，而是生命所共有而难以变更的状态，个体生命与无限宇宙的永恒矛盾：现象界里万物变迁，生老病死，一切被创造出来的又不可抗拒地被毁灭掉，作为个体的人终究不免一死，任何人都不能超越时间之维，与宇宙同在。如果无视这一点，只是肤浅的乐观。在此，林同济清醒地认识到了生命的悲剧本质，这种悲剧，不是由个人和时代造成的，而是宇宙的本质如此，个人和时代的原因，尚可补救，宇宙的本质如此，无法变更。

林同济大谈"恐怖"，叩问生命的悲剧本质，是为了结束传统文学"一味的安眠"，警醒国人，"突破历史遗留的罗网而涵育出一朵新阶段的文化之花"①。在他看来，"恐怖是生命看到了自家最险暗的深渊：它可以撼动六根，可以迫着灵魂发抖。弟兄们呵！你们的灵魂到如今，需要发抖了！能发抖而后能渴慕，能追求。发抖后的追求，才有能力创造。我看第一步必需的功夫，是要从你们六根底下，震醒了那一点创造的星火"。

"狂欢"是对生命悲剧的不屈抗争。林同济运用叔本华悲观主义哲学观念大谈"恐怖"，但他并没有像叔本华一样在生命悲剧前退缩，而是从叔本华的悲观主义走向了尼采的乐观主义，他要在生命悲剧前奋起抗争，用"悲剧精神"追求最高度的生命力，在生命的舞蹈与挥霍中"狂欢"。"恐怖是无穷压倒了自我，狂欢是自我镇伏了无穷。"最高度生命力的不断追求，"自我"与"无穷"的反复斗法，终于让"狂欢"超越了"恐怖"："'我思故我在'，我在故我能！'我能，我能'！拍案大叫，踢开门，大步走出来，上青天，下大地，一片无穷舞蹈之场。挺着胸呼吸，不发抖，不怕什么，你把握着自家，你否认了恐怖。你脚轻，你手松，你摸着宇宙的节拍，你摆腰前蹈，你耸身入空，你变成一只鸟，一个驾翼的安琪儿，翩跹，旋转。摆脱了体重的牵连。上下四方，充溢了阳光——丰草，花香，喷涌甘泉，俄听得均天乐绕耳响。你眼花，你魂躁，你忍不住放声叫，唱，唱出来你独有之歌腔，追随着整个宇宙奔驰，激起，急转，滑翔！你和宇宙打成一片，不！你征服了宇宙，要

---

① 林同济：《卷头语》，林同济、雷海宗：《文化形态史观》，大东书局1946年版，第5页。

变成宇宙本身。""狂欢！狂欢！它是时空的恐怖中奋勇夺得来的自由乱创造！没尝过恐怖的苦味的，永远尝不到狂欢的甜蜜。""狂欢是流线交射，是漩涡汇集，是万马腾骧，是千百万飞机闪电。狂欢是动，是舞——一气贯下的百段旋风舞。""狂欢是铿锵杂沓，是锣鼓笙簧，是狼嗥虎啸，糅入了燕语莺歌，是万籁奋发齐鸣，无所谓节奏而自成节奏。狂欢是音乐，是交响曲的高浪头。"

林同济用亢奋的语言盛赞"狂欢"，实际上赞美着对生命悲剧不屈抗争的人生态度。他慨叹大多数中国人生命力羸弱，经过"数千年的'修养'与消磨"后，"已失去了狂欢的本领了"。生命要在不断向悲剧命运、向死亡抗争中显示自身价值，面对空前的灾难，中华民族决不能失去勇刚的血性！

林同济说画狂欢时"不要忘了醉酒之香，异性之美"，这一点也容易为人诟病，其实这也是一种象征，我们不能"拘泥咬字句"。正如庄子说"圣人不死，大盗不止"并非真要杀圣人一样，"醉酒之香，异性之美"也不是真叫我们去纵欲，只是表明要让生命的力量尽情释放。

"虔恪"是对生命意义的终极关怀。"狂欢是自我毁灭时空，自我外不认有存在。虔恪呢？虔恪是自我外发现了存在，可以控制时空，也可以包罗自我。"在"自我"与"时空"之外，发现了一个"绝对体"，"它伟大，它崇高，它圣洁，它至善，它万能，它是光明，它是整个"，"虔恪"就是对这"神圣的绝对体"的"严肃屏息崇拜"。

以往有人认为"虔恪"就是要人民服从于蒋介石，服从于国民党政府，这是经不起推敲的。林同济的自由知识分子立场使他对国民党当局的弊政颇有微词①，他又怎会把蒋介石和国民党政府当作神圣的绝对体来崇拜？再说蒋介石和国民党政府也谈不上"控制时空""包罗自我"。

林同济的《请自悔始》《民族宗教生活的革创》为我们理解"虔恪"提供了很好的注脚。《请自悔始》认为：爱与恨之外，还要有"悔"，悔就是自省，悔分小悔、大悔，大悔是"由'行为'的检查而进到自己整个的'生命

---

①　参见其《中饱》等文。

本体'的估量，拿爱与恨的热火向自己整个的存在价值，来一度彻底的探照"，"探照"的结果是产生了"一方面自感身世的有限性，一方面又肯定生命是个大可能，是个大机会"的"谦悯"感。大悔又是"自我的超越"，"超越"的结果是可被称为"绝对""上帝""自然""道""无穷"的"那无限性的体相，刹那间要掠过你的灵魂"，"你乃觉得有了'无所不能'的一物在，所以自我仍为其物的一部，而不失为宇宙的必需。盖所谓无能而不敢不有能，不圆而不禁要求圆者"。① 《民族宗教生活的革创》则认为"自我"与"无穷"斗法时，"自我"会产生"恐怖"感，"但，如果还有勇气支撑下去，征服了恐怖，则恐怖下可以渐渐透出笑容，衬托出小体对大体所必生的一种爱慕与向往，于是而讴歌之，膜拜之，奔赴皈依之，到了最后，一种融融浑浑的至妙意境可以呈现，在耶教叫做互契（Comnunion），在佛教叫做证会，就是合一"。② 由此看来，林同济顶礼膜拜的"绝对体"就是宇宙，"虔恪"就是对生命意义的终极关怀、形而上思考。正是在这种终极关怀、形而上思考中，实现了对个体生命的超越，感受到了生命与宇宙的和谐统一，达到了天人合一的审美境界。不错，个体生命可以毁灭，但主宰着芸芸众生的生命力却长存不朽，它不受时间和空间的制约，使人类在整体上波澜壮阔地向前发展，绵绵无绝期。正是在这个意义上，对不可改变的生命悲剧的抗争才有其价值，若无人类的延续，个体又何以保持其"悲剧精神"作不屈的抗争，又何必作徒劳的挣扎？

按照战国策派学人的设想，在中国文艺中灌注"悲剧精神"，可以提高中国人个体生命的活力。但是他们也看到了"西洋过去那种'活力乱奔'的流弊"③，因此他们在倡导"悲剧精神"的同时，又以"民族意识"匡扶之，他们希望为个体生命的活力找到一个汇集点、一个归宿，把个体生命的活力纳入国家民族的轨道中，让"力"得到"驯服"的"运用"，提高整个民族的活力。

---

① 林同济：《请自悔始》，《时代之波》，在创出版社 1944 年版，第 92—94 页。
② 林同济：《民族宗教生活的革创》，《时代之波》，在创出版社 1944 年版，第 102 页。
③ 林同济：《卷头语》，林同济、雷海宗：《文化形态史观》，大东书局 1946 年版，第 4 页。

　　林同济是一贯重视对民族意识的培植的。在他看来，中国长期处于"无外无别"、以"大同"为理想的"大一统帝国阶段"，是非常缺乏民族意识的，可是世界政治的演变把中国推到了"大战国时代"，"大战国时代的特征乃在这种力的较量，比任何时代都要绝对地以国为单位"①。在这种情况下，民族意识至关重要。正因为如此，林同济很认同当时"国家至上，民族至上"的口号，其伦理观上的"忠为第一"② 思想倡导忠于国家、民族，培植的也是一种民族意识。他企图掀起的"第三期的中国学术思潮"内容之一也是以民族意识取代"五四"时期的个人意识、二三十年代的阶级意识③。

　　林同济《寄语中国艺术人》在提倡"悲剧精神"的同时，对"民族意识"也有所张扬。文章清醒地认识到中国人缺乏真正的崇拜："弟兄们！四千年的圣训贤谟，也为你们发现了一个绝对体没有？你们所谓神圣的是什么？你们所屏息崇拜的在那里？""唉！我访遍了你们的赫赫神州，还没有发现过一件东西，你们真正叫做神圣，叫做绝对之精！殿，庙，经，藏，天神，国家，女性，荣誉，英雄之墓，主义之花，……在那一个前面，你们真晓得严肃合掌？在那一个背后，你们不伸出你们那秽腻的指头，哼出你们那虚无的鼻中笑？"④ 林同济明白，对于这样一个只有现实之惧而无心灵之畏的民族，如果听任个体生命活力无限膨胀，势必走到另一个极端，像西洋文化一样出现"活力乱奔"的毛病。因而他在谈论"狂欢"时没有忘记强调："如果你们画中有诗，愿这诗不是三五字的推敲，而是整部民族史的狂奏曲！"可见其"悲剧精神"是以"民族意识"为旨归的。

　　（原题《重读〈寄语中国艺术人〉》，刊《涪陵师范学院学报》2005 年第 1 期，有改动）

---

① 林同济：《柯伯尼宇宙观》，重庆版《大公报》副刊《战国》1942 年第 7 期。
② 林同济：《大政治时代的伦理》，《今论衡》1938 年第 1 卷第 5 期。
③ 林同济：《第三期中国学术思潮》，《战国策》1940 年第 14 期。
④ 林同济：《寄语中国艺术人》，重庆版《大公报》副刊《战国》1942 年第 8 期。

赵景深与冰心作品的传播、研究

文学活动是一个复杂的系统，作家的创作仅仅只是其起点，作品的传播、研究也是系统中的重要环节，并且是作品的社会意义最终得以实现的一个必不可少的前提。冰心能够影响一代又一代的读者，固然首先是取决于其作品在思想、艺术方面的巨大成就，但也与其作品传播的畅通、研究的深入密不可分。成就卓著的古典文学研究专家赵景深同时也是一位活跃的出版家和新文学批评家，在冰心作品的传播、研究中功不可没。

一

冰心是"五四"惊雷震上文坛的新星，随着"五四"的落潮，冰心建筑在"读者间的根基"动摇了，正如阿英所说，"这样的存在是不会长久的，她的影响必然的要因社会的发展而逐渐的丧蚀"①。然而，冰心的影响并未"丧蚀"殆尽，她依然拥有广大的读者。应该说，这是与赵景深这样的人对冰心作品的传播分不开的。在冰心的影响力已不如"五四"时期的情况下，赵景深主要以推出冰心著述、选编教科书及其他读物、撰写文学史著作②等方式促

---

① 阿英：《〈谢冰心小品〉序》，范伯群编：《冰心研究资料》，北京出版社 1984 年版，第 401 页。

② 撰写文学史著作当然也是一种研究，本文所谈的传播很多与研究有关，为行文方便，只好分开论述。

进了冰心作品的传播。

推出冰心著述包括发表冰心文章、出版冰心著作两个方面。

赵景深 1930 年任北新书局总编辑后，曾主编该书局的《现代文学》《青年界》两种刊物。《现代文学》1930 年 7 月创刊，同年 12 月终刊，仅出 6 期。《青年界》是《现代文学》与北新书局另一种刊物《北新》合并后的产物，该刊是《语丝》之后北新书局最为重要的刊物，1931 年 3 月创刊，每年 2 卷，每卷 5 期，连续出版至第 12 卷时因抗战爆发才被迫中辍，抗战胜利后复刊，1949 年 1 月最后停刊。经赵景深之手，冰心在《青年界》发表了三篇作品，分别是：《我的文学生活》（即《冰心全集》的自序，载 1932 年 10 月 20 日第 2 卷第 3 号）、《二老财》（载 1936 年 1 月第 9 卷第 1 号）、《记萨镇冰先生》（载 1936 年 6 月第 10 卷第 1 号）。

冰心在《青年界》的发文情况已为各种冰心著译年表记载，但《二老财》《记萨镇冰先生》两篇作品并非在《青年界》首次发表却是鲜为人知的。最新版《冰心全集》就将这两篇作品在《青年界》的刊登视为"最初发表"①。其实这两篇作品最初都发表在《自由评论》。《自由评论》是梁实秋、李长之等人编辑的一种周刊，1935 年 11 月 22 日创刊于北平，1936 年 10 月 23 日终刊，共出版 47 期。该刊是新月派同人的又一个论坛，是《新月》标榜的独立思想的延续。《自由评论》关注政治时事，经常发表张东荪、罗隆基、梁实秋等人的时评，也刊登文学作品，熊佛西的剧论、周作人和梁实秋的散文都曾在上面问世。冰心是《自由评论》的积极支持者之一，在该刊发表了《一句话》《古老的北京》（译文）等四篇作品。其中《二老财》发表于 1935 年 11 月 22 日第 1 期，被标为"小说"，同期发表的有张东荪的《结束训政与开放党禁》、罗隆基的《我们要什么样的宪政?》、梁实秋的《算旧账与开新张》、叶公超的《最后团结的机会》、赵守愚的《币值改革后的问题》、潘光旦的《一个意国学者的战争之优生学观》（译文）等。《记萨镇冰先生》发表于 1936 年 3 月 27 日第 17 期，同期发表的有梁实秋的《如何对待共产

---

① 卓如编：《冰心全集》（第二册），海峡出版发行集团、海峡文艺出版社 2012 年第 3 版，第 437、453 页。

党》、知堂（周作人）的《文学的未来》、叶维之的《意义与诗》以及未署名的短评《中日交涉的前途》《张申府教授事件》等。

关于《二老财》《记萨镇冰先生》最初发表于《自由评论》，冰心在给赵景深的信中有明确说明。《青年界》第9卷第1号有"游记特辑"，赵景深曾向冰心约稿，冰心在1935年11月25日致赵景深的信中说："附上拙稿一篇，是三两天前在几个朋友办的《自由评论》内登过的，该周刊是新出，且销路还不知多广，我想再在《青年界》登也许可以。因为群众是不一样的。"又说："这篇登出后，《冰心游记》再版时，还可附入，因为在《冰心游记》里曾提到二老财的事。请转达小峰先生。"《冰心游记》指《平绥沿线旅行记》（北新书局将其改题为《冰心游记》，于1935年3月出版），冰心是在平绥沿线旅行时听到开发河套的王同春及其女二老财的事迹的，游记中多处提及二人，并准备将来"为专文以纪此河套无冠帝王之公主"。此信内容正好与《二老财》的发表情况吻合。1936年3月31日，冰心又给赵景深写了一封信，信中说："兹附上稿件一篇，也是上星期在《自由评论》上登过的。我想这种文字为青年人读，也许还合宜。请您酌用。"这篇稿件就是四天前发表于《自由评论》的《记萨镇冰先生》。冰心给赵景深的三封信，《冰心全集》都收录了，编者却未能从这两封信中发现线索，准确确定《二老财》《记萨镇冰先生》最初发表的刊物和时间，也算是疏忽所致的一个小小错讹。

冰心是北新书局最为重要的著作人之一，抗战之前冰心的绝大多数著作是由北新书局出版的。仅北新书局1931年1月至1933年10月间推出的黄皮丛书就收录了《南归》《姑姑》《闲情》《去国》四部冰心的作品集。由冰心自己编辑的一套《冰心全集》（包括《冰心小说集》《冰心诗集》《冰心散文集》）也由北新书局于1932年8月至1933年1月间出版。此外，《春水》《寄小读者》《冰心游记》《冬儿姑娘》等作品也曾在北新书局出版。北新书局是北京大学新潮社的延续，得到鲁迅、周作人的支持，以出版新文艺书刊著名，有着比较畅通的出版发行渠道。冰心与北新书局的合作，一方面为北新书局提供了可供出版的资源，另一方面也为自己作品的传播获取了很好的途径。据统计，至1934年9月，《春水》印行了12版；至1935年底，《寄小读者》

印行了 23 版。①

　　冰心与北新书局的合作由来已久，并不是赵景深进入北新书局之后才开始的。冰心曾在《晨报副刊》发表大量诗文，而曾任《晨报副刊》编辑的孙伏园也是北新书局成立时的重要股东，冰心也许是因此成为北新书局的著作人并与书局主要负责人李小峰结识。因此冰心著作在北新书局出版进而在坊间流传并不能完全归功于赵景深，但冰心的著作主要是 20 世纪 30 年代在北新书局出版，赵景深作为该时期北新书局的总编辑，起到了某种程度的作用是无疑的。

　　特别值得一提的是赵景深为冰心作品的发行所作的努力。为了促进书籍的销售，北新书局往往会以广告、书评等方式来为之造势，对于强力推出的作家，还会出版专门的评论集。比如郁达夫的作品由北新书局陆续出版后，为了争取更多的读者，北新书局特意出版了署名邹啸的《郁达夫论》。邹啸其实就是赵景深——"邹啸"与"走肖"谐音，"走肖"合起来就是一个"赵（趙）"字。又如周作人是北新书局的有力支持者，也是其主要著作人之一，赵景深也曾化名陶明志，编辑出版《周作人论》。冰心的著作在北新书局出版后，赵景深也曾以评论的形式进行宣传（当然也是一种较为客观的研究）。比如冰心的散文《南归》在北新书局出版，赵景深就曾及时发表《冰心女士的〈南归〉》，给予高度的评价。在冰心自己编辑的《冰心全集》的出版过程中，北新书局于 1932 年 7 月出版了李希同编辑的《冰心论》。《冰心论》收录了包括赵景深的《冰心的〈繁星〉》《冰心女士的〈南归〉》在内的 24 篇冰心研究的论文，是极为珍贵的冰心研究资料。李希同为李小峰之妹，1930 年嫁给丧偶的赵景深。李希同在文学史上留下的痕迹不多，据与北新书局交往密切的郁达夫之妻王映霞回忆，李希同在北新书局"专管钱财"②，因此《冰心论》很可能是赵景深托名李希同编写的。《冰心全集》正在北新书局出版，总编辑

---

　　① 《春水》1923 年 5 月作为新潮文艺丛书之一由新潮社初版，北新书局成立后即接手了该丛书的出版发行工作。统计结果见陈树萍《北新书局与中国现代文学》，华东师范大学 2006 年博士学位论文，第 112 页。

　　② 赵易林：《赵景深的学术道路》，山西古籍出版社 2004 年版，第 53 页。

以真实姓名出书为之造势，实在有所不便，这恐怕也是《郁达夫论》《周作人论》都用化名的原因。即便《冰心论》确为李希同所编，作为北新书局总编辑和李希同丈夫的赵景深也一定出力甚多，目前可以确定的是《冰心论》的封面设计出于赵景深的创意："一支钢笔，从笔尖流出大海，海水里有一个老母和几个小孩的头，——这表示了冰心的作品中最爱写的题材是海、母亲和小孩。"① 赵景深创意的这个封面，可谓又准确又别致。赵景深所做的这些一定程度上扩大了冰心的影响，促进了冰心作品的传播。

对于普通读者而言，教科书是获取文学知识的一个重要途径。他们往往通过教科书获得关于某位作家的部分知识，再去阅读其更多的作品，做更进一步的了解。因此教科书是文学传播的重要途径之一。已经有人注意到了教科书在冰心作品传播中的作用，王炳根就曾统计《寄小读者》在教科书中的出现情况："中华书局版《初中国文读本》，收录通讯十八（朱文叔选编，1934 年）；正中书局版《初级中学国文》，收录通讯十（叶楚伧选编，1934 年）；开明书店版《国文百八课》，收录通讯七（叶圣陶、夏丏尊选编，1935 年）；世界书局版《初中新国文》，收录通讯十（朱剑芒选编，1937 年）；正中书局版《初级中学国文》，收录通讯十（桑继芬选编，1948 年）。"② 不过赵景深大量选编《寄小读者》以及冰心其他作品进中小学国文教科书的情况却被遗漏了。

北新书局创办之初以出版新文艺书刊为主，屡遭当局查禁之后，在 1930 年前后改变了经营方针，同时大量编辑出版没有政治风险的中小学教科书。1929 年 8 月国民政府教育部颁布了中小学课程《暂行标准》，北新书局以这个标准为依据，编辑出版了大量中小学教科书以及教辅读物。其中赵景深主要编辑了国语科目，包括《高小国语读本》（4 册，与李小峰合编）、《北新国语教本教授书》（4 册）、《初级中学混合国语教科书》（6 册）、《北新活页文选》（与姜亮夫等合编）、《现代小品文选》（2 册）等。1940 年，赵景深又编辑了适用于高级小学及初中一年级的《文言初步》（4 册）。

---

① 赵景深：《文坛忆旧》，重庆出版社 1985 年版，第 147 页。
② 王炳根：《〈寄小读者〉的出版与意义》，2012 年 10 月冰心文学第四届国际学术研讨会论文。

从笔者所见到的部分内容看来，赵景深编辑的国语教科书、教辅读物选用了不少冰心的作品。如《初级中学北新混合国语》第一册，1930年9月初版。该册三十课，选用的三十篇课文多为名篇：外国文学方面，有周作人译的安徒生的《卖火柴的女儿》、胡适译的都德的《最后一课》等；中国古代文学方面，有《战国策》中的《冯谖》、《墨子》中的《兼爱》、《资治通鉴》中的《李愬雪夜入蔡州》、陶潜的《桃花源记》、柳宗元的《区寄》、宋濂的《送东阳马生序》、张溥的《五人墓碑记》等；中国现代文学方面，有沈尹默的《三弦》、鲁迅的《风筝》、周作人的《乌篷船》、朱自清的《匆匆》等。其中第四课为冰心的《别》。文后的"作者小传"对冰心及作品作如下介绍："冰心乃女文学家谢婉莹之号，福建闽侯人，所作多写儿童，母亲与海，文笔婉妙，即散文亦如诗句。小诗《春水》（一九二三）《繁星》（一九二三）受印度泰戈尔（Rabindranath Tagore 1861—1941）《飞鸟集》（The Stray Birds）之影响，小说集有《超人》（一九二三）《往事》（一九三〇）等。《寄小读者》（一九二六）尤为儿童所爱读，本篇所选即此书通讯十九之前半。"又如《初级中学混合国语》第二册，1930年9月初版。该册三十八课，选文三十八篇：外国文学方面，有周作人译的爱罗先珂《春天与其力量》、鲁迅译的鹤见祐辅的《论辩事法》等；中国古代文学方面，有节选自《水浒传》的《林冲》、节选自《儒林外史》的《王冕的少年时代》、归有光的《项脊轩志》、蒲松龄的《促织》、周容的《芋老人传》等；中国现代文学方面，有郑振铎的《蝉与纺织娘》、鲁迅的《藤野先生》、周作人的《吃茶》、叶绍钧的《藕与莼菜》、钟敬文的《谈雨》等。其中第十八课为冰心的《机器与人类幸福》（即《山中杂记——遥寄小朋友》的第九部分）。再如作为中学国语补充读本的《现代小品文选》（1933年10月初版）选录了周作人、鲁迅、朱自清、俞平伯、叶绍钧、丰子恺、孙福熙、徐志摩等二十六位现代作家的七十篇小品文，其中冰心的作品选用较多，有《小鼠》（《寄小读者·通讯二》）、《圣诞节》（《寄小读者·通讯十一》）、《三颗星》（《寄小读者·通讯十三》，其中的英文诗 The Young Mystic 略去）三篇。

尤为有趣的是"文语对照"的《文言初步》选用了现代作家的10篇语体

散文，并附有这些文章的文言译文。其中第四册选用了冰心的《寄父亲》（《寄小读者·通讯九》的节录，另外 3 篇是老舍的《趵突泉》、陈子展的《不要看轻徒弟》、叶绍钧的《杂耍》）。赵景深还以冰心给父亲的信为例，讲解了"书信的作法"，指出白话信与文言信在格式、称谓等方面有所不同，因此要将开头的"亲爱的父亲"译为"父亲大人膝下"，后面加上"敬禀者"，末尾添上"余容续禀，敬请福安"，信中的"我"全部改称"儿"。至于信的其余部分，赵景深基本采用直译，如回忆与父亲冬夜观星一段，译为："犹忆去冬，儿与母夜坐，父归甚晏。儿迎入中门，朔风中父与儿庭院立，亦指星谓儿：孰为天狗，孰为北斗，孰为箕星。斯时儿觉父之智慧无限，能知天空缥缈中一切微妙之事——又一年矣！"

赵景深编辑的国语教科书既选作品，又讲文法，知识全面系统，体例新颖独创，非常适合教学，在当时产生了很大的影响。如《初级中学北新混合国语》第一册，1930 年 9 月初版，至 1935 年就销行了 16 版。这些国语教科书和教辅读物直接进入中小学课堂，对包括冰心作品在内的文学作品的传播是起了很大作用的。

除了国语教科书和教辅读物之外，赵景深还编辑出版了其他一些文学选本，其中也选用了冰心的部分作品。比如赵景深于 1946 年就曾编注、出版英汉对照的《现代中国小说选》（CONTEMPORARY CHINESE SHORT STOYIES）。该书选译了郭沫若、茅盾、叶绍钧、俞平伯、沈从文等六位作家的七篇短篇小说，其中冰心的《第一次宴会》也在入选之列。《现代中国小说选》有多种用途，对于冰心作品的域外传播应该也是可以发挥作用的。

从事过文学创作的作家多得如恒河沙数，然而大浪淘沙，能够写进文学史的却寥若晨星。冰心很早就被同时代的人写进文学史中，那么是哪些人最早将冰心写进文学史的呢？从目前可以看到的材料来看，赵景深是相当早的一个。20 世纪 20 年代，中国问世了一批中国文学史论著，但胡怀琛的《中国文学史略》、顾实的《中国文学史大纲》等大多数著作都没有容纳新文学。最早论及新文学的文学史著作，有赵景深的《中国文学小史》、谭正璧的《中国文学史大纲》等。

　　赵景深的《中国文学小史》1926 年完成，同年由大光书局出版。该书最后一节"最近的中国文学"以 2000 字左右的篇幅，从诗歌、小说、戏剧、散文四个方面对文学革命以来的新文学进行了简单论列，其中诗歌、小说、散文三个方面都提及了冰心。诗歌方面，他认为经历了"未脱旧诗词气息"、无韵诗、小诗、西洋体诗、象征诗等"五个变迁"，其中对小诗论述如下："最初作此体的是谢婉莹。她受了泰戈尔《飞鸟集》的影响而作《春水》《繁星》。宗白华的《流云》、梁宗岱的《晚祷》继之。此外何植三、孙席珍等均效仿之，叶绍钧、刘延陵所编的《诗杂志》中小诗甚多，可看出当时风气的一斑。"小说方面，他论及了不少作家，在叶绍钧、郁达夫、张资平、滕固之后，他谈到了冰心："冰心的《超人》《往事》多写爱海，爱小孩，爱母亲，而不及两性恋爱。"散文方面，他认为可以周作人、朱自清、俞平伯、丰子恺、孙福熙、徐志摩、冰心、绿漪等为代表，指出"冰心所作也很清丽，有《寄小读者》《南归》《闲情》等"。

　　谭正璧的《中国文学史大纲》1925 年 9 月由泰东图书局出版，问世比赵景深的《中国文学小史》还早。该书第十一章为"现代文学与将来的趋势"，以"政治革命与文学革命""外国文学之传入与译界之王林琴南""陈独秀与胡适之""新诗之厄运与小说戏剧之进步""二大文学家——周树人和周作人""文学研究会与创造社""国语运动与新文学之冲突"七个小节论述现代文学，其中"新诗之厄运与小说戏剧之进步"提及冰心的《繁星》《春水》和《超人》，这可能是冰心第一次被写进文学史。但该书对冰心的论述比赵景深的《中国文学小史》更简略，仅作了"思想艺术俱佳"的六字断语。《中国文学史大纲》出改订本时，现代文学部分增加到十三节，内容有所充实，有趣的是改订本涉及冰心的两节全部照搬了赵景深《中国文学小史》的相关论述。"新诗的变迁"说："赵景深以为最近的诗歌有五个变迁：……再后便是小诗。最初作此体的是谢婉莹。她受了泰戈尔《飞鸟集》的影响而作《春水》《繁星》。……""新体小说"说："自文学革命开始，新体小说在文坛上占得地位后十年间的情形，正如赵景深所说：……冰心的《超人》多写爱海，爱小孩，爱母亲，而不及两性恋爱。……"

至于《冰心研究资料》提及的王哲甫的《中国新文学运动史》，是一本专论新文学的著作。相对于《中国文学史大纲》《中国文学小史》的简略而言，《中国新文学运动史》对冰心作品论述的篇幅之大可谓空前，该书对冰心的诗歌和小说都做了较为详尽的论述，第九章现代作家略传中的《冰心》更是长达5页。但该书出版于1933年9月，已是《中国文学史大纲》《中国文学小史》问世好几年之后了。

写进文学史意味着对作家创作成就的认可，对作品的传播无疑是有促进作用的。赵景深的《中国文学小史》较早地将冰心写进了文学史，该书销行二十多版，并曾被清华大学指定为入学考试的唯一参考书，流传是比较广的，对冰心作品的传播应该起到了一定的促进作用。

二

上文所述赵景深对冰心作品的传播，实际上已经多处涉及赵景深对冰心的研究。《中国文学小史》《冰心论》都是早期冰心研究的重要成果。但是赵景深的冰心研究成果远远不止这些，他1927年12月完成的《中国新文艺与变态性欲》、1929年7月为AL社编选的《现代中国小说选》写的序言、1933年7月为自己编选的《现代小品文选》写的序言、1936年1月出版的《中国文学史新编》等，都论述到了冰心及其作品。

赵景深对冰心作品题材、风格的把握比较到位。比如《〈现代中国小说选〉序》论述冰心的小说："冰心的小说多含哲理，在题材上，谁都知道，是小孩，是母亲，是海。"[1] 可谓要言不烦。又如《读冰心的〈繁星〉》评论冰心的诗歌："仿佛在一篇文章里见过，说是读'水浒'应当摇着蒲扇，读'红楼'应当焚着清香。倘若我也给《繁星》一个比例，读他（它）时似应在月明如水的静夜，坐在海边的石上，对着自然的景色细细的读着，与涛声

---

① 赵景深：《〈现代中国小说选〉序》，《海上集》，北新书局1946年版，第218页。

相和了。但我想这不过是因他（它）们的性质因而找一个更合适的地方来读，以便感着更深的兴趣。其实说来，任意的在一个时候翻阅伊的《繁星》中的几首，即便在极炎热的夏天，也能感到一种沁人肺腑、清新凉爽的感觉，虽然是有一些儿严冷，但终觉得非常和蔼。"① 以一种诗化的语言道出了自己对冰心诗歌独特风格的感悟。

赵景深对冰心在文学史上的定位也很准确。诗歌方面，《中国文学小史》《中国文学史新编》都将文学革命以后十余年间的诗歌分为五个时期，而将冰心的《繁星》《春水》视为小诗时期的代表。小说方面，《中国文学小史》在叶绍钧、郁达夫、张资平、滕固四位作家之后就论及了冰心，《中国文学史新编》则将十余年间的小说分为两个时期，指出"第一时期有鲁迅、叶绍钧、郁达夫、谢冰心、落华生、张资平等"，"第二期有茅盾、老舍、沈从文、巴金……等"。散文方面，两部史著都将冰心与周作人、朱自清、俞平伯、丰子恺、孙福熙、徐志摩、绿漪等作家并列，视为代表性作家，并指出冰心散文的风格是"清丽"。

赵景深的冰心研究还表现出以下两个鲜明的特点。

其一是在比较研究中凸显冰心创作的特色。

赵景深对古今中外的文学都有很深的造诣，因而能够在一种开阔的视野中研究冰心的创作，能够通过与其他作家的比较来凸显冰心创作的特色。

有时是在比较中见同。如《〈现代小品文选〉序》在冰心之后论绿漪："与冰心同为女作家的是绿漪。绿漪似与冰心同样的富于感情和宗教情绪。"② 两句话看似简单，却指出了两位女作家小品文的共同点。又如《冰心女士的〈南归〉》对《南归》中提前过年那一段的赏析："她恐怕她的母亲的病，不能挨到过旧历年。所以特意提前过阳历年。在病重的母亲的床前挂了十几盏小灯笼。大家穿了新衣服，假笑佯欢的逗妈妈欢喜。但在深夜无人的时候，

① 《读冰心的〈繁星〉》，《近代文学丛谈》，新文化书社1934年11月第3版，第74页。该文收入《冰心论》时改题为《冰心的〈繁星〉》，文字有个别不同，范伯群编《冰心研究资料》收录了该文，注明"选自《近代文学丛谈》"，但实际上可能依据的是《冰心论》。
② 赵景深：《〈现代小品文选〉序》，北新书局1933年10月版，第7页。

背着母亲，却又泪珠偷弹。呵，都德的《柏林之围》，泰来夏甫的《决斗》！明知本国是战败了，孙女儿却要瞒着年老而爱国的祖父；明知少年是决斗而死了，少年的朋友却要瞒着少年的母亲；现在，明知母亲是活不长久了，做女儿的冰心却要瞒着老人家，说是她的病有希望！这是乐中之苦，然而也是苦中之乐！"① 将《南归》与《柏林之围》《决斗》相提并论，既拓展了审美空间，又很好地揭示了《南归》"至情至性"的特点。

更多的是在比较中见异。如《中国文学小史》将冰心与庐隐的小说放在一起论述，揭示她们在取材上的不同点："冰心的《超人》《往事》多写爱海，爱小孩，爱母亲，而不及两性恋爱。庐隐的《海滨故人》《灵海潮汐》《归雁》《云鸥情书集》《火焰》反之。"更典型的是《〈现代小品文选〉序》对冰心与徐志摩小品文的比较："与徐志摩恰巧相反的是冰心，他们俩简直没有一个地方是相同的。最显著的有下面几点不同：一、冰心是出世的，徐志摩是入世的。这话有语病，读者但会其意可也。我们读冰心的小品，仿佛看见一个不吃人间烟火食的高僧或者修道院的女尼，她几乎弃绝尘世的俗虑，时常赞美到死。而徐志摩却有的是年青人的一腔热情，他可以跟你谈到济慈所歌吟的那只泣血的夜莺，他可以问你可会见过巴黎最艳丽的肉。你对于冰心所感到的是'冰心'，你对于志摩却感到'摩'天的热情。二、冰心是受东方影响的，志摩是受西方影响的。冰心的句子很短，音节也简略；志摩的句子很长，音节也繁促起来。清秀与浓丽无论如何是不能混为一谈的。如果冰心的是水墨画，徐志摩的该是设色山水了；如果冰心是淡抹，徐志摩该是浓装了。"② "水墨画"与"设色山水"、"淡抹"与"浓装"等对比，极好地揭示了二人"清秀"与"浓丽"的不同风格。

其二是将心理分析批评引入冰心研究。

赵景深是中国最早尝试心理分析批评的批评家之一，也是将心理分析批评引入冰心研究的第一人。在运用心理分析批评方法解析鲁迅的《弟兄》之后，赵景深试图运用这种方法对中国新文学进行整体把握，于 1927 年 12 月

---

① 赵景深：《冰心女士的〈南归〉》，李希同编：《冰心论》，北新书局 1932 年 7 月版，第 151 页。
② 赵景深：《〈现代小品文选〉序》，北新书局 1933 年 10 月版，第 7 页。

完成了《中国新文艺与变态性欲》一文。该文依据精神分析学说"性的发展历程是从母子恋爱或父女错综到兄妹恋爱或姊弟恋爱，再由此到自我恋，最后到同性恋爱。此外还有对于自然界的愿望性欲象征和虐待狂以及梦境"的理论，对中国新文艺中表现变态性欲的作品进行综合考察，将其归纳为母子/父女恋爱、兄妹/姊弟恋爱、自我恋、同性恋爱、性欲象征、梦境等七类。这篇论文两处提及冰心。一处是把冰心之爱海当作性欲象征：

> 我们常有个疑问，为什么庐隐女士的小说十九描写恋爱，而冰心女士却绝口不提恋爱呢？如今在精神分析里可以得到解释。莫特尔把渥茨华士之爱自然看作性欲象征；我们也不妨把冰心女士之爱海当作性欲象征。母性般的爱小孩可以归入伊莱克察错综（恋母情结——引者按）一类，爱她父亲又可归入耶的卜司错综（恋父情结——引者按）一类。她是无时无刻不记念着她那横刀跨马的军官父亲的。如《繁星》七五说：
>
> > 父亲呵！
> > 出来坐在月明里，
> > 我要听你说你的海。

又八五说：

> > 父亲呵！
> > 我愿意我的心，
> > 像你的佩刀，
> > 这般的寒生秋水！

都可作为例证。早年所作的《梦》也是记念父亲的。不过在此应该向神经过敏的先生们声明，这完全是"不自觉"或是"潜意识"的，并非露骨的性爱，更非见诸实行，这是常人都有的历程，并不仅冰心女士一人，所以我以为这对于我们的女作家并不见怎样的唐突。

一处是分析冰心《寂寞》中小小的梦：

> 最后讲到梦境。恕我又引到《湖边春梦》。像杖压背后，梦中即受鞭

挞；医生打针，梦中即为强盗所打：这样的例子，不过是生理上的错觉。
至于冰心女士的《寂寞》，先写妹妹讲雪花公主的故事，又讲麻雀的故事
给小小听，于是晚间小小便入了梦境，看见雪花公主提着麻雀笼子，这
样的联贯起来，也不过是心理上的脑细胞错综配合作用。最要紧的，《湖
边春梦》中孙辟强看见多髯的老者与少女为夫妻，心中极为嫉妒，但为
社会道德势力所迫，不能抢她过来；因恨老者过深，梦中不知不觉的便
把老者变做强盗，老者是他与绮波间的阻碍力，在梦中变了装。①

这篇论文对冰心的分析不一定能够得到我们的认同，却也提出了一些有
价值的问题，能够给我们一些启示：首先，冰心创作的独特风貌（比如赵景
深所说的与庐隐的明显区别）是如何形成的？我们是否可以对冰心的创作心
理展开分析进而揭示其独特创作风貌形成的心理机制呢？我想作家的心理特
别是潜意识心理必定会对作品产生影响，并在作品中留下蛛丝马迹，只要我
们有足够的细心，是有可能从创作心理的角度对冰心创作的独特风貌作出合
情合理的解释的。当然，我们不能先入为主，不一定要纠缠于性欲象征、恋
父情结之类的所谓精神分析原理。比如，从一些自述性作品看来，在兵营长
大的冰心带有一些男儿气，"自少即喜闻鼓角之声，听人家谈到杀敌战役，总
有万分的感动与高兴"②，这是否会导致冰心对儿女情长的恋爱题材兴趣不大
呢？又如，冰心成名很早，眼界恐怕很高，因此直到在美国留学时才坠入爱
河，在她创作的高潮期是缺乏爱情生活体验的，这是否会导致她对海、小孩
和母亲的爱更为浓烈呢？其次，在具体分析冰心的作品时，我们是否可以借
鉴一些心理分析批评的方法呢？我觉得是完全可行的。比如小说《别后》中
的小男孩寄居在舅父家里，在姐姐出嫁后更感寂寞，偏偏又在同学永明家里
和他的家人一起度过了一个其乐融融的下午，永明穿紫衣的漂亮的二姐更是
让小男孩感到特别可亲，小男孩晚上不得不回到舅父那个缺乏温暖的家里后，

---

① 赵景深：《中国新文艺与变态性欲》，《一般》1928 年第 4 卷第 1 号。
② 冰心：《平绥沿线旅行记》，《冰心全集》（第二册），海峡出版发行集团、海峡文艺出版社
2012 年第 3 版，第 412 页。

面对着"黯淡的灯，和王妈困倦的脸，只觉得心绪潮涌"，取过纸笔给姐姐写信：

亲爱的姊姊：

你撇下我去了，我真是无聊，我真是伤心！世界上只剩了我，四围都是不相干的冷淡的人！姊姊呵，家庭中没有姊妹，如同花园里没有香花，一点生趣都没有了！亲爱的姊姊，紫衣的姊姊呵！……

写到这里，小男孩忽然记起他的姐姐从未穿过紫衣！显然，他孤寂的心是将永明的二姐幻化为自己的姐姐了。这不是潜意识的作用又是什么呢？冰心对人物潜意识的揭示无疑是有助于表现其寂寞感的，这是小说的一个亮点。又如《骰子》中的李老太太病了，梦见已经去世的老伴和她说话，要接她去住，病势更加沉重，孙女雯儿略施手脚，用骰子给老太太掷了个"六子皆赤"，老太太的病竟"一天一天的好了"。老太太潜意识之中害怕死亡，所以梦见去世的老伴，越怕病情越重，"六子皆赤"的好运解除了她心理上的负担，所以病情又好转了。小说对老太太心理的刻画是成功的，无意之中也吻合了精神分析学说的某些说法。再如《相片》之中的施女士义务抚养孤女淑珍，两人相依为命，然而当年华老去的施女士看到一向幽娴贞静的淑珍一张洋溢着青春活力的相片时，却"战栗"了，她要将在美国变得快活起来的淑珍带回中国。施女士对淑珍的疼爱并不虚假，然而在她母亲般慈爱的心胸之中也隐藏着自私和嫉妒，小说成功地剖析了施女士的二重人格。

（原刊《中国现代文学研究丛刊》2013 年第 5 期，发表时有删节）

第四辑

鲁迅与国产电影

看电影是鲁迅最为重要的娱乐方式，鲁迅在给欧阳山和草明的信中说过："我的娱乐只有看电影，而可惜很少有好的。"① 鲁迅看过的影片，可以确定具体片名的有 149 部。② 鲁迅观看的影片既多，谈论电影的文字亦不少，因此"鲁迅与电影"成为鲁迅研究一个不可或缺的话题。自 1936 年夏衍、阿英发表相关论文③以来，关于"鲁迅与电影"的研究成果不断出现，但是鲁迅与电影的一些具体细节仍然不甚明晰，有进一步研究的必要，鲁迅与国产电影就是其中的问题之一。

一　鲁迅观看过的国产影片

鲁迅具体观看过哪些国产影片，是一个有待考究的问题。

鲁迅观看国产影片，主要是他生活在北京、广州时。根据鲁迅的日记、书信，参照当时报刊中的电影广告等资料以及一些人的回忆，鲁迅观看过的国产影片，有一些是可以坐实的。刘思平、邢祖文的统计资料显示，鲁迅观

---

① 鲁迅：《致欧阳山、草明》（1936 年 3 月 18 日），《鲁迅全集》第 14 卷，人民文学出版社 2005 年版，第 48 页。

② 参见刘思平、邢祖文《鲁迅历年所看电影统计表》，《鲁迅与电影（资料汇编）》，中国电影出版社 1981 年版，第 221—230 页。

③ 韦彧（夏衍）《鲁迅与电影》、若英（阿英）《鲁迅与电影》，均载 1936 年《电影·戏剧》第 1 卷第 2 期。

看过的国产影片有 4 部，分别是：《水火鸳鸯》《新人之家庭》《一朵蔷薇》《诗人挖目记》。① 古远清、高进贤在其文章中写道："有一部主题是'开化瑶民'，机键是'招附马'的反动影片《瑶山艳史》（艺联公司一九三三年出品），鲁迅看了后非常气愤。"② 由此看来，鲁迅似乎观看过国产影片《瑶山艳史》③。《春蚕》导演程步高回忆说，鲁迅曾经观看过《春蚕》的试映。④ 近来又有一种新的说法，认为鲁迅看过《水火鸳鸯》《新人之家庭》《爱的牺牲》《诗人挖目记》《银谷飞仙》和《美人心》六部国产影片，并且很具体地指出鲁迅看过的最后一部国产影片是胡蝶主演的抗战影片《美人心》。⑤ 依照这些材料，鲁迅观看过的国产影片是 9 部，包括《爱的牺牲》《水火鸳鸯》《新人之家庭》《一朵蔷薇》《诗人挖目记》《银谷飞仙》《瑶山艳史》《春蚕》和《美人心》。但这是值得推敲的。下面一一分述之。

《爱的牺牲》的准确名称应为《爱之牺牲》。鲁迅 1925 年 1 月 1 日日记载："……下午往中天看电影，至晚归。"《鲁迅全集》注："所观电影为《爱的牺牲》。"⑥ 刘思平、邢祖文查阅了北京《益世报》等有关资料，当天中天剧场放映的是《爱之牺牲》。⑦ 1924 年 1 月，上海《申报》曾多日登载关于申江大戏院放映影片《爱之牺牲》的广告、消息。从广告内容看来，《爱之牺牲》英文名为"Song of the Soul"，由美国女明星 Vivian Martin 主演，叙"一女子不惜牺牲其肉体上极大之幸福以维持其夫妇间固有之爱情"。其中 1 月 21 日的一则消息明确指出该片来自美国："六马路申江大戏院自上星期三起、开映《爱之牺牲》'Song of the Soul'以来、观者甚众、且该片为孔雀影片公司由美运来、片中插入华文说明、使人一目了然、该片在沪、从未映过、故更

---

① 刘思平、邢祖文：《鲁迅历年所看电影统计表》，《鲁迅与电影（资料汇编）》，中国电影出版社 1981 年版，第 221—230 页。

② 古远清、高进贤：《鲁迅与电影》，《电影艺术》1979 年第 4 期。

③ 原作《猺山艳史》，今"猺"改"瑶"。

④ 程步高：《回忆〈春蚕〉的拍摄经过》，《影坛忆旧》，中国电影出版社 1983 年版，第 4 页。

⑤ 《鲁迅看过的最后一部国产片是胡蝶主演的抗战戏》，https：//baijiahao. baidu. com/s？id = 1556862001559482&wfr = spider&for = pc。

⑥ 鲁迅：《日记十四》，《鲁迅全集》第 15 卷，人民文学出版社 2005 年版，第 550 页。

⑦ 刘思平、邢祖文：《鲁迅与电影（资料汇编）》，中国电影出版社 1981 年版，第 65 页。

令人欢迎、闻该院今明后三日之戏目、仍为此片……"①上海得风气之先，外国影片引入上海，数月之后才在北京放映，是完全可能的，鲁迅1925年元旦观看的应该就是这部美国影片。刘思平、邢祖文《鲁迅历年所看电影统计表》将《爱之牺牲》归入美国片，是有道理的。鸳鸯蝴蝶派作家周瘦鹃著有侠情小说《爱之牺牲》，他也创作、改编过一些电影剧本。有人将影片《爱之牺牲》误作国产影片，可能是误以为该影片改编自周瘦鹃的同名小说。

《水火鸳鸯》是大陆影片公司1924年出品的一部国产影片，编剧周瘦鹃、导演程步高。该片讲述了一个爱情故事：富家女王慧珍游湖落水，被在郊外写生的少年李自新所救，王家非常感激。适逢李自新家失火，李家兄弟一贫如洗，身无长物，遂暂且栖身王家。慧珍、自新晨夕相从，渐生爱情，但王父嫌自新赤贫，不肯许婚。后自新画作参加万国美术博览会，名列优等，获奖金万元。慧珍闻讯，说服王父，自新、慧珍终结连理。鲁迅1925年2月19日日记载："午后衣萍来，同往中天剧场观电影。"据北京《晨报》，中天剧场放映的是影片《水火鸳鸯》。《鲁迅全集》注曰"所观电影为《水火鸳鸯》"②，是有依据的。《水火鸳鸯》全部由儿童扮演，演员平均年龄十岁。③

《新人之家庭》应为《新人的家庭》。该片是明星影片公司1924年摄制的一部国产影片，编剧顾肯夫、导演任矜苹。片中银行家刘池龙与妻子杜文波因琐事产生误会，又为奸人所乘，二人竟致离异，后来奸人牟取钱财的阴谋败露，二人的误会消除，复合后一家人团聚。鲁迅1926年12月3日日记载："夜略看电影，为《新人之家庭》，劣极。"

《一朵蔷薇》见诸鲁迅1927年1月23日的日记："夜同伏园观电影《一朵蔷薇》。"《鲁迅全集》一反常规，没有对这部影片加注。曾敏之的《鲁迅在广州的日子》曾提及这部影片："鲁迅先生很喜欢看电影，他和许景宋、孙伏园看过许多场电影，看过的国产影片有'一朵蔷薇'、'诗人挖目记'等。

---

① 《各电影院竞演新片》，《申报》1924年1月21日第五张。

② 鲁迅：《日记十四》，《鲁迅全集》第15卷，人民文学出版社2005年版，第550页。

③ 这可能也是鲁迅拒斥这部影片的原因之一，鲁迅反感"男人扮女人"，对于小孩扮大人，也不会欣赏。

因为当时的国产影片还很幼稚，不论艺术水平，摄影技术都很低劣，当他看'诗人挖目记'时，几乎不能终场而去。他在'日记'里批评这部影片为'浅妄极矣'，从此使他对国产电影失去了兴趣。"① 刘思平、邢祖文编著的《鲁迅与电影（资料汇编)》摘录了曾敏之这段话，该书没有提供关于《一朵蔷薇》的更多信息，其附录《鲁迅历年所看电影统计表》将其归入国产影片，依据的恐怕是曾说。笔者查阅各种资料，没有找到该影片的具体信息，未知曾说依据何在，今存疑。

《诗人挖目记》也见诸鲁迅日记，鲁迅在 1927 年 1 月 24 日的日记中写道："观电影，曰《诗人挖目记》，浅妄极矣。"《鲁迅全集》对《诗人挖目记》作如下注释："根据小说改编的国产影片。"② 曾敏之认为这部影片是国产影片已如前述，许广平也有类似的说法："国产影片，在广州看过《诗人挖目记》，使他几乎没有终场而去。"③ 影片中诗人张怡因目盲居家，每天接触的就是其妻诗春夫人、其友杜夫、其子万修和家中总管李刚等几个人，以为其妻贤淑、其友诚实、其子及总管知礼重信，怡然自乐，不料施用药水复明之后，却发现儿子嬉戏无度，总管在自己的诗集上署名，妻子与朋友杜夫接吻，自己救助过的囚犯也潜至家中窃取财物，诗人见到这种种怪状，心中痛不可言，他宁愿回到失明的状态，也不愿目睹人间的丑恶，愤而将自己的双目挖下。《诗人挖目记》叙述的是所谓中国明代的故事，那么它真是国产影片吗？《申报》多有关于这部影片的信息，如其中一则报道写道："前法总理克理满沙氏所编之《诗人挖目记》一剧、现已到沪、将于三月十三日开演于静安寺路夏令配克影戏院、昨日上午在海宁路维多利亚戏院试演、是剧多数演员为留法中国学生及侨民、现已回国之徐琥君、则为剧中之主角、衣服多用明代古装、布景亦极宏伟、表演装饰俱较出演于上海之《三奇符凤仪亭》（按

① 曾敏之：《鲁迅在广州的日子》，广东人民出版社 1956 年版，第 53 页。
② 鲁迅：《日记十六》，《鲁迅全集》第 16 卷，人民文学出版社 2005 年版，第 6 页。
③ 许广平：《鲁迅先生的娱乐》，原载 1939 年 11 月《文艺阵地》第 4 卷第 1 期，见《1913—1983 鲁迅研究学术论著汇编》第 2 卷，中国文联出版公司 1987 年版，第 1218 页。曾敏之的说法，也许来源于许广平。

系日人所摄）为佳……"①《诗人挖目记指谬》《古装电影谈（一）》等文章对该片也有涉及。② 综合各种信息来看，该片原名 Le voile du bonheur，根据法国前总理克理满沙（Georges Clemenceau）创作的剧本 The Veil of Happiness③ 摄制而成，由巴黎汉蜜莱影片公司（Hamalaya Film Co.）出品，并不是国产影片，只是徐琥、廖世勤等留法学生和侨民参与了该片的演出。

《银谷飞仙》是鲁迅于 1931 年 11 月 13 日观看的，鲁迅在当天的日记中写道："访三弟，值其未归。少顷，偕蕴如来，遂并同广平往国民大戏院观电影《银谷飞仙》，不佳，即退出。至虹口大戏院观《人间天堂》，亦不佳。"《银谷飞仙》（Silver Valley）是美国福斯影片公司 1927 年出品的一部无声片，由武术明星汤·密克斯（Tom Mix）主演，表现了巨盗的杀人、劫货、绑票、放火等恶行及其覆灭，内中多有"飞机相撞贼巢厮杀火山爆裂及汽车堕山"等内容④，为鲁迅所不喜。该片不属于国产影片，当无疑义。

《瑶山艳史》是艺联影片公司 1933 年摄制的一部国产影片，编剧黄漪磋，导演杨小仲，主要演员有游观仁、罗慕兰、许曼丽等。该片叙黄云焕响应政府号召，深入瑶山开展政治与教育工作，为瑶王器重、公主喜爱，瑶、汉和睦相处。鲁迅曾在《电影的教训》一文中提及《瑶山艳史》，有人据此断言鲁迅观看过这部影片，其实并非如此。理由如下：其一，依据《申报》的电影广告，《瑶山艳史》第一轮放映是在 1933 年 9 月 1 日至 7 日，第二轮放映已经到了 9 月 20 日，《电影的教训》写于 9 月 7 日，如果说鲁迅写作《电影的教训》时已观看过《瑶山艳史》，那么应该是在 9 月 1 日至 7 日之间，但 1933 年 9 月 1 日至 7 日的鲁迅日记中并无观看电影的记载（鲁迅观看电影之后，一般都会在日记中留下记载）。其二，正如许广平所说，由于对早年看过的国产影片感到失望，鲁迅后来是不看国产影片的，"《姊妹花》之类轰动一

---

① 《诗人挖目记之试演》，《申报》1926 年 3 月 11 日本埠增刊。
② 心冷：《诗人挖目记指谬》，载 1926 年《国闻周报》第 3 卷第 10 期；光宇：《古装电影谈（一）》，载 1926 年《三日画报》总第 78 期，该文收入唐薇编《中国现代艺术与设计学术思想丛书·张光宇文集》（山东美术出版社 2011 年版，第 11 页）。
③ 林纾曾将其译为中文，题名《膜外风光》。
④ 参看《申报》1931 年 9 月至 11 月本埠增刊的多则相关广告。

时的片子，他也绝对不肯去看了"①，那么鲁迅去看《瑶山艳史》的可能性几乎为零。其三，鲁迅虽然曾经在文章中提及《瑶山艳史》，对其内容却了解不多。

《春蚕》是明星影片公司根据茅盾同名小说摄制的国产影片，编剧夏衍、导演程步高。程步高回忆《春蚕》的拍摄经过时说："不久影片拍完了，第一个拷贝印成了，照例在六马路中央大戏院试片……时间在夜戏散场，十二点后，楼下坐满了公司同人，楼上向来不用，灯不开，黑乌乌的。那夜在正中一个包厢中，有人陪着一位贵宾来看试片，贵宾何人，正是鲁迅先生。当年反动势力嚣张，特务横行，不得不处处谨慎，以免稍不小心，为敌所乘。当时鲁迅先生来看试片，知者甚少。最近与赵丹兄会晤时，还提起这段往事，真是值得纪念的。"② 《申报》也有关于《春蚕》试映的报道："九月一日晚，茅盾原著小说《春蚕》改编为影片之《春蚕》在中央大戏院试映。程导演步高特请茅盾及新文学家如田汉，叶灵凤等十余人莅院参观。至午夜一时半始竣事……"③ 程步高作为《春蚕》的导演，对《春蚕》的回忆应该比较可信，《申报》相关报道虽未提及鲁迅，关于《春蚕》试映的时间（午夜）、地点（中央大戏院），却是与程步高的回忆一致的，这也一定程度上印证了程步高回忆的可靠性。虽然如许广平所说，"鲁迅后来是不看国产片的"，但因他与茅盾的特殊关系以及对左翼文艺运动的关心而破例观看这部国产影片，也不是不可能，所以鲁迅很有可能观看过《春蚕》的试映。

《美人心》也见诸鲁迅日记。鲁迅在 1935 年 3 月 11 日的日记中写道："夜蕴如及三弟来，遂并同广平往光陆大戏院观《美人心》。"明星影片公司曾于 1934 年出品一部名为《美人心》的反帝影片，编剧赵华、导演徐欣夫。该片以东北义勇军的抗日事迹为背景，交织着罗曼史。名士秦道生之女秦素如（胡蝶饰）拒绝了"忘却祖国"的韩坚等追求者，与她救治的"民族英

---

① 许广平：《鲁迅先生的娱乐》，原载 1939 年 11 月《文艺阵地》第 4 卷第 1 期，见《1913—1983 鲁迅研究学术论著汇编》第 2 卷，中国文联出版公司 1987 年版，第 1219 页。

② 程步高：《回忆〈春蚕〉的拍摄经过》，《影坛忆旧》，中国电影出版社 1983 年版，第 4 页。

③ 《〈春蚕〉之试映》，《申报》1933 年 9 月 6 日本埠增刊。

雄"李锋相恋。素如支持李锋从事抗敌活动，被韩坚判处死刑，正要执行的时候，李锋等人攻进城来，素如获救了，李锋却死在巷战中。值得注意的是，美国联美影片公司出品的故事片"Don Juan"传入中国时，其片名也被翻译为"美人心"，该片由范朋克饰演男主角唐璜。查《申报》，3 月 11 日光陆大戏院所映电影的广告词是"武侠巨星范朋克香艳侠情空前作《美人心》亦香亦艳可歌可泣"①，因此鲁迅当日观看的是由范朋克主演的美国影片《美人心》。显然，有人说"鲁迅看过的最后一部国产片是胡蝶主演的抗战戏"，是把两部《美人心》混淆了。

综上，《爱之牺牲》《诗人挖目记》《银谷飞仙》《美人心》4 部影片鲁迅确实观看过，但并不是国产影片，《瑶山艳史》是国产影片，但鲁迅并未观看，因此鲁迅确定无疑观看过的国产影片是《水火鸳鸯》和《新人的家庭》，国产影片《春蚕》也极有可能观看过，鲁迅看过的《一朵蔷薇》是否国产影片存疑。当然，鲁迅观看过的国产影片可能不止这些，但已经难以查考了。

二　鲁迅评论过的国产影片

鲁迅不是影评人，但他偶尔也有对电影的评论。如果不考虑鲁迅对某些影片所作的口头评论（这是极有可能的），只以书面的文字作为依据，鲁迅评论过哪些影片（包括国产影片），是比较清楚的。

鲁迅评论影片，有两种形式：一种是在其日记和书信中，对影片作精要的评价；另一种是在其杂文中，对影片作相对于日记、书信要详细一些的论述。以第一种形式评论过的国产影片，有《新人的家庭》。鲁迅在 1926 年 12 月 3 日的日记中，对当天观看的这部国产影片下了"劣极"的断语。以第二种形式评论过的国产影片，有《瑶山艳史》《春蚕》《春潮》《姊妹花》。《电影的教训》提及多部国产影片：

---

① 《申报》1935 年 3 月 11 日本埠增刊。

　　幸而国产电影也在挣扎起来，耸身一跳，上了高墙，举手一扬，掷出飞剑，不过这也和十九路军一同退出上海，现在是正在准备开映屠格纳夫的《春潮》和茅盾的《春蚕》了。当然，这是进步的。但这时候，却先来了一部竭力宣传的《瑶山艳史》。

　　这部片子，主题是"开化瑶民"，机键是"招驸马"，令人记起《四郎探母》以及《双阳公主追狄》这些戏本来。中国的精神文明主宰全世界的伟论，近来不大听到了，要想去开化，自然只好退到苗瑶之类的里面去，而要成这种大事业，却首先须"结亲"，黄帝子孙，也和黑人一样，不能和欧亚大国的公主结亲，所以精神文明就无法传播。这是大家可以由此明白的。①

《运命》则由国产影片《姊妹花》生发出许多议论：

　　电影"《姊妹花》中的穷老太婆对她的穷女儿说："穷人终是穷人，你要忍耐些！'"宗汉先生慨然指出，名之曰"穷人哲学"（见《大晚报》）。

　　自然，这是教人安贫的，那根据是"运命"。古今圣贤的主张此说者已经不在少数了，但是不安贫的穷人也"终是"很不少。"智者千虑，必有一失"，这里的"失"，是在非到盖棺之后，一个人的运命"终是"不可知。

　　……

　　运命说之毫不足以治国平天下，是有明明白白的履历的。倘若还要用它来做工具，那中国的运命可真要"穷"极无聊了。②

　　如果对以上材料进行仔细分析，可以发现，鲁迅评论国产影片，并不完全是出于分析、鉴定影片价值的目的，他并不是在撰写专业的影评，因此他评论影片的视角不是整齐划一而是多种多样的。

---

① 孺牛（鲁迅）：《电影的教训》，《申报》1933 年 9 月 11 日第六张《自由谈》副刊。
② 倪朔尔（鲁迅）：《运命》，《申报》1934 年 2 月 26 日第四张《自由谈》副刊。

鲁迅认定《新人的家庭》"劣极"，是从影片的总体着眼的，是一种定性的评价。该片"劣极"的定性当然与鲁迅的艺术趣味有关，也与影片本身的诸多缺陷有关。《新人的家庭》在上海卡尔登戏院放映时，上座率极高①，其实作为早期国产影片，其艺术上的粗糙是比较明显的。从主旨来看，该片宣扬夫妻互相谅解、忍让的家庭伦理，立意比较肤浅。从剧情来看，该片多有不合常理之处。如刘池龙、杜文波相爱甚挚，因细小琐事，竟至离婚，未免不近人情；绑匪将刘敏生劫至船上时，船中除船主、侦探长、劫匪外，不见一个乘客，也觉滑稽；绑匪挟刘敏生转乘汽车，路遇杜文波，刘敏生呼救，杜文波报警，警察既不追赶汽车，也不记录汽车号码，令人难以置信；刘池龙移情六小姐，后虽悔悟，杜文波一见其面即立呈笑容，有失真实。② 从表演来看，该片也不尽人意，如徐素娥"呆若木鸡"，宣景琳、黎明晖"仅如昙花一现"③。从风格来看，该片为迎合观众，一味模仿"好莱坞"，画虎不成反类犬。如该片本是家庭伦理片，后半部却效法"好莱坞"的侦探片，不伦不类地插入刘敏生被绑架、侦探长解救他等大量情节，招致不少批评。有人认为其"视察的简单、格斗的平常"，"一点也不能叫观众有冒险兴奋的情激荡"，称其为"东方的胡闹戏"④。有人认为这一部分"平淡无味，不过是像戏台上做三本铁公鸡，看一个热闹而已"⑤。又如该片模仿"好莱坞"影片，植入跳舞一场，效果也不见得好："跳舞一场。殊觉无味。且以国产影片。插入西人蹈舞。则不如直接看外来片之为了当。矧其跳舞艺术。方之舶来片。则直觉小巫见大巫矣。"⑥《新人的家庭》在国产电影史上的地位当然不能全部抹杀，但从较高的艺术标准来看，的确又比较粗劣，鲁迅的论断应该是合理的。

---

① 上座率高可能与影片的放映方式有关，影片分两次放映，中间插入真人表演，包括卡尔登模特班表演希腊裸体神像、饰演片中六小姐的影星杨耐梅唱粤曲等。

② 疯僧：《评〈新人的家庭〉》，《游艺画报》1926 年 1 月 13 日；亨三：《评〈新人的家庭〉》，《影戏世界》1926 年第 11 期。

③ 欧子彦：《评〈新人的家庭〉》，《北洋画报》1926 年第 41 期。

④ 亨三：《评〈新人的家庭〉》，《影戏世界》1926 年第 11 期。

⑤ 心冷：《中国影戏新评》，《国闻周报》1926 年 1 月 10 日。

⑥ 欧子彦：《评〈新人的家庭〉》，《北洋画报》1926 年第 41 期。

鲁迅认为《春蚕》《春潮》"进步"，是对两部影片倾向性的判断，是相对于"耸身一跳，上了高墙，举手一扬，掷出飞剑"的神怪、武侠片而言的。《春蚕》是一部黑白配音片，作为"新文坛与影坛的第一次握手"①，是新文学作品第一次改编为电影。该片较为忠实于原著，"暴露洋货猖獗的狂流，暗示土产衰落的病根"，堪称"农村经济破产的素描，社会组织动荡的缩影"。②《春潮》是亨生影片公司1933年出品的一部黑白有声片，编剧蔡楚生（夏衍）、导演郑应时。该片改编自屠格涅夫的中篇小说《春潮》，剧中一对青年男女相恋，女子欲废除从前母亲为其所订的婚约，需赔偿一笔钱款，男子回家卖地筹款，却为买地的荡妇所惑，经久不归，终于酿成悲剧。③屠格涅夫的《春潮》是以作者自身经历为基础创作的小说，刻画了当时俄国知识分子中的"多余人"形象，"五四"时期曾由陈嘏译为中文，1915年连载于《青年杂志》（《新青年》）第1卷第1—4号。译作发表时，对作者、作品有简要介绍："其文章乃咀嚼近代矛盾之文明。而扬其反抗之声者也。此篇为其短著中之佳作。崇尚人格。描写纯爱。意精词瞻。两臻其极。"④鲁迅虽然没有看过电影《春潮》，对屠格涅夫却比较了解并曾受其创作影响，以鲁迅与《新青年》的特殊关系，屠格涅夫的小说《春潮》，鲁迅也很可能读过。《春蚕》《春潮》两部影片拍得怎样且不论，单就如实表现社会生活的文学名著搬上银幕这一点而论，也不是曾一度充斥影坛的荒诞不经的神怪、武侠片可以相提并论的，联系上下文来看，鲁迅应该是从这一点着眼而称赞《春蚕》《春潮》"进步"的。当然，两部影片的"进步"不限于此，比如《春蚕》的配音、《春潮》的有声，就超越了当时一般的国产无声片，但这恐怕不是鲁迅所考虑的。

鲁迅对《瑶山艳史》《姊妹花》的论述，则不是着眼于电影本身，他只

---

① 《申报》1933年10月8日本埠增刊《春蚕》广告。
② 同上。
③ 刘思平、邢祖文《鲁迅与电影（资料汇编）》认为："《春潮》，实际不象鲁迅所说。这部和屠格纳（涅）夫小说同名的电影，完全是另外内容的作品。"（第17页）比照电影和小说，人物姓名虽不同，情节却是一致的，电影《春潮》改编自屠格涅夫同名小说，当无疑义。
④ 《春潮·译著按》，1915年9月15日《青年杂志》第1卷第1号。

是用电影中的材料作引子，来剖析社会、文化现象。许广平说"鲁迅有时候也利用电影的材料写东西"①，《电影的教训》《运命》正是鲁迅利用《瑶山艳史》《姊妹花》中的材料来"写东西"的表现。如果不明白这一点，我们可能会怀疑鲁迅写作态度的严肃性：他并没有观看过《瑶山艳史》《姊妹花》，怎么能够对《瑶山艳史》《姊妹花》作评价呢？如果不明白这一点，我们可能会误以为鲁迅对《瑶山艳史》《姊妹花》做了不切实际的严厉批评。明白这一点后，问题不复存在。

　　《瑶山艳史》是以真人真事为基础创作的作品，影片中的主角黄云焕、瑶王李荣保确有其人。据有关资料，黄云焕原是广西扶南县那隆村的汉人，由广西党政训练所毕业后，被派往大瑶山"化瑶"。他吃苦耐劳，精明强干，得到瑶山石牌头人李荣保的信任。李荣保支持他办起学校，将长女许配给他并招其上门入赘。鉴于盘瑶没有田地、山林的情况，黄云焕帮助李荣保拟定开发十八山的计划，得到广西当局的批准、支持。李荣保、黄云焕平息匪患，保护客商，废除石牌条律的落后条款，使得十八山出现了"夜不闭户、路不拾遗"的景象。李荣保、黄云焕治瑶有功，曾得到李宗仁接见，黄云焕后来还当选国民党中央立法委员。②"化瑶"虽不中听，黄云焕致力于少数民族地区发展的行为却是有积极意义的。《瑶山艳史》根据黄云焕的事迹创作，采用当时少见的实地摄制，李荣保率瑶民参与演出。该片写黄云焕在瑶山开办学校教育瑶民，与公主李慕仙相恋，汉、瑶之间结成几对佳偶，展示了瑶山的自然风光和瑶族的风土人情，瑶民"生活的单纯""恋爱的纯洁""婚礼的隆重""性情的天真"，"都尽量被收入镜头"③，其内容并无大的不妥，所谓"沟通文蛮的分野、发掘原始的遗迹""瑶女裸浴、争风舞蹈"④ 等，不过是电影广告吸引观众的夸大之词，后来得出的该片"对少数民族作了歪曲的描

---

①　许广平：《鲁迅先生怎样对待写作和编辑工作》，孙郁、黄乔生主编：《十年携手共艰危：许广平忆鲁迅》，河北教育出版社 2000 年版，第 176 页。
②　陈胡雄：《"瑶王"和他的"驸马"》，《扶绥文史资料》第 4 辑，政协扶绥县文史资料委员会 1995 年编印，第 145—152 页。
③　《申报》1933 年 8 月 30 日本埠增刊《瑶山艳史》广告。
④　《申报》1933 年 9 月 1 日本埠增刊《瑶山艳史》广告。

写"①"丑化瑶民"②"污蔑少数民族"③"反动"④ 等结论，是脱离作品实际的。鲁迅写作《电影的教训》时，适逢《瑶山艳史》第一轮放映而大做广告，鲁迅对《瑶山艳史》的印象，恐怕主要来自广告，对影片的详情并不是很了解，因此鲁迅并没有对影片作整体性的评价，他只是抓住"开化瑶民"这一点来剖析汉民族心理⑤的矛盾：一方面是盲目的自大，以为自身的精神文明可以主宰全世界，至少足以傲视苗、瑶等少数民族；另一方面是骨子里的自卑，不相信自己的实力而幻想通过"结亲"来成就"大事业"，但是即便是"结亲"，也自惭形秽，不敢高攀"欧亚大国的公主"。

《姊妹花》是明星影片公司 1933 年出品的黑白有声片，编剧、导演均为郑正秋。该片表现一对孪生姐妹的不同遭遇：姐姐大宝饥寒交迫，进入钱督办家里当奶妈，为了救丈夫的命而行窃，锒铛入狱；妹妹嫁给钱督办做姨太太，锦衣玉食，成为大宝的主顾。影片暴露了贫富的悬殊和对立，"在一定程度上指出了矛盾的阶级根源"⑥，虽然结尾失散多年的一家人团聚，有调和矛盾的局限性，但总体而言是"替穷苦人叫屈的"⑦，具有进步的倾向。对于这样一部具有进步倾向的影片，鲁迅当然不可能全盘否定，他无意于从整体上评判影片的价值，只是根据其中的局部细节来做文章。当在狱中的大宝得知那个"只知道自己打牌要利市，不顾穷人一家四条命"的姨太太，就是自己失散多年的妹妹二宝时，不愿与她相认，母亲赵大妈劝慰她说："我们穷人终是穷人，你要忍耐一些！"这本是影片中不太重要的一个细节，报人邵宗汉注意到这一细节，称其为"穷人哲学"。鲁迅由此想到了"教人安贫"的"穷人哲学"的根基——"运命"，对"运命"说进行了深入骨髓的批判，揭示了"运命"说的荒谬，指出了其危害性："运命说之毫不足以治国平天下，是有明明白白的履历的。倘若还要用它来做工具，那中国的运命可真要'穷'

---

① 程季华主编：《中国电影发展史》第一卷，中国电影出版社 1963 年版，第 290 页。
② 薛绥之：《鲁迅杂文辞典》，山东教育出版社 1986 年版，第 188 页。
③ 曹树钧：《鲁迅戏剧电影活动年谱（中）》，《上海鲁迅研究》2007 年第 2 期。
④ 古远清、高进贤：《鲁迅与电影》，《电影艺术》1979 年第 4 期。
⑤ 鲁迅笔下的"中国"，有时指"汉族中国"。
⑥ 程季华主编：《中国电影发展史》第一卷，中国电影出版社 1963 年版，第 238 页。
⑦ 陆小洛：《纪念影国拓荒的郑正秋先生》，《明星半月刊》1935 年第 2 卷第 3 期。

极无聊了。"有学者指出："鲁迅的电影批评，性质上是社会批评和文明批评。他不限于就电影批评电影，而是在中国社会和传统文明的广阔背景中通过电影来批评旧社会，旧思想，旧道德，旧文明，批评电影及其创作中的问题。"①鲁迅正是借助《姊妹花》这部影片，批评了"旧社会，旧思想，旧道德，旧文明"中根深蒂固的"运命"说。

三　鲁迅对国产电影的扶植

鲁迅观看的国产影片少，但这并不意味着鲁迅不关心国产电影的发展，恰恰相反，他以其独特的方式扶植着国产电影。

其一，批评国产影片的各种缺陷，期待其健康发展。对于国产影片的缺陷，鲁迅以其惯有的辛辣，进行了严厉的批评。如在《略论中国人的脸》中，鲁迅写道：

> 古装的电影也可以说是好看，那好看不下于看戏；至少，决不至于有大锣大鼓将人的耳朵震聋。在"银幕"上，则有身穿不知何时何代的衣服的人物，缓慢地动作；脸正如古人一般死，因为要显得活，便只好加上些旧式戏子的昏庸。
>
> 时装人物的脸，只要见过清朝光绪年间上海的吴友如的《画报》的，便会觉得神态非常相像。《画报》所画的大抵不是流氓拆梢，便是妓女吃醋，所以脸相都狡猾。这精神似乎至今不变，国产影片中的人物，虽是作者以为善人杰士者，眉宇间也总带些上海洋场式的狡猾。可见不如此，是连善人杰士也做不成的。
>
> 听说，国产影片之所以多，是因为华侨欢迎，能够获利，每一新片到，老的便带了孩子去指点给他们看道："看哪，我们的祖国的人们是这样的。"在广州似乎也受欢迎，日夜四场，我常见看客坐得满满。

---

① 王得后：《鲁迅的电影批评》，《文艺报》1984 年第 2 期。

广州现在也如上海一样，正在这样地修养他们的趣味。可惜电影一开演，电灯一定熄灭，我不能看见人们的下巴。①

这里涉及国产电影的服装、表演、影响等方面的问题，批评了国产电影服装设计的不符合历史真实、演员表情和动作的程式化，指出这样的国产电影只能对观众产生误导，降低观众的艺术趣味。又如他在《电影的教训》中批评国产电影中内容荒诞的神怪、武侠片泛滥成灾。再如他在给王乔南的信中，对当时偏重女角的艺术偏颇表示不满②。但是鲁迅批评国产电影，是抱着"哀其不幸，怒其不争""揭出病苦，引起疗救的注意"的态度的，是寄希望于国产电影的健康发展的，因此对国产电影取得的任何进步，他都会感到欣喜。当国产电影蹒跚起步，打破外国电影的一统天下时，他说"幸而国产电影也在挣扎起来"。当《春蚕》《春潮》等文学作品被改编摄制成电影时，他称赞说"这是进步的"。

其二，译介电影理论，为国产电影的发展提供理论指南。1929 年，鲁迅翻译了卢那卡尔斯基的《艺术论》《文艺与批评》，其中部分地涉及电影。《艺术论》的第二节《艺术与产业》指出机械工业可以"产出极细巧的艺术品来"，电影就是这种艺术品之一。③《文艺与批评》中的论文《苏维埃国家与艺术》论述了艺术（包括电影）的阶级性，提及列宁关于电影重要性的认识："一切我国的艺术之中，为了俄罗斯，最为重要的，是电影。"④ 鲁迅1930 年翻译的日本电影理论家岩崎昶的《现代电影与有产阶级》，更是一篇关于电影的专文。该文具体分析了电影的不同种类，令人信服地指出"作为宣传，煽动手段的电影"，"是用于大众底宣传，煽动的绝好的容器"⑤。中国

---

① 鲁迅：《略论中国人的脸》，《鲁迅全集》第 3 卷，人民文学出版社 2005 年版，第 433—434 页。

② 鲁迅：《致王乔南》（1930 年 10 月 13 日），《鲁迅全集》第 12 卷，人民文学出版社 2005 年版，第 245 页。

③ 卢那卡尔斯基著，鲁迅译：《艺术论》，《鲁迅译文集》第四卷，福建教育出版社 2008 年版，第 206 页。

④ 卢那卡尔斯基著，鲁迅译：《文艺与批评》，《鲁迅译文集》第四卷，福建教育出版社 2008 年版，第 372 页。

⑤ 岩崎昶作，鲁迅译：《现代电影与有产阶级》，《鲁迅全集》第 4 卷，人民文学出版社 2005 年版，第 399—418 页。

电影发展的早期，理论资源非常稀缺，鲁迅在这种情况下译介的这些电影理论，为中国左翼电影运动的发生提供了思想武器和理论准备，对国产电影的发展具有重要的指导意义。在《现代电影与有产阶级》的《译者附记》中，鲁迅还对外国影片在中国传播的用意、目的以及实际效果，进行了清醒而深入的分析："那些影片，本非以中国人为对象而作，所以运入中国的目的，也就和制作时候的用意不同，只如将陈旧枪炮，卖给武人一样，多吸收一些金钱而已。而中国人对于这些的见解，当然也和他们的本国人两样，只看广告中借以吸引看客的句子，便分明可知，于各类影片，大抵都只见其'非常风情浪漫香艳（或哀艳）肉感……'了。然而，冥冥中也还有功效在，看见他们'勇壮武侠'的故事巨片，不意中也会觉得主人如此英武，自己只好做奴才，看见他们'非常风情浪漫'的爱情巨片，便觉得太太如此'肉感'，真没法子办——自惭形秽……"① 文末鲁迅沉痛指出："欧美帝国主义者既然用了废枪，使中国战争，纷扰，又用了旧影片使中国人惊异，胡涂。更旧之后，便又运入内地，以扩大其令人胡涂的教化。"② 其通过译介外国电影理论来促进国产电影发展的拳拳之心清晰可见。

其三，关注演员的生存状态，为他们遭受的屈辱鸣不平。在古代中国，演员的地位十分低下，历来"娼""优"并称，后来演员的地位虽然有所提高，卑视演员的心理并没有根本改变，因而演员的生存状态并不理想，被小报造谣中伤也是常事。鲁迅对演员的生存状态予以关注，当电影演员阮玲玉自杀时，鲁迅写下《论"人言可畏"》一文，剖析了报纸的生意经和部分读者的阴暗心理，分析了流言对阮玲玉这样的演员的虐杀，为阮玲玉生前死后遭受的屈辱鸣不平："新闻的威力其实是并未全盘坠地的，它对甲无损，对乙却会有伤；对强者它是弱者，但对更弱者它却还是强者，所以有时虽然吞声忍气，有时仍可以耀武扬威。于是阮玲玉之流，就成了发扬余威的好材料了，因为她颇有名，却无力。……阮玲玉正在现身银幕，是一个大家认识的人，

---

① 鲁迅：《现代电影与有产阶级·译者附记》，《鲁迅全集》第 4 卷，人民文学出版社 2005 年版，第 419 页。

② 同上书，第 422 页。

因此她更是给报章凑热闹的好材料，至少也可以增加一点销场。读者看了这些，有的想：'我虽然没有阮玲玉那么漂亮，却比她正经'；有的想：'我虽然不及阮玲玉有本领，却比她出身高'；连自杀了之后，也还可以给人想：'我虽然没有阮玲玉的技艺，却比她有勇气，因为我没有自杀'。化几个铜元就发见了自己的优胜，那当然是很上算的。但靠演艺为生的人，一遇到公众发生了上述的前两种的感想，她就够走到末路了。所以我们且不要高谈什么连自己也并不了然的社会组织或意志强弱的滥调，先来设身处地的想一想罢，那么，大概就会知道阮玲玉的以为'人言可畏'，是真的，或人的以为她的自杀，和新闻记事有关，也是真的。"① 文章还充满同情地表现了阮玲玉这样的演员面对流言时的无助："无论你怎么描写，在强者是毫不要紧的，只消一封信，就会有正误或道歉接着登出来，不过无拳无勇如阮玲玉，可就正做了吃苦的材料了，她被额外的画上一脸花，没法洗刷。叫她奋斗吗？她没有机关报，怎么奋斗；有冤无头，有怨无主，和谁奋斗呢？"②

其四，揭露反动派对左翼电影的迫害，为其发展提供舆论支持。20 世纪 30 年代左翼电影蓬勃发展，反动派极其恐慌，以"全武行"等下流手段对左翼电影进行迫害。对此，鲁迅怒发冲冠，他在《准风月谈·后记》里，以"剪报"的方式，巧妙记录了"影界铲共同志会"捣毁艺华影片公司、"警戒电影院拒演田汉等之影片"、袭击良友图书公司等罪行，还抄录了"影界铲共同志会"发给书店、报馆的警告，将其嚣张面目昭示于天下："敝会激于爱护民族国家心切，并不忍文化界与思想界为共党所利用，因有警告赤色电影大本营——艺华公司之行动。现为贯彻此项任务计，拟对于文化界来一清算，除对于良友图书公司给予一初步的警告外，于所有各书局各刊物均已有精密之调查。……对于赤色作家所作文字，如鲁迅，茅盾，蓬子，沈端先，钱杏邨及其他赤色作家之作品，反动文字，以及反动剧评，苏联情况之介绍等，一律不得刊行，登载，发行。如有不遵，我们必以较对付艺华及良友公司更

---

① 鲁迅：《论"人言可畏"》，《鲁迅全集》第 6 卷，人民文学出版社 2005 年版，第 343—344 页。
② 同上书，第 345 页。

激烈更彻底的手段对付你们，决不宽假!"① 飞来的锤子"打破值银数百两的大玻璃"，飞来的红帽子送掉"比大玻璃更值钱的脑袋"，会使志士"灰心"，书店报馆"为难"，然而面对着文武征伐的鲁迅没有一丝一毫的退缩，他毅然决然为左翼电影的发展提供舆论上的支持!

（原刊《鲁迅研究月刊》2019 年第 3 期）

---

① 鲁迅：《准风月谈·后记》，《鲁迅全集》第 5 卷，人民文学出版社 2005 年版，第 419 页。

陈烟桥的鲁迅纪念、研究

鲁迅先生"一生热爱美术"①，晚年更是倾心扶持中国的新兴木刻，成为"革命美术的组织者与领导者"②，在左翼美术界享有崇高的威望。鲁迅逝世之后，左翼美术界以独特的方式纪念鲁迅、研究鲁迅，其中与鲁迅有过直接交往的美术家陈烟桥更是在这方面倾注了极大的心血，他撰写了大量纪念、研究鲁迅的论著，保存了鲁迅在美术方面的不少珍贵史料，对鲁迅的美术活动、美术思想进行了开拓性的系统全面研究，对于鲁迅在中国美术史上的地位给予了比较中肯的评价，他还创作了二十多件鲁迅题材的美术作品来再现鲁迅的历史功绩、揭示鲁迅思想的精髓、鼓舞人们继承鲁迅的遗志。陈烟桥对鲁迅的纪念、研究，在美术界具有相当的典型性，值得加以研究。

一

在鲁迅扶持的木刻青年中，陈烟桥是很受鲁迅器重、信赖的一个，两人交往频繁，关系密切，仅函件往返即达 53 次之多③。陈烟桥从鲁迅那儿获得的教益很多，对鲁迅的感情也异常深挚，从鲁迅逝世之日起他就开始了对鲁

---

① 陈烟桥：《一生热爱美术的鲁迅先生》，《萌芽》1956 年 10 月 16 日第 8 期。
② 陈烟桥：《鲁迅——革命美术的组织者与领导者》，《文艺新地》1951 年 10 月 15 日第 1 卷第 9 期。
③ 诸葛耀麟：《陈烟桥与鲁迅先生的交往》，《艺术探索》1995 年第 4 期。

迅的纪念和研究，终其一生都没有停止。

1936 年 10 月 19 日鲁迅不幸与世长辞，陈烟桥通过日本作家鹿地亘得知噩耗后，立即赶往大陆新村鲁迅寓所，参与治丧活动，并现场完成鲁迅遗容的速写一幅。这幅速写是美术家们现场绘制的鲁迅遗像之一[①]，留下了鲁迅在人世间的最后容颜，具有十分珍贵的价值。参加鲁迅葬礼后不久，陈烟桥又撰写了《鲁迅先生与版画——作为补充木枫先生的大作〈鲁迅先生与木刻画〉》《记念鲁迅先生——一个木刻版画从事者的话》两篇文章来哀悼鲁迅。这两篇文章分别发表在《光明》1936 年 11 月 25 日第 1 卷第 12 期和《小说家》1936 年 12 月 1 日第 1 卷第 2 期，比苦力（胡蛮）的《鲁迅的美术活动》（作于 1936 年 12 月 2 日，发表于 1936 年 12 月 28 日法国巴黎《救国时报》第 74 期）、唐诃的《鲁迅先生和中国新兴木刻运动》（载北平中国大学《文艺动态》创刊号）、曹白的《鲁迅先生和中国新兴的木刻》（作于 1936 年 11 月 18 日，发表于 1937 年 6 月）等文章问世要早，而又比木枫的《鲁迅先生与木刻画》（载《光明》1936 年 11 月 10 日第 1 卷第 11 期）更为具体和深入，是早期从美术视角研究鲁迅的重要文献。

此后陈烟桥始终以纪念鲁迅、研究鲁迅为己任，发表了大量纪念鲁迅、研究鲁迅的文章，比较重要的有：《鲁迅怎样指导青年木刻家》（《新华日报》1940 年 10 月 19 日 "文艺之页" 第 20 期）、《鲁迅论木刻版画》（《中苏文化杂志》1941 年 1 月 1 日《文艺特刊》）、《鲁迅与木刻（艺术史论）》（《文艺杂志》1943 年 1 月 15 日第 2 卷第 2 期）、《美术家——为纪念一个美术先导者而写》（《美术家》1945 年 9 月创刊号）、《鲁迅怎样指导青年木刻家》（《文艺春秋》1946 年 3 月第 2 卷第 4 期）、《鲁迅怎样搜集木刻》（《文章》1946 年 1 月 15 日第 1 卷第 1 期）、《鲁迅与中国新木刻——中国新木刻的产生、发展和在抗战期间的活动》（《文艺春秋》1946 年 10 月第 3 卷第 4 期 "纪念鲁迅先生逝世十周年特辑"）、《鲁迅先生与中国新兴木刻艺术》（《台湾文化》

---

　　① 当天为鲁迅遗容画像的，还有力群、曹白、楷人、许幸之等人，参见乐融《1936 年悼念鲁迅木刻及画像一瞥》，上海鲁迅纪念馆编《上海鲁迅研究》二零零六年冬之卷，上海文艺出版社 2007 年版，第 9—10 页。

1946 年 11 月第 1 卷第 2 期"鲁迅逝世十周年特辑")、《鲁迅论木刻版画》
(《月刊》1946 年第 5 期)、《鲁迅介绍的两位苏联版画家》(《解放日报》
1949 年 10 月 19 日)、《鲁迅——革命美术的组织者与领导者》(《文艺新地》
1951 年 10 月 15 日第 1 卷第 9 期)、《鲁迅先生与中国木刻运动》(《文艺月
报》1956 年 10 月总第 46 期"鲁迅逝世二十周年纪念专号")、《一生热爱美
术的鲁迅先生》(《萌芽》1956 年 10 月 16 日第 8 期"纪念鲁迅先生逝世二十
周年专号")、《缅怀鲁迅先生对我们的教诲》(《美术》1957 年 10 月第 10
期)、《最后一次的会见——回忆鲁迅先生》(《美术》1961 年 5 月第 5 期)、
《忘却不了的教诲——回忆鲁迅片断》(《广西日报》1961 年 9 月 23 日)、《回
忆鲁迅先生二三事》(《光明日报》1961 年 10 月 19 日)、《鲁迅先生是怎样组
织领导革命美术活动的》(《广西文艺》1961 年 9 月第 9 期)、《一份珍贵的资
料——许广平谈鲁迅》(《新美术》1984 年 4 月第 1 期)。

尤其难能可贵的是，陈烟桥出版了《鲁迅与木刻》《新中国的木刻》等
著作，对鲁迅的美术活动和美术思想进行系统全面的研究。《鲁迅与木刻》完
成于 1939 年①，1946 年 1 月由中国木刻用品合作工厂作为"新艺丛书"的一
种在福建崇安出版初版本，该版本除署名"新艺丛书编辑部"的《前言》
外，包括《鲁迅与木刻》《鲁迅论木刻版画》《论木刻与绘画》《论美术的技
巧》《论美术与美术家》《对于罗丹美术论的认识》六篇文章，《鲁迅与木刻》
《鲁迅论木刻版画》是该书的主体部分，是对鲁迅美术活动、美术思想的直接
研究，《论木刻与绘画》等文则是运用鲁迅的美术思想来解决具体问题。1949
年 10 月和 1950 年 12 月，开明书店在上海再版了该书，以景宋（许广平）的
《序》取代了初版本的《前言》，去掉了《论美术的技巧》《论美术与美术家》
《对于罗丹美术论的认识》，新增了附录《鲁迅精神与新美术家的任务》和
《后记》。1956 年，曾任塔斯社驻中国记者的罗果夫组织人员以开明书店 1950
年版为基础，将此书翻译为俄语，在苏联的《造型艺术》杂志上刊载，之后
又在莫斯科由苏联国家艺术出版社出版了俄文单行本。罗果夫评价该书说：

---

① 陈烟桥：《鲁迅与木刻·后记》，开明书店 1949 年版，第 81 页。

"在中国,《鲁迅与木刻》被认为是唯一的一本现代中国木刻史概论。"① 这话或许有些夸张,但陈烟桥的《鲁迅与木刻》早于张望的《鲁迅论美术》(大连大众书店 1948 年 4 月初版),是研究鲁迅的美术活动、美术思想的首部著作,在鲁迅研究史和中国美术史上的意义的确不可低估。《新中国的木刻》是陈烟桥 1951 年由商务印书馆出版的一部著作,该书不是鲁迅的专论,但第一章《鲁迅与中国新木刻》占了全书五分之二的篇幅。

值得一提的是,除了绘制鲁迅遗像外,陈烟桥还以手中的刻刀和画笔,创作了二十多件鲁迅题材的木刻版画等美术作品来纪念鲁迅、宣传鲁迅。仅收入上海人民美术出版社 1988 年版《陈烟桥木刻选集》的就有《光明的指导》《鲁迅与青年运动》《鲁迅提倡木刻》《鲁迅与高尔基》《播种》《鲁迅先生》《善射》《跳出高墙》《唯有无产者才有将来》《鲁迅送书》《作家》《鲁迅》《鲁迅与他的战友》等十多幅,没有收入该书的尚有《鲁迅先生仍活着》《鲁迅与民主自由的新中国》《照亮(鲁迅画像)》《向新的山崩海塌般的大波冲进去》《伟大的路碑》等作品。陈烟桥还曾与胡若思合作彩墨画《鲁迅与瞿秋白》,与杨祖述合作油画《鲁迅在左联成立会上的讲话》(发表于《文艺月报》1956 年 10 月总第 46 期"鲁迅逝世二十周年纪念专号")。据陈烟桥 1950 年致陈梦熊的手札,陈烟桥还曾编成木刻版画集《木刻的鲁迅》②,可惜后来未见出版。

二

作为鲁迅的学生和战友,陈烟桥对鲁迅的美术活动、美术思想非常了解,加之他对相关材料加以有意的记录,因而他纪念、研究鲁迅的文章,保存了不少鲁迅在美术方面的珍贵史料。下面略举几例。

---

① 陈超南、陈历幸:《与中华民族共同着生命的艺术家:陈烟桥传》,中西书局 2015 年版,第 165—166 页。

② 陈梦熊:《三十年前翰墨缘——介绍陈烟桥谈〈鲁迅与木刻〉的一封遗札》,上海鲁迅纪念馆编:《上海鲁迅研究(四)》,百家出版社 1991 年版,第 92—94 页。

1936 年 10 月上旬，第二回全国木刻联合流动展览会在上海八仙桥青年会举行。当时鲁迅已经病势沉重，但出于对木刻运动的关心，仍于 10 月 8 日抱病参观了展览，并对陈烟桥、吴渤、黄新波、林夫、曹白等青年木刻家发表了关于木刻创作等问题的意见。鲁迅的这次谈话，完全是即兴而为，没有准备书面的材料，他自己也没有详细的记录，当天的日记仅留下了"午后往青年会观第二回全国木刻流动展览会"等寥寥数字的记载。幸亏陈烟桥是个有心人，当天晚上就把鲁迅这次谈话的大意补记在自己的日记簿上，留下了这么一段文字："刻木刻最要紧的是素描基础打得好！作者必要天天到外面或室内练习速写才有进步，到外面去速写，是最有益的，不拘甚么题材，碰见就写，写到对方一变动了原来的姿态时就停笔。现代中国木刻家，大多数对于人物的素描基础是不够的，这点，很容易看得出来，以后希望各作者多努力于这一方面。又若作者的社会阅历不深，观察不够，那也是无法创造出伟大的艺术品来的。又艺术应该真实，作者故意把对象歪曲，是不应该的。故对于任何事物，必要观察准确，透澈，才好下笔；农民是纯厚的，假若偏要把他们涂上满面血污，那是矫揉造作，与事实不符。"1936 年 11 月 12 日，陈烟桥撰写《鲁迅先生与版画——作为补充木枫先生的大作〈鲁迅先生与木刻画〉》，首次披露了鲁迅的这段谈话，后来又在《鲁迅与木刻》《新中国的木刻》等论著中多次引用这段话①。1952 年 3 月，唐弢出版《鲁迅全集补遗续编》，依据《鲁迅与木刻》一书，辑入了这段谈话，加上了名为《第二次全国木刻联合流动展览会上的谈话》的标题，此后有的版本的《鲁迅全集》也将该文收录②。

鲁迅比较推崇苏联的版画，曾特意将其引入中国，并撰写《〈新俄画选〉小引》《〈母亲木刻十四幅〉序》《〈死魂灵百图〉小引》《记苏联版画展览会》等文章进行介绍，但他对于苏联版画的一些口头评论却鲜为人知，陈烟桥在这方面也有所贡献，他使得鲁迅的某些口头评论形之文字而传诸后世。

---

① 文字略有出入，《鲁迅与木刻》中"这点"作"这样"，《新中国的木刻》中"下笔"作"下手"。参见《鲁迅与木刻》，中国木刻用品合作工厂 1946 年 1 月版，第 22—23 页；《新中国的木刻》，商务印书馆 1951 年版，第 21—22 页。

② 如中国人事出版社 1998 年 11 月版《鲁迅全集》第 6 卷第 4504 页就收录了该文。

如鲁迅对苏联版画家法复尔斯基（V. A. Favorsky）和克拉甫兼珂（A. Kravchenko）风格和地位的一些评论就似乎只有陈烟桥记载下来了："法复尔斯基的作风是尖锐的，其中没有一条多余的线。画中主人翁主要形态，动作，和物与人之间的内部关系，都是十分完整而生动的。""法复尔斯基的作品最优良的，要算是美学中的典型和人像。他常常喜欢用最尖利的形态去表现他们。他的书籍插图如在梅里美的小说里的，有古典的确信和简明。他是人像画家，他极善于描写人物。""在革命中，法复尔斯基曾经倾向于抽象的设计，如勃罗歇（即加伦将军）和他的军队的描写便是一例。到后来，他改用一种新的方法绘插图，完全放弃了革命以前的过于装饰和不动的美学方法。我们可以说从他开始才把书的内容绘成画，才有真正的插图，以前只有装饰书的美术。""法复尔斯基新的木刻方法的特点是木刻的独立语言的创造，注意木材本身的趣味而善以利用。""法复尔斯基的作品是纪念碑式的。象他的近作'哥德'、'巴巴诺伐'、'勃罗歇和远东红军'等，最能代表。这作风，对于我们的青年木刻家，是应该勇于追随的。""克拉甫兼珂，他对于装饰的天才，他刻划的均匀老练，他对于度量和趣味的感觉，他神妙的技巧，成全了他在苏联艺术界里面所应该占有的地位。克拉甫兼珂，在他小幅的版画中，也如纪念碑式的艺术一样具有魔力。他由于用冬音一样的丰富的调剂的纯粹的线条在平面上互相联结，那些神话般的幻想的创作依然发生平衡的，和悦的，使人高兴的效果，在他看结构的紧凑，比那些细微的地方还更重要。""法复尔斯基为了创立新风格，摧毁了旧风尚，克拉甫兼珂则不管他的新方法，仍然继续保持十九世纪的优良传统。""克拉甫兼珂有强烈的画家性格，他从绘画给木刻带来颜色和空间的感觉。对着他最美的画页《幻想的故事》，我们惊叹那位出色的装饰家，古典的画家，浪漫的插画专家……特别的而且使人觉得异样的是非属于革命的题材和那象征的浪漫的表现方式相配合着。……他是新浪漫主义的作家。"①

---

① 陈烟桥：《鲁迅论木刻版画》，《中苏文化杂志》1941 年 1 月 1 日《文艺特刊》；《鲁迅与木刻》，中国木刻用品合作工厂 1946 年 1 月版，第 45—46 页；《鲁迅介绍的两位苏联版画家》，《解放日报》1949 年 10 月 19 日。

　　1956 年是鲁迅逝世二十周年，文化界展开了大规模的鲁迅纪念活动，时为上海美协负责人之一的陈烟桥担任了纪念鲁迅专题版画创作组组长。为了帮助上海的美术家更多地了解鲁迅，更好地创作鲁迅题材的作品，陈烟桥组织他们与鲁迅夫人许广平进行了座谈。许广平对鲁迅的生平事迹作了详细介绍，讲述了鲁迅生活、工作方面不少鲜为人知的细节，对于认识鲁迅具有重要意义。座谈会上陈烟桥发问不多，但他再一次做了有心人，把座谈会的内容详细记录下来。20 世纪 60 年代初，广西艺术学院的青年油画家周楷创作了一幅鲁迅题材的版画，当时也在广西艺术学院任职的陈烟桥看到后大加鼓励，把题为《鲁迅先生生平事迹创作准备会》的座谈会记录给了周楷，并对他说："这虽然是文字资料，但对鲁迅先生的描写很具体，有一般相片及不到的地方。又是许先生亲口说的，很可靠。"① 此后陈烟桥在"文革"中被迫害致死，座谈会记录却由周楷保存下来。1984 年 4 月，座谈会记录以"一份珍贵的资料——许广平谈鲁迅"为题，发表于《新美术》。

三

　　作为杰出的美术理论家，陈烟桥对鲁迅的美术活动、美术思想进行了系统全面的研究，对于鲁迅在中国美术史上的地位给予了极高的评价。

　　《鲁迅与木刻》《鲁迅与中国新木刻》等文侧重于记载鲁迅提倡、扶持中国新木刻的活动，主要包括以下几个方面的内容：其一，"鲁迅提倡木刻的原因和他提倡的木刻"。陈烟桥分析了鲁迅提倡木刻的原因，认为鲁迅觉得木刻"好玩""简便""有用"，可以作为"启蒙民众"的"利器"，"于宣传民众，组织民众上增加无限力量"，他总结说："总之，鲁迅先生之提倡木刻，并不是为了个人的'高雅'，而是完全作为解放受压迫民众的武器。"陈烟桥指出，鲁迅提倡的木刻，不是"唐末佛像，纸牌，以致后来的小说绣像，启蒙小图"

---

①　陈烟桥、周楷：《一份珍贵的资料——许广平谈鲁迅》，《新美术》1984 年第 1 期。

一类的旧木刻，而是具有战斗性的新木刻，"这是与他的整个艺术思想的出发点相一致的"，"因为鲁迅先生所要提倡的是战斗木刻，所以他介绍了好几个外国的战斗艺术家的木刻到中国来，前有梅斐尔德，次有苏联诸名家，后有凯绥·珂勒惠支等"。其二，"鲁迅怎样搜集和爱好木刻"。搜集和爱好木刻是鲁迅提倡新木刻的前提，陈烟桥介绍了鲁迅大量搜集收藏古今中外木刻的情况：对于富含插画等艺术的图书，进行购置收藏；委托在国外留学的朋友，如在法国的陈学昭和季纪仁、在德国的徐诗荃、在苏联的曹靖华等人，搜罗购置各国的木刻版画；邮寄中国的信笺给欧洲的版画家，交换其艺术作品；精心保存中国"木刻学徒"赠送求教的每一件作品；热心搜集收藏各种具有革命性的秘密印行的画报；搜集保存汉画等古代木刻；……结合鲁迅多次举办画展、印行画集供木刻青年学习的行为，陈烟桥指出："鲁迅先生的搜集与爱好国内外的木刻及其他版画，并不是像西洋过去一般收藏家一样，把这些东西当作私有物，和以衬托自己的'识博'与'财富'；也不像中国过去一般士大夫阶级一样，把这些东西当作个人的玩弄品，以显示自己的'高雅'。"① 其三，"鲁迅怎样指导青年木刻家"。鲁迅对中国新木刻的提倡、扶持，主要是通过对青年木刻家的指导来实现的。陈烟桥具体介绍了鲁迅热心指导青年木刻家的情形，将其简要归纳为以下四点："鲁迅的指导青年木刻家，常以开版画展览会引起他们的注意与兴趣，以造成木刻运动的热烈空气为第一；介绍世界战斗艺术家的历史及其作品以资鼓励和参考为第二；特别阐明插画与连环画的作用之大，劝人致力于它，勿存轻视之心为第三；这之外，则与木刻青年通信，负起指导责任为第四。"② 其四，"鲁迅对于整理民族艺术遗产的意见和建立民族艺术形式的指示"。民族艺术遗产的整理和民族艺术形式的建立关系到中国新木刻的发展方向，陈烟桥列举了鲁迅对于整理民族艺术遗产和建立民族艺术形式的一些看法（如"参酌汉代的石刻画像，明清的书籍插画，并且留心民间欣赏的所谓'年画'，和欧洲的新法融合起来，也许能够创作一种更好的版画"），指出："鲁迅先生之对于民族艺术遗产

---

① 陈烟桥:《鲁迅与木刻》，中国木刻用品合作工厂1946年1月版，第1—11页。
② 陈烟桥:《新中国的木刻》，商务印书馆1951年版，第16页。

的整理工作，和民族艺术创造的倡导工作是不可分离的活动。这不只为了我们将来要建立艺术的历史博物馆，而同时也正是为了革命的艺术开拓'新生'的途径。""要建立民族艺术形式的具体办法，一方面固然要接收民族艺术的历史遗产的优点，而一方面还须吸取国际艺术的技巧、方法的优点。要这样，我们才能建立更丰满与别开生面的真正适合民众胃口与需要的民族艺术形式。""他主张用西方的科学方法来医治中国固有文化的丑恶之点；同时他更知道在历史进程中的某一阶段内，人类必然的有各民族自己的文化，这种各自的文化，不特不能排除，反而要预计和培养它的发展，以补充和丰富未来的全人类的文化。"①

《一生热爱美术的鲁迅先生》除记载鲁迅中晚年的美术活动外，还将鲁迅对美术的热爱追溯到其青少年时期，如临摹书籍中的图画，对《花镜》《毛诗鸟兽草木虫鱼疏》《山海经》等配有图画的书籍发生浓厚兴趣，影写《荡寇志》《东周列国志》的绣像，在日本留学时搜集西欧文学名著的插画和作家们的画像，等等。②《鲁迅先生是怎样组织领导革命美术活动的》等文则将鲁迅组织、领导革命美术的活动归纳为"做好革命的文艺理论的建设工作""介绍外国的革命美术创作""提倡接受民族艺术遗产和创造新的中国艺术形式""致力国内外美术作品的交流工作""成立美术讲习班，扶助木刻团体，加强革命美术阵线""鼓励创作，活跃批评研究""拥护连环图画，提倡大众艺术""主张创作题材内容多样化""强调美术必须发挥作者创作才能和创作个性，创造'力之美'的风格，兼收并容各流派的长处，加强地方色彩""坚持艺术应有自己的特点"③ 等十个方面，其中部分地涉及鲁迅的美术思想。

《鲁迅论木刻版画》等文侧重于研究鲁迅的美术思想。陈烟桥将鲁迅关于美术（尤其是木刻）的论述尽可能搜集，并将其分门别类为以下五个方面：（一）"木刻的起源及其发展过程"。陈烟桥指出，鲁迅认为木刻起源于中国，后传入欧洲，对于木刻在中国和欧洲的演变，亦有探究。（二）"木刻的常

---

① 陈烟桥：《鲁迅与木刻》，中国木刻用品合作工厂1946年1月版，第24—32页。
② 陈烟桥：《一生热爱美术的鲁迅先生》，《萌芽》1956年10月16日第8期。
③ 陈烟桥：《鲁迅先生是怎样组织领导革命美术活动的》，《广西文艺》1961年9月第9期。

识"。木刻原是中国固有的艺术，但因为中衰已久，国人不甚了了，所以鲁迅对于"木刻的常识"也有所精到的说明。陈烟桥引述了鲁迅的相关观点，指出："木刻是甚么，何谓创作木刻，何谓复制木刻，何谓木面雕刻，何谓木口雕刻，关于这些，鲁迅先生远在一九二九年以前就已经加以注意的了。"（三）"木刻版画的'力之美'"。陈烟桥认为，"鲁迅先生之爱木刻版画，是因为它有'力之美'"，"他一面提倡'力之美'和'革命'的版画，一面用文学的武器去改善人生及揭穿旧社会的一切弊病"。（四）"木刻版画与革命"。陈烟桥指出鲁迅是把木刻版画作为革命的武器的，非常重视木刻版画为革命服务的功能，他说："艺术，不论甚么时候，它都是应该为革命而服务的，而木刻版画，更为革命而服务的最简便最直接的艺术。鲁迅先生不高兴中国过去曾有一时最流行的油画之类，因为那些油画家本身，已堕落而走着邪路，造出并非真的艺术的，技巧底艺术的刺激来，这在有着强健的，新鲜的精神的人们，正是嫌恶的。"（五）"苏联木刻大师法复尔斯基与克拉甫兼珂"。陈烟桥汇集了鲁迅对苏联版画家法复尔斯基、克拉甫兼珂的一些评论，见前文所述。[①]

如果说《鲁迅论木刻版画》《鲁迅先生是怎样组织领导革命美术活动的》对鲁迅美术思想的论述比较具体，那么《新中国的木刻》则试图找出能够统摄鲁迅美术思想的核心点："鲁迅之所以提倡革命的艺术，并鼓励艺术青年多从事木刻的创作，是有其基本的原因的。这基本的原因是甚么？是他的艺术思想的出发点乃完全站在'为人生'和'阶级底'的，换言之，即他认为艺术是常常与当时的政治相配合，艺术与政治是根本不能分离的。""他是绝不相信艺术能够离开现实，和自始至终都主张'艺术是阶级斗争的武器'的。"[②] 而《鲁迅精神与新美术家的任务》则是结合艺术发展的实际对鲁迅美术思想的继承与阐发，文章根据鲁迅"我们所要求的美术家，是能引路的先觉""我们所要求的美术品，是表记中国民族智能最高点的标本"等观点，提出庙堂美术、山林美术已经过时，新美术要"与中国民族共同着生命，悲现

---

① 陈烟桥：《鲁迅与木刻》，中国木刻用品合作工厂 1946 年 1 月版，第 37—47 页。
② 陈烟桥：《新中国的木刻》，商务印书馆 1951 年版，第 10、12 页。

实之悲，喜现实之喜"，美术家应该同时又是思想家，成为"最高的写实主义者"和"时代的战士"。①

在对鲁迅的美术活动、美术思想进行系统全面研究的基础上，陈烟桥对鲁迅在中国美术史上的地位给予了极高的评价："鲁迅不但是中国新文学之父，而且是新木刻之父；不但是新木刻之父，而且是整个新美术之父。"② "鲁迅先生是伟大的革命作家，思想家，同时也是中国革命美术伟大的组织者与领导者。"③

陈烟桥对鲁迅美术活动、美术思想的研究具有开拓性，他对鲁迅美术活动的介绍比较全面，对鲁迅美术思想的研究比较系统，"战斗性""大众化""力之美""为人生""阶级底"等概括也比较符合鲁迅美术思想的实际，对鲁迅"新木刻之父"的美术史定位也得到了公认。

四

作为优秀的版画家，陈烟桥创作了大量鲁迅题材的木刻版画等美术作品。这是陈烟桥以自己独特的方式来纪念导师鲁迅。

陈烟桥的这些作品，在艺术上有一个显著的特点，那就是符合艺术真实而不拘泥于生活真实，大胆运用想象与象征来巧妙构图。比如鲁迅与高尔基从未见过面，陈烟桥的木刻《鲁迅与高尔基》却描绘了一幅两人亲切交谈的画面，作品的虚构性处理得到了专家们的高度认可："鲁迅与高尔基虽然都为共同的理想而不倦地斗争，而彼此互相钦敬和推崇，但是他们却从未见过面。烟桥为了表达内心的尊崇和悼念，展开了艺术想象虚构的翅膀，突破了历史的事实，将两位大师处理在一个画面上作并肩战斗与亲切交谈的构想，而成为当时烟桥许多作品中特具艺术魅力的代表作之一。"④ "高尔基并没有访问

① 陈烟桥：《鲁迅与木刻》，开明书店 1949 年 10 月版，第 69—80 页。
② 陈烟桥：《新中国的木刻》，商务印书馆 1951 年版，第 1 页。
③ 陈烟桥：《鲁迅先生是怎样组织领导革命美术活动的》，《广西文艺》1961 年第 9 期。
④ 杨可扬：《序》，陈超南、陈伟男编：《陈烟桥木刻选集》，上海人民美术出版社 1988 年版。

过中国，当然也没有与鲁迅见过面。显然，版画的情节是虚构的。然而这种虚构恰恰是符合生活逻辑的：鲁迅逝世于 1936 年，只活了 56 岁；高尔基逝世于 1936 年，只活了 68 岁。如果这两位文化巨人不是早逝的话，完全有可能彼此跨越国界，进行互访，促膝谈心，讨论如何发展人类文化的大事。或者说。这两位文化巨人思想上息息相通，精神上早就彼此神游互访了。"① 再如《播种》中农夫打扮的鲁迅端着箩筐，在田野里撒播种子，《善射》中猎人装束的鲁迅张弓搭箭（箭杆为笔杆，箭头为笔尖），《鲁迅与他的战友》中鲁迅与瞿秋白、左联五烈士等战友紧握拳头昂然前行②，等等，均出自于想象，但其象征意义不言而喻，依然给人以真实的感觉。

陈烟桥的这些作品，在艺术上是成功的，在鲁迅纪念活动中也有特别的意义。

首先，准确再现鲁迅的历史功绩。鲁迅的历史功绩是巨大的，陈烟桥以他的美术作品，艺术地再现了鲁迅的历史功绩。如前述《鲁迅与高尔基》中"两位伟大作家的象征性会见"（罗果夫语），除了歌颂中苏友谊外，无疑也是对鲁迅在世界文坛重要地位的肯定。鲁迅在世时，魏猛克就曾创作一幅鲁迅与高尔基并立的漫画，李青崖拿去加上"俨然"二字，《论语》编者征得鲁迅同意后，将该漫画在 1933 年 6 月第 18 期刊出。画中鲁迅身形矮小，只及高尔基二分之一，再加上画中的"俨然"二字，讽刺意味明显。魏猛克为此写信向鲁迅解释，鲁迅在复信中大度而谦虚地表示："至于那一张插图，一目了然，那两个字是另一位文学家的手笔，其实是和那图也相称的，我觉得倒也无损于原意。我的身子，我以为画得太胖，而又太高，我那里及得高尔基的一半。文艺家的比较是极容易的，作品就是铁证，没法游移。"③ 陈烟桥的木刻《鲁迅与高尔基》只截取了两位作家的上半身，两人的身形大小并无明显的差别，陈烟桥以此象征了鲁迅与高尔基比肩的文学地位。又如木刻《光

---

① 黄可：《高尔基与鲁迅聊天》，《文汇报》1990 年 11 月 6 日。

② 此画另有一个版本，画面下方有五角星、谷穗、镰刀、铁锤、镴锛等图案以及"左联"字样，寓意在党的领导下砸碎镴锛，纪念"左联"烈士的用意也很明显。

③ 鲁迅：《通信（复魏猛克）》，《集外集拾遗补编》，《鲁迅全集》第 8 卷，人民文学出版社 2005 年版，第 378 页。

明的指导》（又名《鲁迅与民族革命战争》），画面下方是黑压压的人群，中间刻着放大的鲁迅半身像，上方则旌旗招展、枪炮齐鸣，寓意鲁迅是民族革命战争的精神导师。再如上文提到的《播种》，象征鲁迅播下了革命的火种等。此外，《鲁迅提倡木刻》（又名《纪念木刻的倡导者——鲁迅先生》）、《鲁迅与青年运动》《伟大的路碑》等作品也是如此。

其次，深刻揭示了鲁迅思想的精髓。鲁迅的思想博大精深，陈烟桥以他的美术作品，形象地揭示了鲁迅思想的精髓。比如后来被罗果夫用作俄文版《鲁迅与木刻》封面的钢笔画《鲁迅》，正前方是鲁迅的头像，头像的周围是五幅小图，分别描绘着孺子牛、播种、打狗、栽培、擦枪等五种象征性的姿态和动作，较为全面地表现了"俯首甘为孺子牛"等鲁迅思想的精髓。又如木刻《鲁迅先生》（又名《打落水狗》），画面中的鲁迅也是猎人装扮，他手中的利剑正在出鞘，其身旁是一只摇尾而又张嘴的落水狗，作品很好地表现了鲁迅"痛打落水狗"的精神。再如前文提到过的木刻《善射》（又名《善射者鲁迅》），象征性地表现了鲁迅以笔为枪、打击敌人的斗争精神。

最后，鼓舞人们继承鲁迅的遗志。纪念鲁迅，根本的目的是继承鲁迅的精神遗产，为现实生活服务。陈烟桥以他纪念鲁迅的美术作品，成功地鼓舞人们继承鲁迅的遗志，为实现鲁迅的理想而战斗，特别是他20世纪40年代后期创作的一些作品，很好地服务于当时的民主自由运动。比如木刻《跳出高墙》，画面的下方和右方是鲁迅和他手中的巨大火炬，左上方是一道高高的围墙，一群男女正借着火炬的光亮，从墙内往墙外跳，作品的用意显然是鼓励人们在鲁迅思想的照耀下，冲出黑暗的牢笼，走向光明。再如木刻《作家》，画面下方是书籍、笔墨和文稿，鲁迅站在中间，手指前方，画面上方是跳跃、呼号的人群，作品的立意也很明显，就是希望人们在鲁迅精神的指引下，投入革命斗争。此外，《唯有无产者才有将来》《鲁迅与民主自由的新中国》等作品也是如此。

（原题《陈烟桥对鲁迅的纪念、研究》，刊《鲁迅研究月刊》2017年第9期）

附：陈烟桥部分鲁迅题材美术作品

鲁迅遗像速写（墨画）　1936

光明的指导（木刻）　1937

鲁迅与青年运动（木刻）　1937

鲁迅提倡木刻（木刻）　1937

鲁迅与高尔基（木刻）　1937

播种（木刻）　1947

鲁迅先生（木刻）　1947

善射（木刻）　1947

跳出高墙（木刻）　1947

唯有无产者才有将来（木刻）　1947

作家（木刻）　1947

鲁迅与民主自由的新中国（木刻）　1947

鲁迅（钢笔画）　1948

鲁迅与他的战友（木刻）　1954

鲁迅与他的战友（木刻、斧头、镰锛等）　1954